日文單字萬用手冊

最實用的單字手冊
生活單字迅速查詢
輕鬆充實日文字彙

おはようございます

こんばんは

いくらですか

すみません

まだまだです

いただきます

ごちそうさまでした

いってきます

いってらしゃい

いらしゃいませ

おひさしぶりです

がんばってください

おひさしぶりです

きれい

はじめまして

國家圖書館出版品預行編目資料

日文單字萬用手冊／雅典日研所編. -- 初版.
-- 新北市：雅典文化, 民106. 04印刷
面；　公分. --（日語大師；08）
ISBN 978-986-5753-80-1（平裝附光碟片）
1. 日語　　2. 詞彙
803. 12　　　　　　　　　106001765

日語大師系列　08

日文單字萬用手冊

編著／雅典日研所

內文排版／王國卿

封面設計／姚恩涵

法律顧問：方圓法律事務所／涂成樞律師

總經銷：永續圖書有限公司

永續圖書線上購物網
www.foreverbooks.com.tw

CVS代理／美璟文化有限公司
TEL：（02）2723-9968
FAX：（02）2723-9668

出版日／2017年4月

雅典文化

出版社　22103　新北市汐止區大同路三段194號9樓之1
TEL　（02）8647-3663
FAX　（02）8647-3660

50音基本發音表

清音

a	ㄚ	i	ー	u	ㄨ	e	ㄝ	o	ㄡ
あ	ア	い	イ	う	ウ	え	エ	お	オ
ka	ㄎㄚ	ki	ㄎー	ku	ㄎㄨ	ke	ㄎㄝ	ko	ㄎㄡ
か	カ	き	キ	く	ク	け	ケ	こ	コ
sa	ㄙㄚ	shi	ㄒー	su	ㄙ	se	ㄙㄝ	so	ㄙㄡ
さ	サ	し	シ	す	ス	せ	セ	そ	ソ
ta	ㄊㄚ	chi	ㄑー	tsu	ㄘ	te	ㄊㄝ	to	ㄊㄡ
た	タ	ち	チ	つ	ツ	て	テ	と	ト
na	ㄋㄚ	ni	ㄋー	nu	ㄋㄨ	ne	ㄋㄝ	no	ㄋㄡ
な	ナ	に	ニ	ぬ	ヌ	ね	ネ	の	ノ
ha	ㄏㄚ	hi	ㄏー	fu	ㄈㄨ	he	ㄏㄝ	ho	ㄏㄡ
は	ハ	ひ	ヒ	ふ	フ	へ	ヘ	ほ	ホ
ma	ㄇㄚ	mi	ㄇー	mu	ㄇㄨ	me	ㄇㄝ	mo	ㄇㄡ
ま	マ	み	ミ	む	ム	め	メ	も	モ
ya	ーㄚ			yu	ーㄩ			yo	ーㄡ
や	ヤ			ゆ	ユ			よ	ヨ
ra	ㄌㄚ	ri	ㄌー	ru	ㄌㄨ	re	ㄌㄝ	ro	ㄌㄡ
ら	ラ	り	リ	る	ル	れ	レ	ろ	ロ
wa	ㄨㄚ			o	ㄡ			n	ㄣ
わ	ワ			を	ヲ			ん	ン

濁音

ga	ㄍㄚ	gi	ㄍー	gu	ㄍㄨ	ge	ㄍㄝ	go	ㄍㄡ
が	ガ	ぎ	ギ	ぐ	グ	げ	ゲ	ご	ゴ
za	ㄗㄚ	ji	ㄐー	zu	ㄗ	ze	ㄗㄝ	zo	ㄗㄡ
ざ	ザ	じ	ジ	ず	ズ	ぜ	ゼ	ぞ	ゾ
da	ㄉㄚ	ji	ㄐー	zu	ㄗ	de	ㄉㄝ	do	ㄉㄡ
だ	ダ	ぢ	ヂ	づ	ヅ	で	デ	ど	ド
ba	ㄅㄚ	bi	ㄅー	bu	ㄅㄨ	be	ㄅㄟ	bo	ㄅㄡ
ば	バ	び	ビ	ぶ	ブ	べ	ベ	ぼ	ボ
pa	ㄆㄚ	pi	ㄆー	pu	ㄆㄨ	pe	ㄆㄝ	po	ㄆㄡ
ぱ	パ	ぴ	ピ	ぷ	プ	ぺ	ペ	ぽ	ポ

拗音

kya	ㄎㄧㄚ	kyu	ㄎㄧㄩ	kyo	ㄎㄧㄡ
きゃ	キャ	きゅ	キュ	きょ	キョ
sha	ㄒㄧㄚ	shu	ㄒㄧㄩ	sho	ㄒㄧㄡ
しゃ	シャ	しゅ	シュ	しょ	ショ
cha	ㄑㄧㄚ	chu	ㄑㄧㄩ	cho	ㄑㄧㄡ
ちゃ	チャ	ちゅ	チュ	ちょ	チョ
nya	ㄋㄧㄚ	nyu	ㄋㄧㄩ	nyo	ㄋㄧㄡ
にゃ	ニャ	にゅ	ニュ	にょ	ニョ
hya	ㄏㄧㄚ	hyu	ㄏㄧㄩ	hyo	ㄏㄧㄡ
ひゃ	ヒャ	ひゅ	ヒュ	ひょ	ヒョ
mya	ㄇㄧㄚ	myu	ㄇㄧㄩ	myo	ㄇㄧㄡ
みゃ	ミャ	みゅ	ミュ	みょ	ミョ
rya	ㄌㄧㄚ	ryu	ㄌㄧㄩ	ryo	ㄌㄧㄡ
りゃ	リャ	りゅ	リュ	りょ	リョ

gya	ㄍㄧㄚ	gyu	ㄍㄧㄩ	gyo	ㄍㄧㄡ
ぎゃ	ギャ	ぎゅ	ギュ	ぎょ	ギョ
ja	ㄐㄧㄚ	ju	ㄐㄧㄩ	jo	ㄐㄧㄡ
じゃ	ジャ	じゅ	ジュ	じょ	ジョ
ja	ㄐㄧㄚ	ju	ㄐㄧㄩ	jo	ㄐㄧㄡ
ぢゃ	ヂャ	づゅ	ヂュ	ぢょ	ヂョ
bya	ㄅㄧㄚ	byu	ㄅㄧㄩ	byo	ㄅㄧㄡ
びゃ	ビャ	びゅ	ビュ	びょ	ビョ
pya	ㄆㄧㄚ	pyu	ㄆㄧㄩ	pyo	ㄆㄧㄡ
ぴゃ	ピャ	ぴゅ	ピュ	ぴょ	ピョ

● | 平假名 | 片假名 |

購物篇

髮妝篇

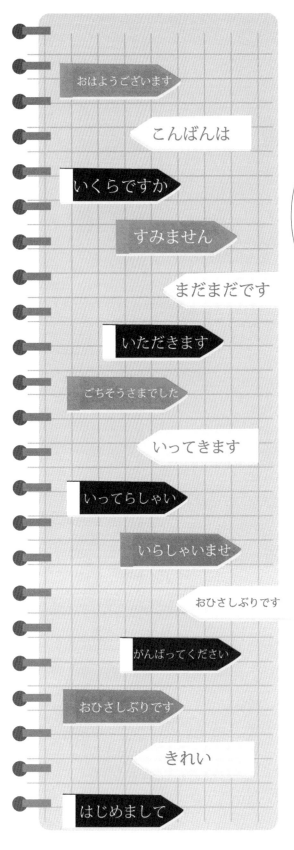

Part

人物篇

•track 005

稱謂

▷ わたくし　　　　　　我（用於正式場合）
wa.ta.ku.shi.

▷ わたし　　　　　　　我
wa.ta.shi.

▷ 僕^{ぼく}　　　　　　　　我（男性自稱）
bo.ku.

▷ 私^{わたし}たち　　　　　　我們
wa.ta.shi.ta.chi.

▷ あなた　　　　　　　你
a.na.ta.

▷ あなたさま　　　　　您
a.na.ta.sa.ma.

▷ 君^{きみ}　　　　　　　　你（男性用語）
ki.mi.

▷ あなた達^{たち}　　　　　你們
a.na.ta.ta.chi.

▷ あなた方^{がた}　　　　　你們（尊稱對方）
a.na.ta.ga.ta.

▷ この方^{かた}　　　　　　這一位（尊稱對方）
ko.no.ka.ta.

▷ この人^{ひと}　　　　　　這個人
ko.no.hi.to.

▷ その方^{かた}　　　　　　那一位（尊稱對方）
so.no.ka.ta.

▷ その人^{ひと}　　　　　　那個人
so.no.hi.to.

▷ あの方 _{かた} 　　　　　較遠的那一位（尊稱對方）
a.no.ka.ta.

▷ あの人 _{ひと} 　　　　　較遠的那個人
a.no.hi.to.

▷ 彼 _{かれ} 　　　　　他
ka.re.

▷ 彼ら _{かれ} 　　　　　他們
ka.re.ra.

▷ 彼女 _{かのじょ} 　　　　　她
ka.no.jo.

▷ 彼女達 _{かのじょたち} 　　　　　她們
ka.no.jo.ta.chi.

▷ どなた 　　　　　哪一位
do.na.ta.

▷ どの人 _{ひと} 　　　　　哪個人
do.no.hi.to.

▷ どなた様 _{さま} 　　　　　哪一位（用於正式場合）
do.na.ta.sa.ma.

▷ どの方 _{かた} 　　　　　哪一位（用於正式場合）
do.no.ka.ta.

▷ 誰 _{だれ} 　　　　　誰
da.re.

▷ さん 　　　　　先生／小姐
sa.n.

▶ 様 _{さま} 　　　　　先生／小姐（尊稱）　　　　　•track 006
sa.ma.

▷ こいつ 　　　　　這傢伙（輕蔑的說法）
ko.i.tsu.

▷ **そいつ**　　　　　　那傢伙（輕蔑的說法）
so.i.tsu.

▷ **あいつ**　　　　　　那傢伙（輕蔑的說法）
a.i.tsu.

▷ **どいつ**　　　　　　哪一個傢伙（輕蔑的說法）
do.i.tsu.

實用例句

1　お名前は何ですか。
o.na.ma.e.wa./na.n.de.su.ka.
請問您的大名。

2　お名前は何とおっしゃいますか。
o.na.ma.e.wa./na.n.to./o.ssha.i.ma.su.ka.
請問您的大名。

3　はじめまして、田中京子と申します。
ha.ji.me.ma.shi.te./ta.na.ka.kyo.u.ko./to.mo.u.shi.ma.su.
您好，我叫田中京子。

4　こちらは山田卓也です。
ko.chi.ra.wa./ya.ma.da.ta.ku.ya.de.su.
這位是山田卓也。

5　こちらは社長の田中です。
ko.chi.ra.wa./sha.cho.u.no.ta.na.ka.de.su.
這位是敝社社長田中。

6　あの人は誰ですか。
a.no.hi.to.wa./da.re.de.su.ka.
那個人是誰？

7 田中さんはどの方ですか。
ta.na.ka.sa.n.wa./do.no.ka.ta.de.su.ka.
田中先生是哪一位呢？

8 私にはもったいないことです。
wa.ta.shi.ni.wa./mo.tta.i.na.i.ko.to.de.su.
真是過獎了。

相關單字

▷ これ　　　　　　　　這個
　ko.re.

▷ ここ　　　　　　　　這裡
　ko.ko.

▷ こちら　　　　　　　這邊
　ko.chi.ra.

▷ こっち　　　　　　　這邊
　ko.cchi.

▷ それ　　　　　　　　那個（距離不遠處）
　so.re.

▷ そこ　　　　　　　　那裡（距離不遠處）
　so.ko.

▷ そちら　　　　　　　那邊（距離不遠處）
　so.chi.ra.

▷ そっち　　　　　　　那邊（距離不遠處）
　so.cchi.

▶ あれ　　　　　　　　那個（距離較遠）　　　　　•track　007
　a.re.

▷ あそこ　　　　　　　那裡（距離較遠）
　a.so.ko.

▷ **あちら**　　　　　　　那邊（距離較遠）
a.chi.ra.

▷ **あっち**　　　　　　　那邊（距離較遠）
a.cchi.

▷ **どれ**　　　　　　　　哪個
do.re.

▷ **どこ**　　　　　　　　哪裡
do.ko.

▷ **どちら**　　　　　　　哪邊
do.chi.ra.

▷ **どっち**　　　　　　　哪邊（二擇一）
do.cchi.

慣用例句

自己中（じこちゅう）
ji.ko.chu.u.
以自我為中心／自我本位

> 說
> 明　表示某人凡事都以自己為中心。

例　彼（かれ）は自己中（じこちゅう）で短気（たんき）な人（ひと）です。

ka.re.wa./ji.ko.chu.u.de./ta.n.ki.na.hi.to.de.su.

他是個自私又沒耐性的人。

長輩親屬

▷ **曽祖父**（そうそふ）　　　　曾祖父
so.u.so.fu.

▷ ひいじいさん hi.i.ji.i.sa.n.	曽祖父	
▷ ひいじじ hi.i.ji.ji.	曽祖父	
▷ <ruby>曽祖母<rt>そうそぼ</rt></ruby> so.u.so.bo.	曽祖母	
▷ ひいばあさん hi.i.ba.a.sa.n.	曽祖母	
▷ ひいばば hi.i.ba.ba.	曽祖母	
▷ <ruby>祖父<rt>そふ</rt></ruby> so.fu.	祖父	
▷ じいさん ji.i.sa.n.	祖父	
▷ <ruby>祖母<rt>そぼ</rt></ruby> so.bo.	祖母	
▷ ばあさん ba.a.sa.n.	祖母	
▷ <ruby>祖父母<rt>そふぼ</rt></ruby> so.fu.bo.	祖父母	
▷ おおおじ o.o.o.ji.	叔公、舅公	
▶ おおおば o.o.o.ba.	姑婆、姨婆	• track 008
▷ <ruby>両親<rt>りょうしん</rt></ruby> ryo.u.shi.n.	父母	
▷ <ruby>片親<rt>かたおや</rt></ruby> ka.ta.o.ya.	單親(父或母)	

▷ 父 ^{ちち}　　　　　　父親
chi.chi.

▷ 父親 ^{ちちおや}　　　　　父親
chi.chi.o.ya.

▷ お父さん ^{とう}　　　　父親
o.to.u.sa.n.

▷ 親父 ^{おやじ}　　　　　父親
o.ya.ji.

▷ 父上 ^{ちちうえ}　　　　　父親
chi.chi.u.e.

▷ 母 ^{はは}　　　　　　母親
ha.ha.

▷ 母親 ^{ははおや}　　　　　母親
ha.ha.o.ya.

▷ お母さん ^{かあ}　　　　母親
o.ka.a.sa.n.

▷ お母様 ^{かあさま}　　　　母親
o.ka.a.sa.ma.

▷ 母上 ^{ははうえ}　　　　　母親
ha.ha.u.e.

▷ お袋 ^{ふくろ}　　　　　母親
o.fu.ku.ro.

▷ 義理の父 ^{ぎ り　ちち}　　公公／岳父
gi.ri.no.chi.chi.

▷ 義父 ^{ぎ ふ}　　　　　公公／岳父
gi.fu.

▷ 義父 ^{ち ち}　　　　　公公／岳父
chi.chi.

▷ 舅 ^{しゅうと}　　　　　　公公
shu.u.to.

▷ 姑 ^{しゅうとめ}　　　　　　婆婆
shu.u.to.me.

▷ 義母 ^{ぎ ぼ}　　　　　　婆婆／丈母娘
gi.bo.

▷ 義母 ^{はは}　　　　　　婆婆／丈母娘
ha.ha.

▷ 叔父 ^{お じ}　　　　　　伯父／叔父／舅父
o.ji.

▷ 伯父さん ^{お じ}　　　　　　伯父／叔父／舅父
o.ji.sa.n.

▷ 伯父 ^{お じ}　　　　　　伯父／叔父／舅父
o.ji.

▷ 叔母 ^{お ば}　　　　　　伯母／叔母／舅母
o.ba.

▷ 伯母 ^{お ば}　　　　　　伯母／叔母／舅母
o.ba.

▶ 伯母さん ^{お ば}　　　　　　伯母／叔母／舅母　　　　　● track　009
o.ba.sa.n.

▷ ままおや　　　　　　繼父母
ma.ma.o.ya.

▷ 継父 ^{けい ふ}　　　　　　繼父
ke.i.fu.

▷ ままちち　　　　　　繼父
ma.ma.chi.chi.

▷ 継母 ^{けい ぼ}　　　　　　繼母
ke.i.bo.

▷ ままはは　　　　　　　　　繼母
ma.ma.ha.ha.

▷ 養父母_{ようふぼ}　　　　　　　　　養父母
yo.u.fu.bo.

▷ 養父_{ようふ}　　　　　　　　　養父
yo.u.fu.

▷ 養母_{ようぼ}　　　　　　　　　養母
yo.u.bo.

實用例句

1 田中さんの旧姓は何ですか。
ta.na.ka.sa.n.no./kyu.u.se.i.wa./na.n.de.su.ka.
田中太太，請問你結婚前姓什麼？

2 こちらは私の両親です。
ki.chi.ra.wa./wa.ta.shi.no.ryo.u.shi.n.de.su.
這是我的父母。

3 田中さんの両親は東京に住んでいます。
ta.na.ka.sa.n.no./ryo.u.shi.n.wa./to.u.kyo.u.ni./su.n.de.i.ma.su.
田中先生的父母住在東京。

4 変なおじさんがうろついています。
he.n.na.o.ji.sa.n.ga.u.ro.tsu.i.te.i.ma.su.
有個怪老頭行跡可疑。

5 結婚して20年間姑に仕えました。
ke.kko.n.shi.te./ni.ju.u.ne.n.ka.n./shu.u.to.me.ni./tsu.ka.e.ma.shi.
ta.
婚後20年來仕奉婆婆。

6 母が死んで片親で育ちます。
ha.ha.ga./shi.n.de./ka.ta.o.ya.de./so.da.chi.ma.su.

母親死後在單親環境下長大。

相關單字

▷ 養子縁組み　　　　　養子
　yo.u.shi.e.n.gu.mi.

▷ 養女縁組み　　　　　養女
　yo.u.jo.e.n.gu.mi.

▷ 縁組する　　　　　　領養／收養
　e.n.gu.mi.su.ru.

▶ 死んだ父　　　　　　亡父　　　　　　　　　　•track　010
　shi.n.da.chi.chi.

▷ なき父　　　　　　　亡父
　na.ki.chi.chi.

▷ 亡父　　　　　　　　亡父
　bo.u.fu.

▷ 亡き母　　　　　　　亡母
　na.ki.ha.ha.

▷ 亡母　　　　　　　　亡母
　bo.u.bo.

▷ 死んだ母　　　　　　亡母
　shi.n.da.ha.ha.

同輩

▷ 夫婦　　　　　　　　夫妻
　fu.u.fu.

▷ 恋人
こいびと
ko.i.bi.to.
情侶

▷ 配偶者
はいぐうしゃ
ha.i.gu.u.sha.
配偶

▷ 夫
おっと
o.tto.
丈夫

▷ 主人
しゅじん
shu.ji.n.
我丈夫

▷ ご主人
しゅじん
go.shu.ji.n.
（對方的）丈夫

▷ 旦那
だんな
da.n.na.
丈夫

▷ 旦那さん
だんな
da.na.sa.n.
（對方的）丈夫

▷ 妻
つま
tsu.ma.
妻子

▷ 奥様
おくさま
o.ku.sa.ma.
（對方的）妻子

▷ 家内
かない
ka.na.i.
妻子

▷ 女房
にょうぼう
nyo.u.bo.u.
妻子

► 元夫
もとおっと
mo.to.o.tto.
前夫

•track 011

▷ 元妻
もとつま
mo.to.tsu.ma.
前妻

▷ 義理の兄弟
ぎり きょうだい
gi.ri.no.kyo.u.da.i.
姊夫／妹夫／丈夫或妻子之兄弟

▷ 義兄 _{あに}　　　　　姊夫／妹夫／丈夫或妻子之兄弟
　a.ni.

▷ 義理の姉 _{ぎり}_{あね}　　嫂嫂／小姑／丈夫或妻子的姊妹
　gi.ri.no.a.ne.

▷ 義姉 _{あね}　　　　　嫂嫂／小姑／丈夫或妻子的姊姊
　a.ne.

▷ 義妹 _{いもうと}　　　　　嫂嫂／姑姑／丈夫或妻子的妹妹
　i.mo.u.to.

▷ 嫂 _{あによめ}　　　　　嫂嫂
　a.ni.yo.me.

▷ 兄弟 _{きょうだい}　　　　　兄弟／姊妹／手足
　kyo.u.da.i.

▷ 姉妹 _{しまい}　　　　　姐妹
　shi.ma.i.

▷ 双子 _{ふたご}　　　　　雙胞胎
　fu.ta.go.

▷ いとこ　　　　　堂(表)兄妹
　i.to.ko.

實用例句

1 姉夫婦が遊びに来ました。
　a.ne.fu.u.fu.ga./a.so.bi.ni.ki.ma.shi.ta.
　姊姊夫婦來玩。

2 主人はただいま出かけております。
　shu.ji.n.wa./ta.da.i.ma.de.ka.ke.te.o.ri.ma.su.
　我丈夫現在不在家。

3 中島さんのご主人、課長になるそうです。
　na.ka.ji.ma.sa.no.go.shu.ji.n./ka.cho.u.ni.na.ru.so.u.de.su.
　中島太太的老公，聽說要升課長了。

4 彼らは双子の兄弟ですが、性格は正反対です。

ka.re.wa./fu.ta.go.no.kyo.u.da.de.su.ga./se.i.ka.ku.wa./se.i.ha.n.ta.i.de.su.

他們雖是雙胞胎兄弟，個性卻南轅北轍。

5 私は三人兄弟で兄と妹がいます。

wa.ta.shi.wa./sa.n.ni.n.kyo.u.da.i.de./a.n.to.i.mo.u.to.ga.i.ma.su.

我家有三個小孩：一個哥哥、一個妹妹。

6 昨日、いとこたちと映画を見に行きました。

● track 012

ki.no.u./i.to.ko.ta.chi.to./e.i.ga.o./mi.ni.i.ki.ma.shi.ta.

昨天我和堂兄弟們去看了電影。

慣用例句

新米

shi.n.ma.i.

新手

> 説明 在某個領域中是個新手，類似中文的「菜鳥」。

 彼は新米パパです。

ka.re.wa./shi.n.ma.i.pa.pa.de.su.

他是新手爸爸。

晚輩親屬

▷ 子供 　　　　　　　　　小孩
　 ko.do.mo.

▷ 息子
むすこ
mu.su.ko.
兒子

▷ 娘
むすめ
mu.su.me.
女兒

▷ 赤ちゃん
あか
a.ka.cha.n.
嬰兒

▷ 赤ん坊
あか　　ぼう
a.ka.n.bo.u.
嬰兒

▷ 男の子
おとこ　　こ
o.to.ko.no.ko.
男孩

▷ 女の子
おんな　　こ
o.n.na.no.ko.
女孩

▷ 婿
むこ
mu.ko.
女婿

▷ 義理の息子
ぎ　り　　むすこ
gi.ri.no.mu.su.ko.
女婿

▷ 嫁
よめ
yo.me.
媳婦

▷ 甥
おい
o.i.
外甥／姪兒

▷ 姪
めい
me.i.
外甥女／姪女

▶ 孫
まご
ma.go.
孫子

•track　013

▷ 連れ子
つ　　こ
tsu.re.ko.
繼子／繼女

▷ 養子
よう　し
yo.u.shi.
養子／養女

實用例句

1 一番上の子は女の子です。
i.chi.ba.n.u.e.no.ko.wa./o.n.na.no.ko.de.su.
最大的孩子是女生。

2 一番下の子は男の子です。
i.chi.ba.n.shi.ta.no.ko.wa./o.to.ko.no.ko.de.su.
最小的孩子是男生。

3 三人の子供がいます。
sa.n.ni.n.no.ko.do.mo.ga./i.ma.su.
有三個小孩。

4 赤ちゃんのオムツを取り替えます。
a.ka.cha.n.no.o.mu.tsu.o./to.ri.ka.e.ma.su.
幫小孩換尿布。

5 女の赤ん坊が生まれました。
o.n.na.no.a.ka.n.bo.u.ga./u.ma.re.ma.shi.ta.
生了一個女孩。

6 彼と私はおじと甥の関係です。
ka.re.to.wa.ta.shi.wa./o.ji.to.o.i.no.ka.n.ke.i.de.su.
我和他是叔叔和外甥的關係。

7 息子は今年中学に入りました。
mu.su.ko.wa./ko.to.shi.chu.u.ga.ku.ni./ha.i.ri.ma.shi.ta.
我的兒子今年念中學了。

8 一人娘で甘やかされて育ちました。
hi.to.ri.mu.su.me.de./a.ma.ya.ka.sa.re.te./so.da.chi.ma.shi.ta.
因為是獨生女所以倍受寵愛。

9 孫ができました。
ma.go.ga.de.ki.ma.shi.ta.
有孫子了。

慣用例句

ニート
ni.i.to.
尼特族

說明　指畢業後不工作在家靠父母養的年輕人。

例 ニートになりたくないです。

ni.i.to.ni.na.ri.ta.ku.na.i.de.su.

我不想當尼特族。

• track 014

家族

▷ 家族　　　　　　家庭／家人
ka.zo.ku.

▷ 親族　　　　　　親戚／姻親
shi.n.zo.ku.

▷ 親戚　　　　　　親戚
shi.n.se.ki.

▷ 先祖　　　　　　祖先(總稱)
se.n.zo.

▷ 世代　　　　　　世代
se.da.i.

▷ 子孫 <ruby>し<rt>し</rt></ruby><ruby>そん<rt>そん</rt></ruby>　　　　後代／後裔
shi.so.n.

▷ 後継 <ruby>こうけい<rt>こうけい</rt></ruby>　　　　繼承人
ko.u.ke.i.

▷ 跡継ぎ <ruby>あとつ<rt>あとつ</rt></ruby>　　　　繼承人
a.to.tsu.gi.

▷ 後継者 <ruby>こうけいしゃ<rt>こうけいしゃ</rt></ruby>　　　　繼承人
ko.o.ke.i.sha.

▷ 婚姻 <ruby>こんいん<rt>こんいん</rt></ruby>　　　　婚姻
ko.n.i.n.

▷ 家系 <ruby>かけい<rt>かけい</rt></ruby>　　　　家譜
ka.ke.i.

實用例句

1 何人家族ですか。
na.n.ni.n.ka.zo.ku.de.su.ka.
你家有幾個人？

2 ご家族の皆さんはお元気ですか。
go.ka.zo.ku.no.mi.na.sa.n.wa./o.ge.n.ki.de.su.ka.
你的家人過得好嗎？

3 親戚のうちに泊めてもらいました。
shi.n.se.ki.no.u.chi.ni./to.me.te.mo.ra.i.ma.shi.ta.
在親戚家過夜。

4 遠くの親戚より近くの他人。
to.o.ku.no.shi.n.se.ki.yo.ri./chi.ka.ku.no.ta.ni.n.
遠親不如近鄰。

相關單字

▷ 古_{ふる}い世_せ代_{だい}　　　　老一輩
fu.ru.i.se.da.i.

▷ 若_{わか}い世_せ代_{だい}　　　　年輕一輩
wa.ka.i.se.da.i.

▷ 前_{まえ}の世_せ代_{だい}　　　　上一代
ma.e.no.se.da.i.

▷ 将_{しょう}来_{らい}の世_せ代_{だい}　　下一代
sho.u.ra.i.no.se.i.da.i.

▶ ギャップ　　　　　代溝
gya.ppu.

● track　015

▷ 世_せ帯_{だい}交_{こう}代_{たい}　　　世代交替
se.da.i.ko.u.ta.i.

▷ 世_せ代_{だい}　　　　　世代／戶
se.da.i.

▷ 二_に世_せ代_{たい}住_{じゅう}宅_{たく}　　二代同堂建築
ni.se.ta.i.ju.u.ta.ku.

男女之間

▷ 彼_か氏_{れし}　　　　　男朋友
ka.re.shi.

▷ 彼_{かれ}　　　　　　男朋友
ka.re.

▷ 彼_か女_{のじょ}　　　　　女朋友
ka.no.jo.

▷ かの　　　　　　女朋友
ka.no.

▷ 恋人 （こいびと）　　　戀人
ko.i.bi.to.

▷ 新郎 （しんろう）　　　新郎
shi.n.ro.u.

▷ 新婦 （しんぷ）　　　新娘
shi.n.pu.

▷ 花嫁 （はなよめ）　　　新娘
ha.na.yo.me.

▷ お嫁さん （よめ）　　　新娘
o.yo.me.sa.n.

▷ 恋 （こい）　　　戀情
ko.i.

▷ お見合い （みあ）　　　相親
o.mi.a.i.

▷ デート　　　約會
de.e.to.

► 結婚 （けっこん）　　　結婚
ke.kko.n.

●track 016

▷ 結納 （ゆいのう）　　　訂婚（儀式）
yu.i.no.u.

▷ 離婚 （りこん）　　　離婚
ri.ko.n.

▷ 別居 （べっきょ）　　　分居
be.kkyo.

▷ 妊娠 （にんしん）　　　懷孕
ni.n.shi.n.

▷ 同棲 （どうせい）　　　同居
do.u.se.i.

實用例句

1 恋人ができました。
ko.i.bi.to.ga./de.ki.ma.shi.ta.
我交男（女）朋友了。

2 あの人は私の彼氏です。
a.no.hi.to.wa./wa.ta.shi.no.ka.re.shi.de.su
那個人是我男友。

3 あの人は私の元彼です。
a.no.hi.to.wa./wa.ta.shi.no./mo.to.ka.re.de.su.
那個人是我前男友。

4 結婚してください。
ke.kko.n.shi.te./ku.da.sa.i.
嫁給我吧！

5 新婚旅行はハワイにします。
shi.n.ko.n.ryo.ko.u.wa./ha.wa.i.ni.shi.ma.su.
蜜月旅行決定要去夏威夷。

6 妻とは協議離婚をしました。
tsu.ma.to.wa./kyo.u.gi.ri.ko.no./shi.ma.shi.ta.
和妻子協議離婚了。

7 彼は浮気がばれて妻に離婚されました。
ka.re.wa./u.wa.ki.ga.ba.re.te./tsu.ma.ni.ri.ko.n.sa.re.ma.shi.ta.
他因外遇被發現而離婚。

相關單字

▷ 付き合う　　　　與某人交往
　tsu.ki.a.u.

▷ 堕胎　　　　　　墮胎
　da.ta.i.

▷ 別れ　　　　　　分手
　wa.ka.re.

▷ 浮気　　　　　　劈腿
　u.wa.ki.

▷ 一目ぼれ　　　　一見鍾情
　hi.to.me.bo.re.

▷ 初恋　　　　　　初戀
　ha.tsu.ko.i.

▷ 相手　　　　　　對相
　a.i.te.

▷ 既婚　　　　　　已婚
　ki.ko.n.

▷ 不倫　　　　　　外遇
　fu.ri.n.

▷ 二股　　　　　　劈腿
　fu.ta.ma.ta.

慣用例句

でき婚
de.ki.ko.n.
先有後婚

表示先有了小孩才決定結婚的婚姻。

例 やっぱり「でき婚」だと世間体が気になります。

ya.ppa.ri./de.ki.ko.n.da.to./se.ke.n.te.i.ga./ki.ni.na.ri.ma.su.

一般人果然還是會在意「先有後婚」。

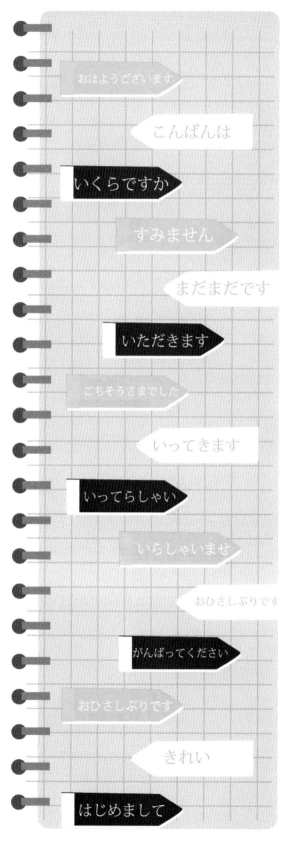

Part

職場篇

職稱

▷ ヴァイスプレジデント　　權利較副社長較低的職位
ba.i.su.pu.re.ji.de.n.to.

▷ かいちょう
会長　　　　　　　　會長/董事長
ka.i.cho.u.

▷ かかりちょう
係長　　　　　　　　科長
ka.ka.ri.cho.u.

▷ かちょう
課長　　　　　　　　課長
ka.cho.u.

▷ かんさやく
監査役　　　　　　　稽核
ka.n.sa.ya.ku.

▷ ぎょうむしっこうとりしまりやく
業務執行取締役　　　董事
gyo.u.mu.shi.kko.u.to.ri.shi.ma.ri.ya.ku.

▷ こうじょうちょう
工場長　　　　　　　廠長
ko.u.jo.u.cho.u.

▷ かんりにん
サイト管理人　　　　網站管理專員
sa.i.to.ka.n.ri.ni.n.

▷ さいこうぎじゅつせきにんしゃ
最高技術責任者　　　技術長
sa.i.ko.u.gi.ju.tsu.se.ki.ni.n.sha.

▷ さいこうけいえいせきにんしゃ
最高経営責任者　　　經營長
sa.i.ko.u.ke.i.e.i.se.ki.ni.n.sha.

▷ さいこうざいむせきにんしゃ
最高財務責任者　　　財務長
sa.i.ko.u.za.i.mu.se.ki.ni.n.sha.

▷ さいこうしっこうせきにんしゃ
最高執行責任者　　　執行長
sa.i.ko.u.shi.kko.u.se.ki.ni.n.sha.

▷ さいこうじょうほうせきにんしゃ
最高情報責任者　　　資訊長
sa.i.ko.u.jo.u.ho.u.se.ki.ni.n.sha.

▷ 最高知識責任者　　　知識長
さいこうちしきせきにんしゃ
sa.i.ko.u.chi.shi.ki.se.ki.ni.n.sha.

▷ 参与　　　　輔助經營者的角色，相當於董事
さんよ
sa.n.yo.

▷ 次長　　　　次長
じちょう
ji.cho.u.

▷ 支配人　　　店長／經理
しはいにん
shi.ha.i.ni.n.

▷ 社外取締役　　非在公司內工作的董事
しゃがいとりしまりやく
sha.ga.i.to.ri.shi.ma.ri.ya.ku.

▷ 社長　　　　社長／公司老闆
しゃちょう
sha.cho.u.

▷ 商業使用人　　輔助公司老闆的人
しょうぎょうしようにん
sho.u.gyo.u.shi.yo.u.ni.n.

▷ 代表　　　　代表
だいひょう
da.i.hyo.u.

▷ 代表取締役　　董事長
だいひょうとりしまりやく
da.i.hyo.u.to.ri.shi.ma.ri.ya.ku.

▷ 頭取　　　　銀行行長
とうどり
to.u.do.ri.

▷ 取締役　　　董事
とりしまりやく
to.ri.shi.ma.ri.ya.ku.

▶ 番頭　　　　總經理　　　　　　　•track　018
ばんとう
ba.n.to.u.

▷ 秘書　　　　祕書
ひしょ
hi.sho.

▷ 部長　　　　部長
ぶちょう
bu.sho.u.

▷ マネージャー　　　　　經紀人
ma.ne.e.ja.a.

▷ 名誉会長　　　　　　　榮譽會長
me.i.yo.ka.i.cho.u.

▷ 名誉顧問　　　　　　　榮譽顧問
me.i.yo.ko.mo.n.

▷ 名誉職　　　　　　　　榮譽職
me.i.yo.sho.ku.

▷ 名誉相談役　　　　　　名譽顧問
me.i.yo.so.u.da.n.ya.ku.

▷ 役員　　　　　　　　　董事／重要幹部
ya.ku.i.n.

▷ スタッフ　　　　　　　職員
su.ta.ffu.

▷ 管理者　　　　　　　　管理者
ka.n.ri.sha.

▷ 運営者　　　　　　　　經營者
u.n.e.i.sha.

▷ 会計士　　　　　　　　會計
ka.i.ke.i.shi.

▷ エンジニア　　　　　　工程師
e.n.ji.ni.a.

▷ チーフエンジニア　　　首席工程師
chi.i.fu.e.n.ji.ni.a.

▷ 諮問エンジニア　　　　顧問工程師
shi.mo.n.e.n.ji.ni.a.

▷ システムエンジニア　　系統工程師
shi.su.te.mu.e.n.ji.ni.a.

▷ プロジェクトリーダーエンジニア　　主任工程師
pu.ro.je.ku.to.ri.i.da.a.e.n.ji.ni.a.

▷ アカウントエンジニア　　専案工程師
a.ka.u.n.to.e.n.ji.ni.a.

▷ シニアエンジニア　　高級工程師
shi.ni.a.e.n.ji.ni.a.

▷ ネットワークエンジニア　　網路工程師
ne.tto.wa.a.ku.e.n.ji.ni.a.

▷ アシスタントエンジニア　　助理工程師
a.shi.su.ta.n.to.e.n.ji.ni.a.

▷ アシスタント　　助理
a.shi.su.ta.n.to.

▷ 助手^{じょしゅ}　　助理
jo.shu.

▷ 事務員^{じむいん}　　事務員
ji.mu.i.n.

▷ 作業員^{さぎょういん}　　作業員
sa.gyo.u.i.n.

▶ シニアスペシャリスト　　高級專員　　•track　019
shi.ni.a.su.pe.sha.ri.su.to.

▷ スペシャリスト　　專員
su.pe.sha.ri.su.to.

▷ 主任技術者^{しゅにんぎじゅつしゃ}　　高級技術員
shu.ni.n.gi.ju.tsu.sha.

▷ テクニシャン　　技術員
te.ku.ni.sha.n.

▷ アシスタントテクニシャン　　助理技術員
a.shi.su.ta.n.to.te.ku.ni.sha.n.

▷ チームリーダー　　　領班
chi.i.mu.ri.i.da.a.

▷ 用務員　　　　　　　工友
<ruby>用務員<rt>ようむいん</rt></ruby>
yo.u.mu.i.n.

▷ 契約社員　　　　　　約聘人員
<ruby>契約社員<rt>けいやくしゃいん</rt></ruby>
ke.i.ya.ku.sha.i.n.

▷ ボランティア　　　　志工
bo.ra.n.ti.a.

▷ テンポラリーワーカー　臨時人員
te.n.po.ra.ri.i.wa.a.ka.a.

▷ 臨時工　　　　　　　臨時人員
<ruby>臨時工<rt>りんじこう</rt></ruby>
ri.n.ji.ko.u.

實用例句

1 彼は建築会社の社長です。
ka.re.wa./ke.n.ch.ku.ga.i.sha.no./sha.cho.u.de.su.
他是建築公司的老闆。

2 将来はエンジニアになりたいです。
sho.u.ra.i.wa./e.n.ji.ni.a.ni./na.ri.ta.i.de.su.
我將來想當工程師。

3 私は毎朝9時に会社に行きます。
wa.ta.shi.wa./ma.i.a.sa.ku.ji.ni./ka.i.sha.ni.i.ki.ma.su.
我每天早上9點去上班。

4 会社の同僚とゴルフに行きます。
ka.i.sha.no.do.u.ryo.u.to./go.ru.fu.ni.i.ki.ma.su.
要和同事去打高爾夫。

5 田中さんは課長になるそうです。

ta.na.ka.sa.n.wa./ka.cho.u.ni./na.ru.so.u.de.su.

田中先生好像會當課長。

相關單字

▷ 役職　　　　　　　公司中具決策能力的職位
ya.ku.sho.ku.

▶ 一般職　　　　　　一般職員(處理一般事務，較無升遷　　• track　020
i.ppa.n.sho.ku.　　機會)

▷ 総合職　　　　　　將來較有升遷機會的職位
so.u.go.u.sho.ku.

▷ 閑職　　　　　　　不受重視的閒差
ka.n.sho.ku.

▷ 管理職　　　　　　管理職
ka.n.ri.sho.ku.

▷ 中間管理職　　　　中堅職務
chu.u.ka.n.ka.n.ri.sho.ku.

▷ 職員　　　　　　　職員
sho.ku.i.n.

慣用例句

派遣社員

ha.ke.n.sha.i.n.

派遣員工

 和人力派遣公司簽約的非正式員工。

例 人材会社に登録して、派遣社員になりました。
じんざいがいしゃ　とうろく　　　　　はけんしゃいん

ji.n.za.i.ga.i.sha.ni.to.u.ro.ku.shi.te./ha.ke.n.sha.i.n.ni./na.ri.ma.shi.ta.

在人力公司登記後，成為派遣員工。

部門名稱

▷ 会長室　　　　　　　董事長室
　かいちょうしつ
　ka.i.cho.u.shi.tsu.

▷ グループ　　　　　　事業群
　gu.ru.u.pu.

▷ 事業部　　　　　　　事業處
　じぎょうぶ
　ji.gyo.u.bu.

▷ 部門　　　　　　　　部門
　ぶもん
　bu.mo.n.

▷ 課　　　　　　　　　課／科室
　か
　ka.

▷ 管理部　　　　　　　行政部
　かんりぶ
　ka.n.ri.bu.

▷ お客様サービス課　　客服部
　きゃくさま　　　　か
　o.kya.ku.sa.ma.sa.a.bi.su.ka.

▷ 財務部　　　　　　　財務部
　ざいむぶ
　za.i.mu.bu.

▷ 株主総会　　　　　　股東會
　かぶぬしそうかい
　ka.bu.nu.shi.so.u.ka.i.

▷ 取締役会　　　　　　董事會
　とりしまりやくかい
　to.ri.shi.ma.ri.ya.ku.ka.i.

▷ スタッフ部門　　　　內勤部門
　　　　　ぶもん
　su.ta.ffu.bu.mo.n.

▷ ライン部門 　　　　　外勤部門
ra.i.n.bu.mo.n.

▶ 企画広報室 　　　　　公關部
ki.ka.ku.ko.u.ho.u.shi.tsu.

▷ 研究開発部 　　　　　研發部
ke.n.kyu.u.ka.i.ha.tsu.bu.

▷ 経理部 　　　　　　　經營部門
ke.i.ri.bu.

▷ 財務部 　　　　　　　財務部
za.i.mu.bu.

▷ 総務部 　　　　　　　總務部／事務部
so.u.mu.bu.

▷ 人事部 　　　　　　　人事部
ji.n.ji.bu.

▷ 購買部門 　　　　　　採購部
ko.u.ba.i.bu.

▷ 営業部 　　　　　　　營業部
ei.i.gyo.u.bu.

▷ 製造部 　　　　　　　製造部
se.i.zo.u.bu.

▷ マーケティング部 　　行銷部
ma.a.ke.ti.n.gu.bu.

▷ 企画部 　　　　　　　企劃部
ki.ka.ku.bu.

▷ IT部門 　　　　　　　資訊部
i.t.bu.mo.n.

▷ コンピューターセンター 電腦中心
ko.n.pyu.u.ta.a.se.n.ta.a.

▷ 品質管理部　　　　品管部
　　ひんしつかんりぶ
　　hi.n.shi.tsu.ka.n.ri.bu.

▷ 法務部　　　　　　法務部
　　ほうむぶ
　　ho.u.mu.bu.

▷ 監査役室　　　　　稽核室
　　かんさやくしつ
　　ka.n.sa.ya.ku.shi.tsu.

▷ メールルーム　　　收發室
　　me.e.ru.ru.u.mu.

實用例句

1 総務課の高橋です。
　そうむか　たかはし

so.u.mu.ka.no./ta.ka.ha.shi.de.su.
我是總務課的高橋。

2 企画部の業務範囲は、印刷物、イベントなど幅広い斬新な
　きかくぶ　ぎょうむはんい　　いんさつぶつ　　　　　　はばひろ　ざんしん
　提案で、自社だけでなくお客様にも、活力あるビジネス
　ていあん　　　　ししゃ　　　　　　　きゃくさま　　かつりょく
　チャンスを提案いたします。
　　　　　　　ていあん

ki.ka.ku.bu.no./gyo.u.mu.ha.ni.wa./i.n.sa.tsu.bu.tsu./i.be.n.to.na.
do./ha.ba.hi.ro.i.za.n.shi.n.na.te.i.a.n.de./ji.sha.da.ke.de.na.ku./o.
kya.ku.sa.ma.ni.mo./ka.tsu.ryo.ku.a.ru./bi.ji.ne.su.cha.n.su.o./te.i.
a.n.i.ta.shi.ma.su.
企業部的業務內容是藉由印刷品、活動等廣泛的斬新提案，對公
司內部或客人們提供具活力的商業機會。

3 私は人事部で働いています。
　わたし　じんじぶ　はたら

●track　022

wa.ta.sh.wa./ji.n.ji.bu.de./ha.ta.ra.i.te.i.ma.su.
我在人事部工作。

4 購買部門強化セミナーは、盛況の内に終了いたしまし
　こうばいぶもんきょうか　　　　せいきょう　うち　しゅうりょう
　た。

ko.u.ba.i.bu.mo.n.kyo.u.ka.se.mi.na.wa.a./se.i.kyo.u.no.u.ch.ni./
shu.u.ryo.u.i.ta.shi.ma.shi.ta.
採購部強化會議，在盛況中落幕。

5 該当本の刊行予定につきましては、最寄りの営業部までお問い合わせ下さい。

ka.i.to.u.ho.n.no.ka.n.ko.u.yo.te.i.ni.tsu.ki.ma.shi.te.wa./mo.yo.ri.
no.e.i.gyo.bu.ma.de./o.to.i.a.wa.se.ku.da.sa.i.

關於該書的發行日，請洽最近的營業所。

相關單字

▷ 本社　　　　　　　　總公司
ho.n.sha.

▷ 本部　　　　　　　　總公司
ho.n.bu.

▷ 本店　　　　　　　　總店
ho.n.te.n.

▷ 支店　　　　　　　　分公司
shi.te.n.

▷ 支社　　　　　　　　分公司
shi.sha.

▷ 支局　　　　　　　　分公司
shi.kyo.ku.

▷ 支部　　　　　　　　分部
shi.bu.

• track　023

出勤用語

▷ 出社　　　　　　　　上班
shu.ssha.

▷ 退社　　　　　　　　下班／退職
ta.i.sha.

▷ 早退 （そうたい）　　　早退
so.u.ta.i.

▷ 休み中 （やすちゅう）　　　休息中
ya.su.mi.chu.u.

▷ 閉店 （へいてん）　　　關店
he.i.te.n.

▷ 定休日 （ていきゅうび）　　　公休日
te.i.kyu.u.bi.

▷ 出勤 （しゅっきん）　　　打卡上班
shu.kki.n.

▷ 勤務中 （きんむちゅう）　　　在上班
ki.n.mu.chu.u.

▷ 当直 （とうちょく）　　　值班中
to.u.cho.ku.

▷ 退勤 （たいきん）　　　下班
ta.i.ki.n.

實用例句

1 出勤 （しゅっきん） 1日目 （にちめ） は授業 （じゅぎょう） の打 （う） ち合 （あ） わせやら準備 （じゅんび）
で瞬 （またた） く間 （ま） に終 （お） わった。
shu.kki.n.i.chi.ni.chi.me.wa./ju.kyo.u.no.u.chi.a.wa.se.ya.ra./ju.n.
bi.de./ma.ta.ta.ku.ma.ni./o.wa.tta.
第一天上班，在課程的討論和準備中便轉眼結束。

2 退社時間 （たいしゃじかん） がかち合 （あ） います。
ta.i.sha.ji.ka.n.ga./ka.chi.a.i.ma.su.
下班時間趕在一起。

3 田中は今日出社していません。

ta.na.ka.wa./kyo.u.shu.ssha.shi.te.i.ma.se.n.

田中今天沒有上班。

4 十時に出社します。

ju.u.ji.ni./shu.ssha.shi.ma.su.

早上十點上班。

5 毎日出勤するとまずパソコンを開いてメールをチェック
します。

ma.i.ni.chi.shu.kki.n.su.ru.to./ma.zu.pa.so.ko.n.o./hi.ra.i.te./me.e.
ru.o.che.kku.shi.ma.su.

每天上班後便馬上打開電腦看郵件。

相關單字

▶ 日勤	日班	• track 024
ni.kki.n.		
▷ 早番	早班	
ha.ya.ba.n.		
▷ 早出	早班	
ha.ya.de.		
▷ 遅番	晚班	
o.so.ba.n.		
▷ 遅出	晚班	
o.so.de.		

慣用例句

休日出勤
kyu.u.ji.tsu.shu.kki.n.
假日加班

在例假日上班。

例 今度の日曜は休日出勤です。

ko.n.do.no.ni.chi.yo.u.wa./kyu.u.ji.tsu.shu.kki.n.de.su.

這週日要加班。

休假

▷ 休み   請假

ya.su.mi.

▷ 欠勤   請假

ke.kki.n.

▷ 休憩時間   休息時間

kyu.u.ke.i.ji.ka.n.

▷ 外出先   外出的目的地

ga.i.shu.tsu.sa.ki.

▷ 直帰   直接回家（不回公司）

cho.kki.

▷ 休暇   休假

kyu.u.ka.

▷ 有給休暇   年假／特休

yu.u.kyu.u.kyu.u.ka.

▷ 年次有給休暇   年假／特休

ne.n.ji.yu.u.o.kyu.u.kyu.u.ka.

▷ 有休   年假／特休

yu.u.kyu.u.

▷ 年休
ねんきゅう
年假／特休
ne.n.kyu.u.

▷ 国民の祝日
こくみん　　しゅくじつ
國定假日
ko.ku.mi.n.no.shu.ku.ji.tsu.

▷ 振替休日
ふりかえきゅうじつ
補放假
fu.ri.ka.e.kyu.u.ji.tsu.

▶ 国民の休日
こくみん　　きゅうじつ
例假日
ko.ku.mi.n.no.kyu.u.ji.tsu.

•track 025

▷ 組合休暇
くみあいきゅうか
公假
ku.mi.a.i.kyu.u.ka.

▷ 病休
びょうきゅう
病假
byo.u.kyu.u.

▷ 病気休暇
びょうききゅうか
病假
byo.u.ki.kyu.u.ka.

▷ 介護休暇
かいごきゅうか
因照顧家人所請的假
ka.i.go.kyu.u.ka.

▷ 結婚休暇
けっこんきゅうか
婚假
ke.kko.n.kyu.u.ka.

▷ 産休
さんきゅう
產假
sa.n.kyu.u.

▷ 育児休暇
いくじきゅうか
育兒假
i.ku.ji.kyu.u.ka.

▷ 育休
いくきゅう
育兒假
i.ku.kyu.u.

▷ 生理休暇
せいりきゅうか
生理假
se.i.ri.kyu.u.ka.

▷ 忌引休暇
きびききゅうか
喪假
ki.bi.ki.kyu.u.ka.

▷ リフレッシュ休暇^{きゅうか}　　公司給予的休假(類似補休)
　ri.re.re.sshu.kyu.u.ka.

▷ ボランティア休暇^{きゅうか}　　去當義工而請的假
　bo.ra.n.ti.a.kyu.u.ka.

實用例句

1 一日^{いちにち}の休^{やす}みを取^とりました。
　i.chi.ni.chi.no.ya.su.mi.o./to.ri.ma.shi.ta.
　請了一天假。

2 このスーパーは毎週木曜日^{まいしゅうもくようび}が休^{やす}みです。
　ko.no.su.u.pa.a.wa./ma.i.shu.u.mo.ku.yo.u.bi.ga./ya.su.mi.de.su.
　這間超市每週四休息。

3 働^{はたら}いている女性^{じょせい}で妊娠^{にんしん}している方^{かた}は、会社^{かいしゃ}の規模^{きぼ}に関係^{かんけい}な
　く、産休^{さんきゅう}をとることができます。
　ha.ta.ra.i.te.i.ru.jo.se.i.de./ni.n.shi.n.shi.te.i.ru.ka.ta.wa./ka.i.sha.
　no.ki.bo.ni.ka.n.ke.i.na.ku./sa.n.kyu.u.o.to.ru.ko.to.ga./de.ki.ru.
　職業婦女懷孕後，無論公司規模大小，皆能請產假。

4 昼休^{ひるやす}みは十二時^{じゅうにじ}から一時半^{いちじはん}までです。
　hi.ru.ya.su.mi.wa./ju.u.ni.ji.ka.ra./i.chi.ji.ha.n.ma.de.de.su.
　午休是十二點到一點半。

5 定休日^{ていきゅうび}は月曜日^{げつようび}です。
　te.i.kyu.u.bi.wa./ge.tsu.yo.u.bi.de.su.
　週一公休。

相關單字

▶ 夏休み (なつやす) 　　暑假 　　•track　026
na.tsu.ya.su.mi.

▷ 冬休み (ふゆやす) 　　寒假
fu.yu.ya.su.mi.

▷ 春休み (はるやす) 　　春假
ha.ru.ya.su.mi.

▷ 休日出勤 (きゅうじつしゅっきん) 　　假日加班
kyu.u.ji.tsu.shu.kki.n.

▷ 飛石連休 (とびいしれんきゅう) 　　含週末的連休
to.bi.i.shi.re.n.kyu.u.

工作夥伴

▷ 仲間 (なかま) 　　夥伴
na.ka.ma.

▷ 同僚 (どうりょう) 　　同事
do.u.ryo.u.

▷ 雇員 (こいん) 　　雇員
ko.i.n.

▷ 従業員 (じゅうぎょういん) 　　員工
ju.u.gyo.u.i.n.

▷ 店員 (てんいん) 　　店員
te.n.i.n.

▷ 雇用者 (こようしゃ) 　　雇主
ko.yo.u.sha.

▷ 雇い主 (やとぬし) 　　雇主
ya.to.i.nu.shi.

▷ 使い手　　　　　　　雇主
つか て
tsu.ka.i.te.

▷ スタッフ　　　　　　員工
su.ta.ffu.

▷ 職員　　　　　　　　員工
しょくいん
sho.ku.i.n.

實用例句

●track　027

1　同僚と一杯飲みに行きます。
どうりょう いっぱいの い
do.u.ryo.u.to./i.ppa.i.no.mi.ni./i.ki.ma.su.
和同事去喝一杯。

2　彼は昔の同僚です。
かれ むかし どうりょう
ka.re.wa./mu.ka.shi.no.do.u.ryo.u.de.su.
他是我以前的同事。

3　彼とは商売仲間です。
かれ しょうばいなかま
ka.re.to.wa./sho.u.ba.i.na.ka.ma.de.su.
他是我的生意夥伴。

4　そこにはかわいい店員の娘がいます。
てんいん むすめ
so.ko.ni.wa./ka.wa.i.i.te.n.i.n.no.mu.su.me.ga./i.ma.su.
那家店有可愛的女店員。

5　使い手がいません。
つか て
tsu.ka.i.te.ga./i.ma.se.n.
沒有受雇於人。

相關單字

▷ 仮　　　　　　　　　暫代的
かり
ka.ri.

▷ 代理
だいり
da.i.ri. 暫代的

▷ 部長代理
ぶちょうだいり
bu.cho.u.da.i.ri. 代理部長

▷ 代理者
だいりしゃ
da.i.ri.sha. 代理人

▷ 代理署名
だいりしょめい
da.i.ri.sho.me.i. 代簽

▷ 仕事の引継ぎ
しごと ひきつ
shi.go.to.no.hi.ki.tsu.gi. 接替工作

▷ 後継者
こうけいしゃ
ko.u.ke.i.sha. 繼承工作的人

▷ 職務代理者
しょくむだいりしゃ
sho.ku.mu.da.i.ri.sha. 代理工作的人

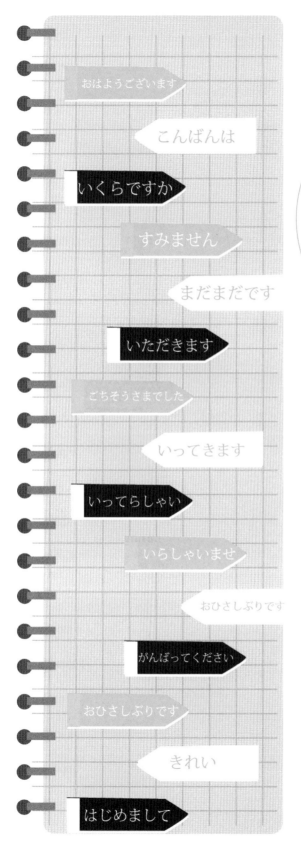

おはようございます

こんばんは

いくらですか

すみません

まだまだです

いただきます

ごちそうさまでした

いってきます

いってらしゃい

いらしゃいませ

おひさしぶりです

がんばってください

おひさしぶりです

きれい

はじめまして

Part

書信、電子
郵件篇

●track 028

商業書信、電子郵件種類

▷ 見積書送付の案内　　估價單送出通知
mi.tsu.mo.ri.sho.so.u.fu.no.a.n.na.i.

▷ 請求書送付の案内　　請款單送出通知
se.i.kyu.u.sho.so.u.fu.no.a.n.na.i.

▷ 資料送付の案内　　資料送出之通知
shi.ryo.u.so.u.fu.no.a.n.na.i.

▷ 送別会の案内　　歡送會通知
so.u.be.tsu.ka.i.no.a.n.na.i.

▷ 歓迎会の案内　　歡迎會通知
ka.n.ge.i.ka.i.no.a.n.na.i.

▷ 忘年会の案内　　尾牙(年末聚會)通知
bo.u.ne.n.ka.i.no.a.n.na.i.

▷ 新年会の案内　　春酒通知
shi.n.ne.n.ka.i.no.a.n.na.i.

▷ お礼のメール　　致謝電子郵件
o.re.i.no.me.e.ru.

▷ 食事接待のお礼　　感謝招待（吃飯）
sho.ku.ji.se.tta.i.no.o.re.i.

▷ 飲食接待のお礼　　感謝招待（吃飯）
i.n.sho.ku.se.tta.i.no.o.re.i.

▷ 退職の挨拶　　告知離職
ta.i.sho.ku.no.a.i.sa.tsu.

實用例句

1 お礼のメールを送ります。
o.re.i.no.me.e.ru.o./o.ku.ri.ma.su.
寄送致謝的電子郵件。

2 送別会の案内を参照します。

so.u.be.tsu.ka.i.no.a.n.na.i.o./sa.n.sho.u.shi.ma.su.

請參照送別會的介紹。

3 食事接待のお礼を申し上げます。

sho.ku.ji.se.tta.i.no.o.re.o./mo.u.shi.a.ge.ma.su.

特別感謝您的招待。

4 退職の挨拶を申し上げます。

ta.i.sho.ku.no.a.i.sa.tsu.o./mo.u.shi.a.ge.ma.su.

離職前特別致意。

相關單字

▷ 年賀状
ne.n.ga.jo.u. 　　　　　賀年明信片

▷ 寒中見舞い
ka.n.chu.u.mi.ma.i. 　　冬季問候

▷ 暑中見舞い
sho.chu.u.mi.ma.i. 　　夏季問候

▷ 残暑見舞い
za.n.sho.mi.ma.i. 　　　夏季尾聲的問候

• track 029

私人書信、電子郵件種類

▷ お見舞いのお礼
o.mi.ma.i.no.o.re.i. 　　感謝前來探病

▷ 挨拶メール
a.i.sa.tsu.me.e.ru. 　　問候的電子郵件

▷ お祝いメール
o.i.wa.i.me.e.ru. 　　　祝福的電子郵件

▷ 結婚式お祝い　　　　結婚祝賀
けっこんしき　いわ
ke.kko.n.shi.ki.o.i.wa.i.

▷ 誕生日お祝い　　　　生日祝賀
たんじょうび　いわ
ta.n.jo.u.bi.o.i.wa.i.

▷ 成人式お祝い　　　　成年祝賀
せいじんしき　いわ
se.i.ji.n.shi.ki.o.i.wa.i.

▷ 合格祝い　　　　　　金榜提名祝賀
ごうかくいわ
go.u.ka.ku.i.wa.i.

▷ 卒業祝い　　　　　　畢業祝賀
そつぎょういわ
so.tsu.gyo.u.i.wa.i.

▷ 新築祝い　　　　　　遷居（新房子）祝賀
しんちくいわ
shi.n.chi.ku.i.wa.i.

▷ お悔やみ　　　　　　弔喪
く
o.ku.ya.mi.

▷ お見舞い　　　　　　探病
みま
o.mi.ma.i.

▷ 病気お見舞　　　　　探病（生病）
びょうき　みまい
byo.u.ki.o.mi.ma.i.

▷ 怪我お見舞　　　　　探病（受傷）
け　が　みまい
ke.ga.o.mi.ma.i.

▷ 火事お見舞　　　　　探視（火災）
か　じ　みまい
ka.ji.o.mi.ma.i.

▷ 災害お見舞　　　　　探病（遇上災害）
さいがい　みまい
sa.i.ga.i.o.mi.ma.i.

▷ 季節のメール　　　　季節問候之電子郵件
きせつ
ki.se.tsu.no.me.e.ru.

▷ クリスマスメール　　聖誕祝賀電子郵件
ku.ri.su.ma.su.me.e.ru.

▷ 年末のご挨拶　　　　歳末年終的問候
ne.n.ma.tsu.no.go.a.i.sa.tsu.

▷ 年始のご挨拶　　　　新年問候
ne.n.shi.no.go.a.i.sa.tsu.

書信常用詞

▷ 住所　　　　　　　地址
ju.u.sho.

▷ 差出人　　　　　　寄件人
sa.shi.da.shi.ni.n.

▷ 発信人　　　　　　寄件人
ha.sshi.n.ni.n.

▷ 送信者　　　　　　寄件人
so.u.shi.n.sha.

▷ 宛先　　　　　　　收件人
a.te.sa.ki.

▷ 載る　　　　　　　印／寫
no.ru.

▷ 文通　　　　　　　信件/通信
bu.n.tsu.u.

▷ ビジネスメール　　商業書信
bi.ji.ne.su.me.e.ru.

▷ 個人的なメール　　私人信函
ko.ji.n.te.ki.na.me.e.ru.

▷ メールボックス　　郵筒
me.e.ru.bo.kku.su.

▷ 受信箱　　　　　　電子郵件收信匣
ju.shi.n.ba.ko.

實用例句

1 住所と氏名を書き込んでください。
ju.u.sho.to.shi.me.i.o./ka.ki.ko.n.de./ku.da.sa.i.
請寫地址和姓名。

2 住所を変更しました。
ju.u.sho.o./he.n.ko.u.shi.ma.shi.ta.
我的地址改了。

3 左記の住所に転居しました。
sa.ki.no.ju.u.sho.ni./te.n.kyo.shi.ma.shi.ta.
搬到左列的地址。

4 大阪に住所を移しました。
o.o.sa.ka.ni./ju.u.sho.o./u.tsu.shi.ma.shi.ta.
搬家到大阪。

5 メールをやり取りします。
me.e.ru.o./ya.ri.to.ri.shi.ma.su.
電子郵件往來。

6 メールの添付ファイルで画像を送ります。
me.e.ru.no./te.n.pu.fa.i.ru.de./ga.zo.u.o.o./ku.ri.ma.su.
利用電子郵件的附加檔案寄送圖片。

7 メールで連絡します。
me.e.ru.de./re.n.ra.ku.shi.ma.su.
透過電子郵件聯絡。

8 メールを受信します。
me.e.ru.o./ju.shi.n.shi.ma.su.
收信。

● track 031

9 メールを送信します。

me.e.ru.o./so.u.shi.n.shi.ma.su.

寄信。

慣用例句

> **メール**
> je.e.ru.
> 電子郵件／簡訊

除了電子件之外，一般以手機傳送的簡訊也叫做**メール**。

例 携帯のメールをチェックします。

ke.i.ta.i.no.me.e.ru.o./che.kku.shi.ma.su.

查看手機簡訊。

郵件寄送方式

▷ 小包　　　　　　　包裹
ko.zu.tsu.mi.

▷ 重量を超える　　　超重
ju.u.ryo.u.o.ko.e.ru.

▷ 不足分着払　　　　超重（付郵資）
fu.so.ku.bu.n.cha.ku.ba.ra.i.

▷ 郵便番号　　　　　郵地區號
yu.u.bi.n.ba.n.go.u.

▷ はがき　　　　　　明信片
ha.ga.ki.

▷ ポストカード　　　　　　明信片
po.su.to.ka.a.do.

▷ <ruby>航空郵便<rt>こうくうゆうびん</rt></ruby>　　　　　航空郵寄
ko.u.ku.u.yu.u.bi.n.

▷ <ruby>国際郵便<rt>こくさいゆうびん</rt></ruby>　　　　　國際郵件
ko.ku.sa.i.yu.u.bi.n.

▷ <ruby>国際<rt>こくさい</rt></ruby>スピード<ruby>郵便<rt>ゆうびん</rt></ruby>　　航空速遞
ko.ku.sa.i.su.pi.i.do.yu.u.bi.n.

▷ <ruby>書留<rt>かきとめ</rt></ruby>　　　　　　　掛號郵件
ka.ki.to.me.

▷ <ruby>速達<rt>そくたつ</rt></ruby>　　　　　　　快遞郵件
so.ku.ta.tsu.

▷ <ruby>配達<rt>はいたつ</rt></ruby>　　　　　　　宅配
ha.i.ta.tsu.

▶ <ruby>着払<rt>ちゃくばらい</rt></ruby>　　　　　　　貨到付款　　　　　　　•track　032
cha.ku.ba.ra.i.

▷ <ruby>代金引換<rt>だいきんひきかえ</rt></ruby>　　　　　貨到付款（通常用於
da.i.ki.n.hi.ki.ka.e.　　　　網路、電視購物時）

▷ <ruby>料金受取人払<rt>りょうきんうけとりにんばらい</rt></ruby>　　　收件人付款
ryo.u.ki.n.u.ke.to.ri.ni.n.ba.ra.i.

▷ <ruby>普通郵便<rt>ふつうゆうびん</rt></ruby>　　　　　普通郵件
fu.tsu.u.yu.u.bi.n.

實用例句

1 はがきを<ruby>出<rt>だ</rt></ruby>します。
ha.ga.ki.o.de.shi.ma.su.
寄明信片。

2 同封のはがきで出欠を一報ください。

do.u.fu.u.no.ha.ga.ki.de./shu.kke.tsu.o.i.bbo.u./ku.da.sa.i.

請利用隨信附上的明信片告知是否出席。

3 速達だと明日には着きます。

so.ku.ta.tsu.da.to./a.shi.ta.ni.wa./tsu.ki.ma.su.

如果寄限時專送的話，明天可以到。

4 宅配便で送ります。

ta.ku.ha.i.bi.n.de./o.ku.ri.ma.su.

用宅配的方式寄送。

5 現金、クレジットカードでの支払いが可能な代金引換サービス。

ge.n.ki.n./ku.re.ji.tto.ka.a.do.de.no.shi.ha.ra.i.ga./ka.no.u.na.da./i.ki.n.hi.ki.ka.e.sa.a.bi.su.

代收貨款可以用現金、信用卡等付帳。

相關單字

▷ 切手　　　　　　　　　郵票
ki.tte.

▷ 印刷物　　　　　　　　印刷品
i.n.sa.tsu.bu.tsu.

▷ 配送　　　　　　　　　投遞
ha.i.so.u.

▷ 郵便配達員　　　　　　郵差
yu.u.bi.n.ha.i.ta.tsu.i.n.

▷ 経由　　　　　　　　　經由
ke.i.yu.

▷ **機密性**
きみつせい
ki.mi.tsu.se.i.

機密的

▷ **差出人住所**
さしだしにんじゅうしょ
sa.shi.da.shi.ni.n.ju.u.sho.

寄件人地址

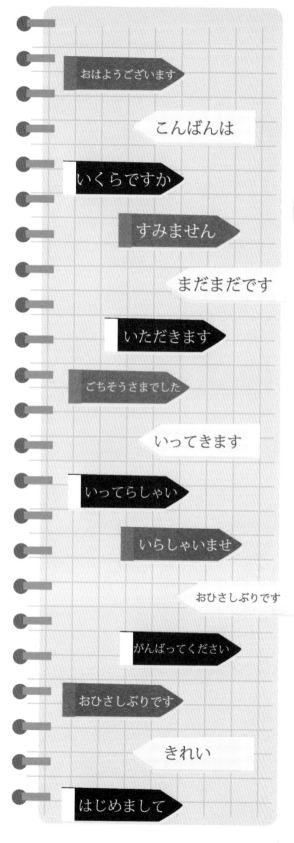

おはようございます

こんばんは

いくらですか

すみません

まだまだです

いただきます

ごちそうさまでした

いってきます

いってらしゃい

いらしゃいませ

おひさしぶりです

がんばってください

おひさしぶりです

きれい

はじめまして

Part

電話溝通篇

通話種類

▷ 内線　　　　　　　分機
　ないせん
　na.i.se.n.

▷ 市内通話　　　　　市話
　しないつうわ
　shi.na.i.tsu.u.wa.

▷ 市外電話　　　　　長途電話
　しがいでんわ
　shi.ga.i.de.n.wa.

▷ 緊急コール　　　　緊急電話
　きんきゅう
　ki.n.kyu.u.ko.o.ru.

▷ 無料通話　　　　　免費電話
　むりょうつうわ
　mu.ryo.u.tsu.u.wa.

▷ 携帯電話　　　　　行動電話
　けいたいでんわ
　ke.i.ta.i.de.n.wa.

▷ インターホン　　　對講裝置
　i.n.ta.a.ho.n.

▷ 公衆電話　　　　　公用電話
　こうしゅうでんわ
　ko.u.shu.u.de.n.wa.

實用例句

1 電話を掛けます。
　でんわ　　か
　de.n.wa.o./ka.ke.ma.su.
　打電話。

2 先生に電話します。
　せんせい　　でんわ
　se.n.se.i.ni./de.n.wa.shi.ma.su.
　打電話給老師。

3 いたずら電話を掛けます。
i.ta.zu.ra.de.n.wa.o./ka.ke.ma.su.
打惡作劇電話。

4 電話を切ります。
de.n.wa.o./ki.ri.ma.su.
掛電話。

5 電話が遠いです。
de.n.wa.ga./to.o.i.de.su.
電話的聲音聽不清楚。

6 電話が切れました。
de.n.wa.ga./ki.re.ma.shi.ta.
電話斷了。

7 電話を掛け間違えます。
de.n.wa.o./ka.ke.ma.chi.ga.e.ma.su.
打錯電話。

8 お戻りになりましたら電話をお願いします。
o.mo.do.ri.ni.na.ri.ma.shi.ta.ra./de.n.wa.o./o.ne.ga.i.shi.ma.su.
如果回來了再請他回電。

9 私の携帯に連絡をください。
wa.ta.shi.no.ke.i.ta.i.ni./re.n.ra.ku.o.ku.da.sa.i.
請打到我的手機。

電話用語

• track 034

▷ 切る   切斷(電話)
ki.ru.

▷ 接続 せつぞく　　　　　　接通(電話)
se.tsu.zo.ku.

▷ かける　　　　　　　　撥電話
ka.ke.ru.

▷ 受信できない じゅしん　　　收不到訊號
ju.shi.n.de.ki.na.i.

▷ 圏外 けんがい　　　　　　收不到訊號
ke.i.ga.i.

▷ 話し中 はな　ちゅう　　　　佔線
ha.na.shi.chu.u.

▷ 繫がる つな　　　　　　　　接通
tsu.na.ga.ru.

▷ メッセージ　　　　　　留言
me.sse.e.ji.

▷ 伝言 でんごん　　　　　　留言
de.n.go.n.

▷ 掛け直す か　なお　　　　　再致電
ka.ke.na.o.su.

▷ 折り返し お　かえ　　　　　不久後
o.ri.ka.e.shi.

▷ 間違い電話 まちが　でんわ　撥錯號
ma.chi.ga.i.de.n.wa.

▷ 発信者 はっしんしゃ　　　　發話方
ha.sshi.n.sha.

▷ ナンバーディスプレー　來電顯示
na.n.ba.a.di.su.pu.re.e.

▷ スピーカーフォン　　　免持聽筒
su.pi.i.ka.a.fo.n.

實用例句

1 どちら様でいらっしゃいますか。
do.chi.ra.sa.ma.de.i.ra.ssha.i.ma.su.ka.
請問是哪位？

2 どのようなご用件でしょうか。
do.no.yo.u.na.go.yo.u.ke.n.de.sho.u.ka.
請問有什麼事？

3 お電話代わりました。
o.de.n.wa.ka.wa.ri.ma.shi.ta.
電話換人接聽了。

4 席をはずしておりますが。
se.ki.o.ha.zu.sh.te.o.ri.ma.su.ga.
現在正離開座位。

5 後ほど改めてお電話いたします。
no.chi.ho.do.a.ra.ta.me.te.o.de.n.wa.i.ta.shi.ma.su.
之後會再致電。

6 よろしくお願いします。
yo.ro.shi.ku.o.ne.ga.i.shi.ma.su.
麻煩你了。

• track 035

7 そのようにお伝えください。
so.no.yo.u.ni.o.tsu.ta.e.ku.da.sa.i.
請如此轉告他。

8 お声が遠いようです。
o.ko.e.ga.to.o.i.yo.u.de.su.
聲音聽不清楚。

慣用例句

マナーモード

ma.na.a.mo.o.do.

靜音模式

說 手機的靜音模式。日本在電車中通常不可講手機，而且需使用靜
明 音模式。

例 <ruby>携帯電話<rt>けいたいでんわ</rt></ruby>を<ruby>常時<rt>じょうじ</rt></ruby>マナーモードにしています。

ke.i.ta.i.de.n.wa.o./jo.u.ji.ma.na.a.mo.o.do.ni./shi.te.i.ma.su.

手機隨時保持在靜音模式。

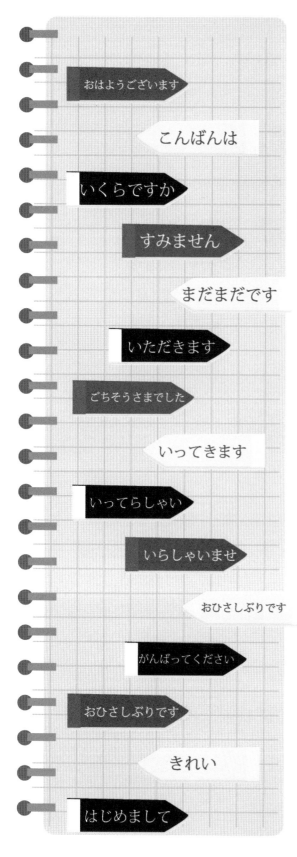

おはようございます

こんばんは

いくらですか

すみません

まだまだです

いただきます

ごちそうさまでした

いってきます

いってらしゃい

いらしゃいませ

おひさしぶりです

がんばってください

おひさしぶりです

きれい

はじめまして

Part

校園篇

學校職務

▷ 総長
そうちょう
so.u.cho.u.
多所學校的總校長

▷ 園長
えんちょう
e.n.cho.u.
幼稚園園長

▷ 学長
がくちょう
ga.ku.cho.u.
大學校長

▷ 校長
こうちょう
ko.u.cho.u.
校長（國小、中學、高中）

▷ 副校長
ふくこうちょう
fu.ku.ko.u.cho.u.
副校長

▷ 副園長
ふくえんちょう
fu.ku.e.n.cho.u.
副園長

▷ 副学長
ふくがくちょう
fu.ku.ga.ku.cho.u.
大學副校長

▷ 教頭
きょうとう
kyo.u.to.u.
教務主任（小學、中學、高中）

▷ 学部長
がくぶちょう
ga.ku.bu.cho.u.
大學教務長

▷ 短期大学部長
たんきだいがくぶちょう
ta.n.ki.da.i.ga.ku.bu.cho.u.
短大教務長

▷ 学科長
がっかちょう
ga.kka.cho.u.
系主任

▷ 課程長
かていちょう
ka.te.i.cho.u.
大學中負責課程等校務者

▷ 主任
しゅにん
shu.ni.n.
主任

▷ 主事　　　　　　　　　主任
しゅじ
shu.ji.

▷ 教員　　　　　　　　　從事教職者
きょういん
kyo.u.i.n.

▷ 事務職員　　　　　　　學校職員
じむしょくいん
ji.mu.sho.ku.i.n.

▷ 学校事務職員　　　　　學校職員（大學除外）
がっこうじむしょくいん
ga.kko.u.ji.mu.sho.ku.i.n.

▷ 大学事務職員　　　　　大學職員
だいがくじむしょくいん
da.i.ga.ku.ji.mu.sho.ku.i.n.

▷ 技術職員　　　　　　　修理各項軟硬體的職員
ぎじゅつしょくいん
gi.ju.tsu.sho.ku.i.n.

▷ 寄宿舎指導員　　　　　舍監
きしゅくしゃしどういん
ki.shu.ku.sha.shi.do.u.i.n.

▷ 学校栄養職員　　　　　營養師
がっこうえいようしょくいん
ga.ko.u.e.i.yo.u.sho.ku.i.n.

▷ 学校医　　　　　　　　校醫
がっこうい
ga.kko.u.i.

▷ 学校歯科医　　　　　　駐校牙醫
がっこうしかい
ga.kko.u.shi.ka.i.

▷ 学校薬剤師　　　　　　駐校藥劑師
がっこうやくざいし
ga.kko.u.ya.ku.za.i.shi.

► 調理師　　　　　　　　廚師（煮營養午餐等）　　　• track 037
ちょうりし
cho.u.ri.shi.

▷ 教諭　　　　　　　　　專任老師
きょうゆ
kyo.u.yu.

▷ 助教諭　　　　　　　　臨時專任教師
じょきょうゆ
jo.kyo.u.yu.

▷ **講師** (こうし)　　　　　　講師
ko.u.shi.

▷ **常勤講師** (じょうきんこうし)　　　正式講師
jo.u.ki.n.ko.u.shi.

▷ **非常勤講師** (ひじょうきんこうし)　約聘講師
hi.jo.u.ki.n.ko.u.shi.

▷ **教授** (きょうじゅ)　　　　　　教授
kyo.u.ju.

▷ **准教授** (じゅんきょうじゅ)　　　副教授
ju.n.kyo.u.ju.

▷ **助手** (じょしゅ)　　　　　　助理
jo.shu.

▷ **スクールカウンセラー**　學校心理輔導員
su.ku.u.ru.ka.u.n.se.ra.a.

▷ **カウンセラー**　　　輔導老師／諮詢師
ka.u.n.se.ra.a.

▷ **先生** (せんせい)　　　　　　老師
se.n.se.i.

▷ **教師** (きょうし)　　　　　　老師
kyo.u.shi.

實用例句

1 **高校の先生をしています。** (こうこう／せんせい)
ko.u.ko.u.no.se.n.se.i.o./shi.te.i.ma.su.
我在高中當老師。

2 **先生になりたいです。** (せんせい)
se.n.se.i.ni./na.ri.ta.i.de.su.
我想當老師。

3 指導教授に卒論の指導を受けます。
しどうきょうじゅ　そつろん　しどう　う

shi.do.u.kyo.u.ju.ni./so.tsu.ro.n.no.shi.do.u.o./u.ke.ma.su.

接受指導教授指導畢業論文。

4 彼女はこの学校の教師です。
かのじょ　　　　がっこう　きょうし

ka.no.jo.wa./ko.no.ga.kko.u.no./kyo.u.shi.de.su.

她是這所學校的老師。

5 校長先生はいらっしゃいますか。
こうちょうせんせい

ko.u.cho.u.se.n.se.i.ha./i.ra.ssha.i.ma.su.ka.

請問校長在嗎？

相關單字

▷ 秘書　　　　　　　　秘書
　ひしょ
　hi.sho.

▷ 職員　　　　　　　　職員
　しょくいん
　sho.ku.i.n.

▷ 用務員　　　　　　　工友
　ようむいん
　yo.u.mu.i.n.

▶ 契約社員　　　　　　約聘人員
　けいやくしゃいん
　ke.i.ya.ku.sha.i.n.

•track 038

▷ ボランティア　　　　志工
　bo.ra.n.ti.a.

▷ P.T.A.　　　　　　　家長會
　pi.ti.e.i.

▷ 教育ママ　　　　　　過度熱衷教育的母親
　きょういく
　kyo.u.i.ku.ma.ma

學生種類

▷ 学生
ga.ku.se.i. ^{がくせい} 學生

▷ 卒業生
so.tsu.gyo.u.se.i. 校友

▷ 校友
ko.u.yu.u. 校友

▷ 新入生
shi.n.nyu.u.se.i. 大一新生

▷ 先輩
se.n.ba.i. 學長姊

▷ 後輩
ko.u.ha.i. 學弟妹

▷ 転校生
te.n.ko.u.se.i. 轉學生

▷ 聴講生
cho.u.ko.u.se.i. 旁聽（沒有學分或考試費用與正式生相同）

▷ もぐりの学生
mo.gu.ri.no.ga.ku.se.i. 旁聽生（偷跑進去上課）

▷ 交換留学生
ko.u.ka.n.ryu.u.ga.ku.se.i. 交換學生

▷ 交換学生
ko.u.ka.n.ga.ku.se.i. 交換學生

實用例句

^{かのじょ} ^{ぶんがくぶ} ^{がくせい}
1 彼女は文学部の学生です。

ka.no.jo.wa./bu.n.ga.ku.bu.no./ga.ku.se.i.de.su.

她是文學院的學生。

• track 039

^{こうこう} ^{にん} ^{がくせい}
2 その高校には１０００人の学生がいます。

so.no.ko.u.ko.u.ni.wa./se.n.ni.n.no.ga.ku.se.i.ga./i.ma.su.

那所高中有１０００名學生。

^{ことし} ^{しんにゅうせい} ^{ぜんぶ} ^{めい}
3 今年の新入生は全部で６９名。

ko.to.shi.no.shi.n.nyu.u.se.i.wa./ze.n.bu.de./ro.ku.ju.u.kyu.u.me.i.

今年的新生一共有６９人。

^{せんぱいこうはい} ^{くべつ} ^{きび}
4 先輩後輩の区別が厳しいです。

se.n.pa.i.ko.u.ha.i.no.ku.be.tsu.ga./ki.bi.shi.i.de.su.

學長姊制度嚴格。

^{かれ} ^{だいがく} ^{わたし} ^{いちねんせんぱい}
5 彼は大学で私より一年先輩でした。

ka.re.wa./da.i.ga.ku.de./wa.ta.shi.yo.ri./i.chi.ne.n.se.n.pa.i.de.shi.
ta.

他是比我大一年的大學學長。

慣用例句

OB／OG
o.bi./o.ji.
男校友／女校友

 說明　日文中稱已畢業的男校友為「OB」，女校友則為「OG」。

例OB はもとより全校卒業生も甲子園を期待しています。
（ぜんこうそつぎょうせい）（こうしえん）（きたい）

o.bi.wa.mo.to.yo.ri./ze.n.ko.u.so.tsu.gyo.u.se.i.mo./ko.u.shi.e.n.
o./ki.ta.i.shi.te.i.ma.su.

不只是學長，全校的畢業生都很期待校隊進軍甲子園。

作業及考試

• track 040

▷ 宿題 （しゅくだい）　　　　作業
shu.ku.da.i.

▷ 小論文 （しょうろんぶん）　　短篇作文
sho.u.ro.n.bu.n.

▷ 論文 （ろんぶん）　　　　論文
ro.n.bu.n.

▷ 試験 （しけん）　　　　考試
shi.ke.n.

▷ テスト　　　　考試
te.su.to.

▷ 抜き打ちテスト （ぬ　う）　　抽考
nu.ki.u.chi.te.su.to.

▷ 教科書参照可 （きょうかしょさんしょうか）　開書考試
kyo.u.ka.sho.sa.n.sho.u.ka.

▷ 中間試験 （ちゅうかんしけん）　　期中考
chu.u.ka.n.shi.ke.n.

▷ 期末試験 （きまつしけん）　　期末考
ki.ma.tsu.shi.ke.n.

▷ 模擬試験 （もぎしけん）　　模擬考
mo.gi.shi.ke.n.

▷ 実力テスト （じつりょく）　　實力測驗(類似模擬考)
ji.tsu.ryo.ku.te.su.to.

▷ 学力テスト　　　　　學力測驗(類似模擬考)
　<ruby>学力<rt>がくりょく</rt></ruby>テスト
　ga.ku.ryo.ku.te.su.to.

▷ 期末　　　　　　　期末
　<ruby>期末<rt>きまつ</rt></ruby>
　ki.ma.tsu.

▷ 口頭試問　　　　　口試
　<ruby>口頭試問<rt>こうとうしもん</rt></ruby>
　ko.u.to.u.shi.mo.n.

▷ 口述試験　　　　　口試
　<ruby>口述試験<rt>こうじゅつしけん</rt></ruby>
　ko.u.ju.tsu.shi.ke.n.

▷ 口頭試験　　　　　口試
　<ruby>口頭試験<rt>こうとうしけん</rt></ruby>
　ko.u.to.u.shi.ke.n.

▷ 成績証明書　　　　成績單
　<ruby>成績証明書<rt>せいせきしょうめいしょ</rt></ruby>
　se.i.se.ki.sho.u.me.i.sho.

▷ 成績表　　　　　　成績單
　<ruby>成績表<rt>せいせきひょう</rt></ruby>
　se.i.se.ki.hyo.u.

▷ 不合格　　　　　　不及格
　<ruby>不合格<rt>ふごうかく</rt></ruby>
　fu.go.u.ka.ku.

▷ 研究計画　　　　　研究計畫
　<ruby>研究計画<rt>けんきゅうけいかく</rt></ruby>
　ke.n.kyu.u.ke.i.ka.ku.

實用例句

1 テストを<ruby>受<rt>う</rt></ruby>けます。
　te.su.to.o./u.ke.ma.su.
　參加考試。

2 テストに<ruby>合格<rt>ごうかく</rt></ruby>しました。
　te.su.to.ni./go.u.ka.ku.shi.ma.shi.ta.
　通過考試。

3 英語のテストで満点を取りました。　　　　　• track 041
え い ご　　　　　　　　　　まんてん　 と

e.i.go.no.te.su.to.de./ma.n.te.n.o./to.ri.ma.shi.ta.

英語的考試得到滿分。

4 試験に落ちました。
し けん　 お

shi.ke.n.ni./o.chi.ma.shi.ta.

沒有通過考試。

5 宿題をやります。
しゅくだい

shu.ku.da.i.o./ya.ri.ma.su.

寫功課。

相關單字

▷ 中学入試　　　　　　中學入學考試
　 ちゅうがくにゅうし

shu.u.ga.ku.nyu.u.shi.

▷ 高校受験　　　　　　高中入學考試
　 こうこうじゅけん

ko.u.ko.u.ju.ke.n.

▷ 大学受験　　　　　　大學入學考試
　 だいがくじゅけん

da.i.ga.ku.ju.ke.n.

▷ 大学入試センター試験　大學聯合入學考試
　 だいがくにゅうし　　しけん

da.i.ga.ku.nyu.u.shi.se.n.ta.a.shi.ke.n.

教育機構

▷ 家庭保育　　　　　　家庭托兒所
　 か てい ほ いく

ka.te.i.ho.i.ku.

▷ 託児所　　　　　　　托兒所
　 たくじしょ

ta.ku.ji.sho.

▷ 保育所　　　　　　　學前班（類似托兒所）
　 ほいくしょ

ho.i.ku.sho.

▷ 保育園
ほいくえん
ho.i.ku.e.n.
學前班（類似托兒所）

▷ 幼稚園
ようちえん
yo.u.chi.e.n.
幼稚園

▷ 小学校
しょうがっこう
sho.u.ga.kko.u.
國小

▷ 中学校
ちゅうがっこう
chu.u.ga.kko.u.
中學/國中

▷ 中学
ちゅうがく
chu.u.ga.ku.
中學/國中

▷ 高等学校
こうとうがっこう
ko.u.to.u.ga.kko.u.
高中

▷ 高校
こうこう
ko.u.ko.u.
高中

▷ 短期大学
たんきだいがく
ta.n.ki.da.i.ga.ku.
短期大學

▷ 短大
たんだい
ta.n.da.i.
短期大學

▶ 2年制大学
ねんせいだいがく
ni.ne.n.se.i.da.i.ga.ku.
兩年制大學

• track 042

4年制大学
ねんせいだいがく
yo.ne.n.se.i.da.i.ga.ku.
四年制大學

▷ 大学
だいがく
da.i.ga.ku.
大學

▷ 学院
がくいん
ga.ku.i.n.
學院

▷ 総合大学
そうごうだいがく
so.u.go.u.da.i.ga.ku.
一般大學

▷ **専門学校**　　　　專業學校
せんもんがっこう
se.n.mo.n.ga.kko.u.

▷ **学部学生**　　　　大學部學生
がくぶがくせい
ga.ku.bu.ga.ku.se.i.

▷ **大学院**　　　　研究所
だいがくいん
da.i.ga.ku.i.n.

實用例句

1 短大に通っています。
たんだい　かよ
ta.n.da.i.ni./ka.yo.tte.i.ma.su.
就讀短期大學。

2 彼女は大学三年生です。
かのじょ　だいがくさんねんせい
ka.no.jo.wa./da.i.ga.ku.sa.n.ne.n.se.i.de.su.
她現在是大學三年級。

3 大学を出ました。
だいがく　で
da.i.ga.ku.o./de.ma.shi.ta.
大學畢業了。

4 高校に入学します。
こうこう　にゅうがく
ko.u.ko.u.ni./nyu.u.ga.ku.shi.ma.su.
即將念高中。

5 息子は小学生です。
むすこ　しょうがくせい
mu.su.ko.wa./sho.u.ga.ku.se.i.de.su.
我的兒子是小學生。

相關單字

▷ **学年**　　　　學年
がくねん
ga.ku.ne.n.

▷ 学期　　　　　　　　　　　學期
　ga.kki.

▷ 高等教育　　　　　　　　　高等教育
　ko.u.to.u.kyo.u.i.ku.

▷ 成人教育　　　　　　　　　成人教育
　se.i.ji.n.kyo.u.i.ku.

▷ 中等教育　　　　　　　　　中等教育
　chu.u.to.u.kyo.u.i.ku.

▷ 幼児教育　　　　　　　　　幼兒教育
　yo.u.ji.kyo.u.i.ku.

▷ 初等教育　　　　　　　　　初等教育
　sho.to.u.kyo.u.i.ku.

慣用例句

サボる
sa.bo.ru.
逃學／蹺課／偷懶

• track 043

> **說明** 未告知便擅自不去上學。也可用於工作、社團活動等。

例 授業を一時間サボりました。

ju.gyo.u.o./i.chi.ji.ka.n./sa.bo.ri.ma.shi.ta.
蹺了一個小時的課。

畢業學位

▷ 卒業式　　　　　　　　　　畢業典禮
　so.tsu.gyo.u.shi.ki.

▷ 卒業証書　　　　　　文憑
そつぎょうしょうしょ
so.tsu.gyo.u.sho.u.sho.

▷ 学位　　　　　　　　學位
がくい
ga.ku.i.

▷ 学士　　　　　　　　學士
がくし
ga.ku.shi.

▷ 修士　　　　　　　　碩士
しゅうし
shu.u.shi.

▷ 博士　　　　　　　　博士
はかせ
ha.ka.se.

▷ 準学位　　　　　　　副學士學位
じゅんがくい
ju.n.ga.ku.i.

▷ 学士学位　　　　　　學士學位
がくしがくい
ga.ku.sh.ga.ku.i.

▷ 第一専門職学位　　　初級專業學位
だいいちせんもんしょくがくい
da.i.i.chi.se.n.mo.n.sho.ku.ga.ku.i.

▷ 理学士　　　　　　　理學士
りがくし
ri.ga.ku.shi.

▷ 医学士　　　　　　　醫學士
いがくし
i.ga.ku.shi.

▷ 法学士　　　　　　　法學士
ほうがくし
ho.u.ga.ku.shi.

► 修士学位　　　　　　碩士學位
しゅうしがくい
shu.u.shi.ga.ku.i.

▷ 文学修士　　　　　　文學碩士
ぶんがくしゅうし
bu.n.ga.ku.shu.u.shi.

▷ 理学修士　　　　　　科學碩士
りがくしゅうし
ri.ga.ku.shu.u.shi.

•track　044

▷ 経営学修士 （けいえいがくしゅうし） 企管碩士
ke.i.e.i.ga.ku.shu.u.shi.

▷ 法学修士 （ほうがくしゅうし） 法學碩士
ho.u.ga.ku.shu.u.shi.

▷ 教育学修士 （きょういくがくしゅうし） 教育碩士
kyo.u.i.ku.ga.ku.shu.shi.

▷ 博士学位 （はかせがくい） 博士學位
ha.ka.se.ga.ku.i.

▷ 哲学博士 （てつがくはかせ） 哲學博士
te.tsu.ga.ku.ha.ka.se.

▷ 法務博士 （ほうむはかせ） 法學博士
ho.u.mu.ha.ka.se.

▷ 教育学博士 （きょういくがくはかせ） 教育博士
kyo.u.i.ku.ga.ku.ha.ka.se.

▷ 理学博士 （りがくはかせ） 科學博士
ri.ga.ku.ha.ka.se.

實用例句

1 学位（がくい）をとりました。
ga.ku.i.o./to.ri.ma.shi.ta.
取得學位。

2 文学博士（ぶんがくはかせ）の学位（がくい）を授（さず）けました。
bu.n.ga.ku.ha.ka.se.no.ga.ku.i.o./sa.zu.ke.ma.shi.ta.
授予文學博士的學位。

3 今年京都大学（ことしきょうとだいがく）を卒業（そつぎょう）しました。
ko.to.shi./kyo.u.to.da.i.ga.ku.o./so.tsu.gyo.u.shi.ma.shi.ta.
今年從京都大學畢業了。

4 <ruby>何<rt>なん</rt></ruby>年度のご<ruby>卒業<rt>そつぎょう</rt></ruby>ですか。

na.n.ne.n.do.no./go.so.tsu.gyo.u.de.su.ka.

是哪一年畢業的呢？

5 ご<ruby>卒業<rt>そつぎょう</rt></ruby>おめでとうございます。

go.so.tsu.gyo.u./o.me.de.to.u.go.za.i.ma.su.

恭喜畢業。

相關單字

▷ **学歴** がくれき　　　學歷
ga.ku.re.ki.

▷ **最高学歴** さいこうがくれき　　　最高學歷
sa.i.ko.u.ga.ku.re.ki.

▷ **大学院卒** だいがくいんそつ　　　研究所學歷
da.i.ga.ku.i.n.so.tsu.

▷ **大学卒** だいがくそつ　　　大學學歷
da.i.ga.ku.so.tsu.

▷ **高卒** こうそつ　　　高中畢業
ko.u.so.tsu.

▶ **卒業年** そつぎょうねん　　　年度　　　•track 045
so.tsu.gyo.u.ne.n.

▷ **在籍期間** ざいせききかん　　　修業年限
za.i.se.ki.ki.ka.n.

▷ **卒業生** そつぎょうせい　　　畢業生
so.tsu.gyo.u.se.i.

▷ **卒業式** そつぎょうしき　　　畢業典禮
so.tsu.gyo.shi.ki.

學校類別

▷ **男女共学** だんじょきょうがく
男女生同校制度
da.n.jo.kyo.u.ga.ku.

▷ **男女別学** だんじょべつがく
男女分校
da.n.jo.be.tsu.ga.ku.

▷ **男子校** だんしこう
男校
da.n.shi.ko.u.

▷ **女子校** じょしこう
女校
jo.shi.ko.u.

▷ **寄宿学校** きしゅくがっこう
寄宿學校
ki.shu.ku.ga.kko.u.

▷ **私立学校** しりつがっこう
私立學校
shi.ri.tsu.ga.kko.u.

▷ **公立学校** こうりつがっこう
公立學校
ko.u.ri.tsu.ga.kko.u.

實用例句

1 こうこう だんじょきょうがく がっこう
高校は男女共学の学校です。
ko.u.ko.u.wa./da.n.jo.kyo.u.ga.ku.no./ga.kko.u.de.su.
高中是男女合校。

2 でんしゃ がっこう かよ
電車で学校に通っています。
de.n.sha.de./ga.kko.u.ni./ka.yo.tte.i.ma.su.
坐火車上學。

3 しりつ こうこう はい
私立の高校に入ります。
shi.ri.tsu.no.ko.u.ko.u.ni./ha.i.ri.ma.su.
進入私立高中就讀。

•track 046

4 どこの<ruby>学校<rt>がっこう</rt></ruby>に<ruby>通<rt>かよ</rt></ruby>っていますか。

do.ko.no.ga.kko.u.ni./ka.yo.tte.i.ma.su.ka.

念哪間學校呢？

---

5 <ruby>公立学校<rt>こうりつがっこう</rt></ruby>を<ruby>受<rt>う</rt></ruby>けました。

ko.u.ri.tsu.ga.kkou.o./u.ke.ma.shi.ta.

考公立學校。

相關單字

▷ <ruby>留学試験<rt>りゅうがくしけん</rt></ruby>　　　　留學考試
ryu.u.ga.ku.shi.ke.n.

▷ <ruby>日本留学試験<rt>にほんりゅうがくしけん</rt></ruby>　　日本留學考試
ni.ho.n.ryu.u.ga.ku.shi.ke.n.

▷ TOEFL ／トーフル　　　托福考試
to.o.fu.ru.

▷ IELTS ／アイエルツ　　雅思測驗
a.i.e.ru.tsu.

▷ GEPT ／<ruby>全民英検<rt>ぜんみんえいけん</rt></ruby>　　全民英檢
ze.n.mi.n.e.i.ke.n.

▷ プレイスメントテスト　　入學前的英文程度驗
pu.re.i.su.me.n.to.te.su.to.

▷ SAT ／エスエーティー　　美國大學入學測驗
e.su.e.e.ti.i.

▷ SAT ／サット　　　　　美國大學入學測驗
sa.tto.

▷ ACT ／<ruby>大学進学適性試験<rt>だいがくしんがくてきせいしけん</rt></ruby>　美國大學入學測驗
da.i.ga.ku.shi.n.ga.ku.te.ki.se.i.shi.ke.n.

▷ GMAT ／ジーマット　　美國商學研究所

ji.i.ma.tto. 申請入學測驗

▷ GRE ／ジーアールイー　美國各大學研究所或研究機構的申請
ji.i.a.i.ru.i. 入學測驗

理科科目

▷ 数学 數學
su.u.ga.ku.

▷ 理科 理科/化學
ri.ka.

▷ 科学 科學
ka.ga.ku.

▷ 生物学 生物
se.i.bu.tsu.ga.ku.

▷ 化学 化學
ka.ga.ku.

▷ 物理学 物理
bu.tsu.ri.ga.ku.

▷ 生化学 生物化學
se.i.ka.ga.ku.

▷ 医学 醫學
i.ga.ku.

▷ 地球科学 地球科學
chi.kyu.u.ka.ga.ku.

▷ 天文学 天文學
te.n.mo.n.ga.ku.

▷ 化学工学 化學工程
ka.ga.ku.ko.u.ga.ku.

▷ **エンジニアリング**　　　工程學
e.n.ji.ni.a.ri.n.gu.

▷ **工学**（こうがく）　　　　工程學
ko.u.ga.ku.

▷ **機械工学**（きかいこうがく）　機械工程學
ki.ka.i.ko.u.ga.ku.

▷ **電子工学**（でんしこうがく）　電子工程學
de.n.shi.ko.u.ga.ku.

實用例句

1　私は数学が不得意です。
wa.ta.shi.wa./su.u.ga.ku.ga./fu.to.ku.i.de.su.
我不擅長數學。

2　理科で科学を勉強をしています。
ri.ka.de.ka.ga.ku.o./be.n.kyo.u.o.shi.te.i.ma.su.
在理學部學習科學。

3　大学の理科に進みます。
da.i.ga.ku.no.ri.ka.ni./su.su.mi.ma.su.
進入大學的理科部。

4　大学で物理学を専攻しています。
da.i.ga.ku.de./bu.tsu.ri.ga.ku.o./se.n.ko.u.shi.te.i.ma.su.
在大學專攻物理。

5　医学に興味を持ってます。
i.ga.ku.ni.kyo.u.mi.o./mo.tte.ma.su.
對醫學感興。

文科學科

▷ 国文 こくぶん
ko.ku.bu.n.
日文

▷ 中国語 ちゅうごくご
chu.u.go.ku.go.
中文

▷ 英語 えいご
e.i.go.
英語

▷ 日本語 にほんご
ni.ho.n.go.
日語

▷ 韓国語 かんこくご
ka.n.ko.ku.go.
韓語

▷ 歴史 れきし
re.ki.shi.
歷史

▷ 地理 ちり
chi.ri.
地理

▷ 文学 ぶんがく
bu.n.ga.ku.
文學

▷ 言語学 げんごがく
ge.n.go.ga.ku.
語言學

▷ 外交 がいこう
ga.i.ko.u.
外交

▷ 外国語 がいこくご
ga.i.ko.ku.go.
外文

實用例句

1 中国では中文系が国文科に相当します。
ちゅうごく　　ちゅうぶんけい　こくぶんか　そうとう
chu.u.go.ku.de.wa./chu.u.bu.n.ke.i.ga./ko.ku.bu.n.ka.ni./so.u.to.u.
shi.ma.su.
在中國的中文系就等於是日本的國文（日文）系。

2 文科が得意です。
ぶんか　とくい
bu.n.ka.ga./to.ku.i.de.su.
文科是拿手科目。

3 中国語を日本語に訳します。
ちゅうごくご　にほんご　やく
chu.u.go.ku.go.o./ni.ho.n.go.ni./ya.ku.shi.ma.su.
把中文翻成日文。

4 英語がぺらぺらです。
えいご
e.i.go.ga./pe.ra.pe.ra.de.su.
英文說得很流利。

5 私は言語学を専攻しています。
わたし　げんごがく　せんこう
wa.ta.shi.wa./ge.n.go.ga.ku.o./se.n.ko.u.shi.te.i.ma.su.
我主修語言學。

相關單字

▷ マスコミ学　　　　　大眾傳播學
がく
ma.su.ko.mi.ga.ku.

▷ 新聞学　　　　　　新聞學
しんぶんがく
shi.n.bu.n.ga.ku.

▶ 図書館学　　　　　圖書館學
としょかんがく
to.sho.ka.n.ga.ku.

▷ 政治学　　　　　　政治學
せいじがく
se.i.ji.ga.ku.

● track 049

商科學科

▷ **商業学**　　　　　商學
しょうぎょうがく
sho.u.gyo.u.ga.ku.

▷ **経済学**　　　　　經濟學
けいざいがく
ke.i.za.i.ga.ku.

▷ **銀行学**　　　　　銀行學
ぎんこうがく
gi.n.ko.u.ga.ku.

▷ **会計学**　　　　　會計學
かいけいがく
ka.i.ke.i.ga.ku.

▷ **ファイナンス**　　財政學
fa.i.na.n.su.

▷ **財政学**　　　　　財政學
ざいせいがく
za.i.se.i.ga.ku.

▷ **会計**　　　　　　會計
かいけい
ka.i.ke.i.

▷ **統計**　　　　　　統計
とうけい
to.u.ke.i.

▷ **経営管理**　　　　工商管理
けいえいかんり
ke.i.e.i.ka.n.ri.

實用例句

1 商業学校に通っています。
しょうぎょうがっこう　かよ
sho.u.gyo.u.ga.kko.u.ni./ka.yo.tte.i.ma.su.
就讀商專。

2 経営の才があります。
けいえい　さい
ke.i.e.i.no.sa.i.ga./a.ri.ma.su.
具有經營的才能。

•track　050

3 <ruby>会計学<rt>かいけいがく</rt></ruby>の<ruby>授業<rt>じゅぎょう</rt></ruby>を<ruby>受<rt>う</rt></ruby>けます。
ka.i.ke.i.ga.ku.no.ju.gyo.u.o./u.ke.ma.su.
上會計學的課。

4 <ruby>経済学<rt>けいざいがく</rt></ruby>が<ruby>苦手<rt>にがて</rt></ruby>です。
ke.i.za.i.ga.ku.ga./ni.ga.te.de.su.
不擅長經濟學。

5 <ruby>管理学<rt>かんりがく</rt></ruby>の<ruby>授業<rt>じゅぎょう</rt></ruby>をサボりました。
ka.n.ri.ga.ku.no.ju.gyo.u.o./sa.bo.ri.ma.shi.ta.
曉了管理學的課。

其他學科

▷ <ruby>人類学<rt>じんるいがく</rt></ruby>　　　　人類學
ji.n.ru.i.ga.ku.

▷ <ruby>社会学<rt>しゃかいがく</rt></ruby>　　　　社會學
sha.ka.i.ga.ku.

▷ <ruby>社会科学<rt>しゃかいかがく</rt></ruby>　　　社會科學
sha.ka.i.ka.ga.ku.

▷ <ruby>心理学<rt>しんりがく</rt></ruby>　　　　心理學
shi.n.ri.ga.ku.

▷ サイコロジー　　　心理學
sa.i.ko.ro.ji.i.

▷ <ruby>哲学<rt>てつがく</rt></ruby>　　　　　哲學
te.tsu.ga.ku.

▷ フィロソフィー　　哲學
fi.ro.so.fi.i.

▷ 土木工学   土木工程
do.bo.ku.ko.u.ga.ku.

▷ 建築   建築學
ke.n.chi.ku.

▷ 法学   法學
ho.u.ga.ku.

▷ 植物学   植物
sho.ku.bu.tsu.ga.ku.

▷ 動物学   動物學
do.u.bu.tsu.ga.ku.

▶ 農学   農學   • track 051
no.u.ga.ku.

▷ 体育   體育
ta.i.i.ku.

上課用語

▷ 講義   上課／課程
ko.u.gi.

▷ 授業   課
ju.gyo.u.

▷ コース   課程
ko.o.su.

▷ 先修科目   先修課程
se.n.shu.u.ka.mo.ku.

▷ クラス   班級
ku.ra.su.

▷ 実習   實習課
ji.shu.u.

▷ ゼミ　　　　　　　　　　研討會
　ze.mi.

實用例句

1 授業に出席します。
ju.gyo.u.ni./shu.sse.ki.shi.ma.su.
去上課。

2 大学で授業を受けます。
da.i.ga.ku.de./ju.gyo.u.o.u.ke.ma.su.
在大學上課。

3 先生は授業中です。
se.n.se.i.wa./ju.gyo.u.chu.u.de.su.
老師正在上課。

● track　052

4 この時間の授業はこれで終わります。
ko.no.ji.ka.n.no./ju.gyo.u.wa./ko.re.de./o.wa.ri.ma.su.
這時段的課程在此結束。

5 日本文学史について講義します。
ni.ppo.n.bu.n.ga.ku.shi.ni.tsu.i.te./ko.u.gi.shi.ma.su.
教日本文學史。

相關單字

▷ 時間割　　　　　　　　　課表
　ji.ka.n.wa.ri.

▷ 学校時限表　　　　　　　課表
　ga.kko.u.ji.ge.n.hyo.u.

學校行事曆

▷ 学年　　　　　年級別
　がくねん
　ga.ku.ne.n.

▷ 学期　　　　　學期
　がっき
　ga.kki.

▷ 夏休み　　　　暑假
　なつやす
　na.tsu.ya.su.mi.

▷ 冬休み　　　　寒假
　ふゆやす
　fu.yu.ya.su.mi.

▷ サークル　　　社團
　sa.a.ku.ru.

▷ 課程　　　　　課程安排
　かてい
　ka.te.i.

▷ 始業　　　　　課程開課
　しぎょう
　shi.gyo.u.

▷ 終業式　　　　結業式
　しゅうぎょうしき
　shu.u.gyo.u.shi.ki.

▷ 終業　　　　　課程結束
　しゅうぎょう
　shu.u.gyo.u.

▷ 入学式　　　　入學典禮
　にゅうがくしき
　nyu.u.ga.ku.shi.ki.

實用例句

1 夏休みが始まりました。
　なつやす　　はじ
　na.tsu.ya.su.mi.ga./ha.ji.ma.ri.ma.shi.ta.
　暑假開始了。

•track 053

2 今月の一日から夏休みになります。
ko.n.ge.tsu.no.tsu.i.ta.chi.ka.ra./na.tsu.ya.su.mi.ni./na.ri.ma.su.
這個月的一日開始放暑假。

3 来年、娘は小学校に入学します。
ra.i.ne.n./mu.su.me.wa./sho.u.ga.kko.u.ni./nyu.u.ga.ku.shi.ma.su.
明年我的女兒就要上小學了。

4 入学式に出席します。
nyu.u.ga.ku.shi.ki.ni./shu.sse.ki.shi.ma.su.
出席入學典禮。

5 日本の学年は四月一日に始まり
三月三十一日に終わります。
ni.ho.n.no.ga.ku.ne.n.wa./shi.ga.tsu.tsu.i.ta.chi.ni./ha.ji.ma.ri./sa.
n.ga.tsu.sa.n.ju.u.i.chi.ni.chi.ni./o.wa.ri.ma.su.
日本的學年是從四月一日開始，三月三十一日結束。

相關單字

▷ シラバス　　　　　　課程大綱
shi.ra.ba.su.

▷ 講義要綱　　　　　　課程大綱
ko.u.gi.yo.u.ko.u.

▷ 要目　　　　　　　　課程大綱
yo.u.mo.ku.

慣用例句

中退
chu.u.ta.i.
輟學

沒有完成學業而半途輟學。

大学を中退しました。
だいがく　ちゅうたい

da.i.ga.ku.o./chu.u.ta.i.shi.ma.shi.ta.

大學肄業。

大學學分

▷ 単位　　　　　　　學分
たんい
ta.n.i.

▷ 必修科目　　　　必修
ひっしゅうかもく
hi.sshu.u.ka.mo.ku.

▷ 選択科目　　　　選修
せんたくかもく
se.n.ta.ku.ka.mo.ku.

▷ メジャー　　　　主修
me.ja.a.

▷ 専攻科目　　　　主修
せんこうかもく
se.n.ko.u.ka.mo.ku.

▷ 主専攻　　　　　主修
しゅせんこう
shu.se.n.ko.u.

▷ マイナー　　　　輔修
ma.i.na.a.

▷ 副専攻　　　　　輔修
ふくせんこう
fu.ku.se.n.ko.u.

▷ ダブルメジャー　雙修
da.bu.ru.me.ja.a.

▷ 共同学位 （きょうどうがくい）　　雙修學位
kyo.u.do.u.ga.ku.i.

▷ 履修変更 （りしゅうへんこう）　　加退選
ri.shu.u.he.n.ko.u.

實用例句

1 あなたの専攻は何ですか。（せんこう）（なん）
a.na.ta.no.se.n.ko.u.wa./na.n.de.su.ka.
你的主修是什麼？

2 医学を専攻します。（いがく）（せんこう）
i.ga.ku.o./se.n.ko.u.shi.ma.su.
主修醫學。

3 単位が足りません。（たんい）（た）
ta.n.i.ga./ta.ri.ma.se.n.
學分不夠。

4 単位を落としました。（たんい）（お）
ta.n.i.o./o.to.shi.ma.shi.ta.
沒拿到學分。／被當。

5 卒業に必要な単位が取れませんでした。（そつぎょう）（ひつよう）（たんい）（と）
so.tsu.gyo.u.ni.hi.tsu.yo.u.na.ta.n.i.ga./to.re.ma.se.n.de.shi.ta.
沒有拿到必修學分。

相關單字

▷ 出願人 （しゅつがんにん）　　申請者
shu.tsu.ga.n.ni.n.

▷ 推薦書 （すいせんしょ）　　推薦信
su.i.se.n.sho.

▷ 推薦状
すいせんじょう
su.i.se.n.jo.u.
推薦信

▷ 推薦者
すいせんしゃ
su.i.se.n.sha.
推薦者

▷ 入学手続き
にゅうがくてつづき
nyu.u.ga.ku.te.tsu.zu.ki.
登記／註冊

▷ 入学許可
にゅうがくきょか
nyu.u.ga.ku.kyo.ka.
大學入學許可

▷ 合格
ごうかく
go.u.ka.ku.
考上

▷ 採用
さいよう
sa.i.yo.u.
錄用

慣用例句

オリエンテーション
o.ri.e.n.te.e.sho.n.
新生訓練

> 説
> 明
> 學校所舉辦的新生訓練。

例 これは新入生に対するオリエンテーションです。
しんにゅうせい　たい

ko.re.wa./shi.nyu.u.se.i.ni.ta.su.ru./o.ri.e.n.te.e.sho.n.de.su.

這是針對新生的訓練課程。

學校獎懲

▷ 奨学金
しょうがくきん
sho.u.ga.ku.ki.n.
獎學金／助學貸款

▷ <ruby>処分<rt>しょぶん</rt></ruby>　　　　記過
　　sho.bu.n.

▷ <ruby>退学処分<rt>たいがくしょぶん</rt></ruby>　　退學處分
　　ta.i.ga.ku.sho.bu.n.

▷ <ruby>注意<rt>ちゅうい</rt></ruby>　　　　警告
　　chu.u.i.

▷ <ruby>処罰<rt>しょばつ</rt></ruby>　　　　懲罰
　　sho.ba.tsu.

▷ <ruby>留年<rt>りゅうねん</rt></ruby>　　　　留級
　　ryu.u.ne.n.

▷ <ruby>中途退学<rt>ちゅうとたいがく</rt></ruby>　　輟學
　　chu.u.to.ta.i.ga.ku.

▷ <ruby>退学<rt>たいがく</rt></ruby>　　　　開除／退學／輟學
　　ta.i.ga.ku.

▷ <ruby>停学処分<rt>ていがくしょぶん</rt></ruby>　　停學處分
　　te.i.ga.ku.sho.bu.n.

實用例句

1 <ruby>奨学金<rt>しょうがくきん</rt></ruby>を<ruby>受<rt>う</rt></ruby>けます。
　　sho.u.ga.ku.ki.n.o./u.ke.ma.su.
　　拿到獎學金。

2 <ruby>私<rt>わたし</rt></ruby>は<ruby>一度留年<rt>いちどりゅうねん</rt></ruby>しました。　　●track 056
　　wa.ta.shi.wa./i.chi.do.ryu.u.ne.n.shi.ma.shi.ta.
　　我曾經留級一年。

3 <ruby>退学<rt>たいがく</rt></ruby>を<ruby>命<rt>めい</rt></ruby>ぜられました。
　　ta.i.ga.ku.o./me.i.ze.ra.re.ma.shi.ta.
　　遭到退學。

4 カンニングをして停学処分を受けました。
　ka.n.ni.n.gu.o.shi.te./te.i.ga.ku.sho.bu.n.o./u.ke.ma.shi.ta.
　因為作弊而被停學。

5 先生に注意されました。
　se.n.se.i.ni./chu.u.i.sa.re.ma.shi.ta.
　被老師警告了。

慣用例句

いじめ
i.ji.me.
霸凌

 說明　欺侮、欺負他人的行為。

例 学校でいじめに遭いました。

　ga.kko.u.de./i.ji.me.ni.a.i.ma.shi.ta.
　在學校被欺負了。

例 学校でいじめられました。

　ga.kko.u.de./i.ji.me.ra.re.ma.shi.ta.
　在學校被欺負了。

• track 057

學費

▷ 学費　　　　　　　　　　學費
　ga.ku.hi.

▷ 雑費　　　　　　　　　　雜費
　za.ppi.

▷ せいかつひ
生活費　　　　　　　生活費
se.i.ga.tsu.hi.

▷ めんがく
免額　　　　　　　　減免
me.n.ga.ku.

▷ しゅつがんりょう
出願料　　　　　　　申請費
shu.tsu.ga.n.ryo.u.

▷ じゅぎょうりょうめんじょ
授業料免除　　　　　學費減免
ju.gyo.u.ryo.u.me.n.jo.

▷ ほしょうきん
保証金　　　　　　　押金
ho.sho.u.ki.n.

▷ にゅうがくきん
入学金　　　　　　　註冊費
nyu.u.ga.ku.ki.n.

▷ きょういく
教育ローン　　　　　助學貸款
kyo.u.i.ku.ro.o.n.

▷ がくひ
学費ローン　　　　　助學貸款
ga.ku.hi.ro.o.n.

實用例句

1 アルバイトをして学費を稼ぎます。
a.ru.ba.i.to.o.shi.te./ga.ku.hi.o.ka.se.gi.ma.su.
打工賺取學費。

2 子供の学費が家計を圧迫します。
ko.do.mo.no.ga.ku.hi.ga./ka.ke.i.o.a.ppa.ku.shi.ma.su.
小孩子的學費增加了家庭的負擔。

3 都会の生活費は高いです。
do.ka.i.no.se.i.ga.tsu.hi.wa./ta.ka.i.de.su.
都市的生活費很高。

4 教育ローンを借りました。
きょういく　　　　　　　か

kyo.u.i.ku.ro.o.n.o./ka.ri.ma.shi.ta.

辦助學貸款。

5 学費ローンを返済します。
がくひ　　　　　へんさい

ga.ku.hi.ro.o.n.o./he.n.sa.i.shi.ma.su.

償還助學貸款。

慣用例句

手当て
て　あ

te.a.te.

津貼

• track　058

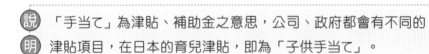 「手当て」為津貼、補助金之意思，公司、政府都會有不同的津貼項目，在日本的育兒津貼，即為「子供手当て」。

例 彼は月一万円の手当てを受けています。
かれ　つきいちまんえん　　て　あ　　　　　う

ka.re.wa./tsu.ki.i.chi.ma.n.e.n.no.te.a.te.o./u.ke.te.i.ma.su.

他每個月領一萬元的津貼。

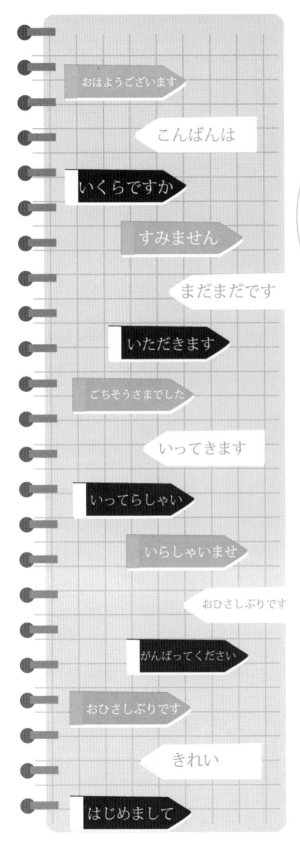

Part

時事新聞篇

報導類別

▷ 生放送　　　　　　現場直播
な ま ほ う そ う
na.ma.ho.u.so.u.

▷ 中継　　　　　　　實況轉播
ちゅうけい
chu.u.ke.i.

▷ 特報　　　　　　　短訊
と く ほ う
to.ku.ho.u.

▷ 追跡調査　　　　　追蹤報導
つ い せ き ちょう さ
tsu.i.se.ki.cho.u.sa.

▷ 客観報道　　　　　客觀報導
きゃっ かん ほう どう
kya.kka.n.ho.u.do.u.

▷ 偏向報道　　　　　主觀報導
へ ん こ う ほう どう
he.n.ko.u.ho.u.do.u.

▷ 自主規制　　　　　自我規範
じ しゅ き せ い
ji.shu.ki.se.i.

實用例句

1 事件はマスコミで大きく報道されました。
じ けん　　　　　　　おお　　　　ほう どう
ji.ke.n.wa./ma.su.ko.mi.de./o.o.ki.ku.ho.u.do.u.sa.re.ma.shi.ta.
這個事件被媒體大肆報導。

2 ニュースを報道します。
　　　　　　ほう どう
nyu.u.su.o./ho.u.do.u.shi.ma.su.
播報新聞。

3 正確な報道が期待されます。
せい かく　　ほう どう　　き たい
se.i.ka.ku.na.ho.u.do.u.ga./ki.ta.i.sa.re.ma.su.
期待正確的報導。

4 報道陣が集まっています。
ほうどうじん あつ

ho.u.do.u.ji.n.ga./a.tsu.ma.tte.i.ma.su.

記者們集結而來。

5 報道の自由を守りたいです。
ほうどう じゆう まも

ho.u.do.u.no.ji.yu.u.o./ma.mo.ri.ta.i.de.su.

守護新聞自由。

慣用例句

自粛
じしゅく

ji.shu.ku.

自我約束

> 説
> 明
>
> 在媒體界經常出現報導過當或是內容不宜觀賞的情形，這時，若是媒體本身自我規範而不是由外界的力量來導正的話，即為「自粛」。除用在媒體外，也可以用於團體或個人的行為。

例 テレビ業界は自粛の態度を示しています。
ぎょうかい じしゅく たいど しめ

te.re.bi.gyo.u.ka.i.wa./ji.shu.ku.no.ta.i.do.o./shi.me.shi.te.i.ma.su.

電視台表現出自我約束的態度。

• track 060

報紙種類

▷ **新聞**　　　　報紙
しんぶん

shi.n.bu.n.

▷ **夕刊**　　　　晩報
ゆうかん

yu.u.ka.n.

▷ **朝刊**　　　　晨報
ちょうかん

cho.u.ka.n.

▷ 大衆紙　　　　　　　　大眾化報紙
　　ta.i.shu.u.shi.

▷ タブロイド　　　　　　小報
　　ta.bu.ro.i.do.

▷ スポーツ新聞　　　　　以報導藝能體育話題為主的報紙
　　su.po.o.tsu.shi.n.bu.n.

實用例句

1 新聞に目を通します。
　shi.n.bu.n.ni./me.o.to.o.shi.ma.su.
　大致瀏覽一遍報紙。

2 新聞に載ります。
　shi.n.bu.n.ni.no.ri.ma.su.
　刊載在報紙上。

3 毎日、新聞を読みます。
　ma.i.ni.chi./shi.n.bu.n.o./yo.mi.ma.su.
　每天都會看報紙。

4 新聞記者志望です。
　shi.n.bu.n.ki.sha.shi.bo.u.de.su.
　想當新聞記者。

5 新聞記事を書きます。
　shi.n.bu.n.ki.ji.o./ka.ki.ma.su.
　撰寫新聞。

相關單字

▷ 新聞界　　　　　　　　新聞界／報界
　　shi.n.bu.n.ka.i.

▷ しんぶんきしゃ
　新聞記者　　　　　新聞記者／報社記者
　shi.n.bu.n.ki.sha.

▷ しんぶんし
　新聞紙　　　　　　報紙
　shi.n.bu.n.shi.

▷ しんぶんしゃ
　新聞社　　　　　　報社
　shi.n.bu.n.sha.

▷ しんぶんきじ
　新聞記事　　　　　報紙記事
　shi.n.b.n.ki.ji.

▷ しんぶんだい
　新聞代　　　　　　報費
　shi.n.bu.n.da.i.

▷ しんぶんはいたつ
　新聞配達　　　　　送報紙
　shi.n.bu.n.ha.i.ta.tsu.

慣用例句

ごうがい
号外
ko.u.ga.i.
號外

説
明　遇到重大新聞事件時，臨時增刊並在街頭分發的單張新聞。

 ごうがい　くば
例 号外を配ります。

ko.u.ga.i.o./ku.ba.ri.ma.su.
發送號外。

• track　061

雜誌種類

▷ ざっし
　雜誌　　　　　　　雜誌
　za.sshi.

▷ **週刊雜誌**　　　　　週報
shu.u.ka.n.za.sshi.

▷ **月刊誌**　　　　　　月刊
ge.kka.n.shi.

▷ **隔月刊**　　　　　　雙月刊
ka.ku.ge.kka.n.

▷ **季刊**　　　　　　　季刊
ki.ka.n.

▷ **定期刊行物**　　　　期刊
te.i.ki.ka.n.ko.u.bu.tsu.

▷ **大衆誌**　　　　　　大眾化雜誌
ta.i.shu.u.shi.

實用例句

1 この雑誌は月に一回発行されます。
ko.no.za.sshi.wa./tsu.ki.ni./i.kka.i.ha.kko.u.sa.re.ma.su.
這本雜誌每月發行一次。

2 最新号の雑誌に記事が載っています。
sa.i.shi.n.go.u.no.za.sshi.ni./ki.ji.ga.no.tte.i.ma.su.
最新一期刊登了報導。

3 この雑誌は休刊になりました。
ko.no.za.sshi.wa./kyu.u.ka.n.ni./na.ri.ma.shi.ta.
這本雜誌將停刊。

•track 062

4 雑誌を刊行します。
za.sshi.o./ka.n.ko.u.shi.ma.su.
發行雜誌。

5 この週刊は本日発売です。

ko.no.chu.u.ka.n.wa./ho.n.ji.tsu.ha.tsu.ba.i.de.su.

這本週刊本日發售。

相關單字

▷ 休刊　　　　　　停刊
kyu.u.ka.n.

▷ 発売　　　　　　發售
ha.tsu.ba.i.

▷ 総合雑誌　　　　綜合雜誌
so.u.go.u.za.sshi.

▷ 発行　　　　　　發行
ha.kko.u.

▷ 刊行　　　　　　發行
ka.n.ko.u.

新聞分類

▷ 政治　　　　　　政治
se.i.ji.

▷ 社会　　　　　　社會
sha.ka.i.

▷ 国際　　　　　　國際
ko.ku.sa.i.

▷ 地域　　　　　　地方新聞
chi.i.ki.

▷ 科学　　　　　　科學
ka.ga.ku.

▷ 環境 （かんきょう）　　環境
ka.n.kyo.u.

▷ 社説 （しゃせつ）　　説論
sha.se.tsu.

▷ コラム　　專欄
ko.ra.mu.

▷ 特集 （とくしゅう）　　特集
to.ku.shu.u.

▷ 天気 （てんき）　　氣象
te.n.ki.

▷ 経済 （けいざい）　　經濟
ke.i.za.i.

▷ 株価 （かぶか）　　股價
ka.bu.ka.

▶ スポーツ　　體育
su.po.o.tsu.

•track 063

▷ エンタメ　　娛樂
e.n.ta.me.

實用例句

1 社説（しゃせつ）は必（かなら）ず目（め）を通（とお）すことにしています。

sha.se.tsu.wa./ka.na.ra.zu.me.o.to.o.su.ko.to.ni./shi.ma.su.

一定會看社論。

2 コラムを執筆（しっぴつ）します

ko.ra.mu.o./shi.ppi.tsu.shi.ma.su.

為專欄執筆。

3 今月の雑誌は日本を特集しています。
ko.n.ge.tsu.no.za.sshi.wa./ni.ho.n.o./to.ku.shu.u.shi.te.i.ma.su.
本月的雜誌有日本特輯。

4 国際ニュースを読みます。
ko.ku.sa.i.nyu.u.su.o./yo.mi.ma.su.
讀國際新聞。

相關單字

▷ トップニュース　　　頭條新聞
　to.ppu.nyu.u.su.

▷ 一面　　　　　　　　頭版
　i.chi.me.n.

▷ 見出し　　　　　　　標題
　mi.da.sh.

▷ 小見出し　　　　　　小標題／副標題
　ko.mi.da.shi.

▷ ハイライト　　　　　要聞
　ha.i.ra.i.to.

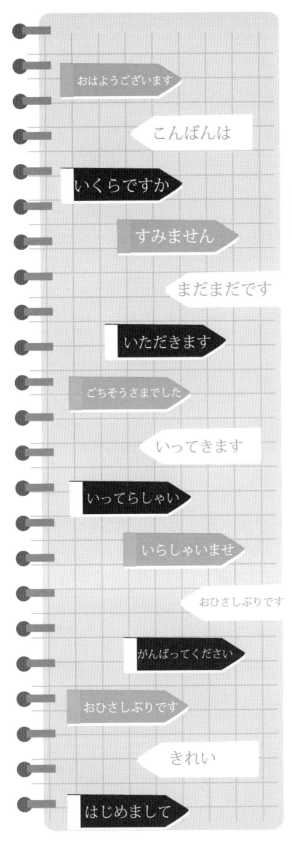

Part

休閒活動篇

運動

▷ ビリヤード　　　　撞球
　bi.ri.ya.a.do.

▷ 卓球^{たっきゅう}　　　　乒乓球
　ta.kkyu.u.

▷ バドミントン　　　羽毛球
　ba.do.mi.n.to.n.

▷ バレーボール　　　排球
　be.re.e.bo.o.ru.

▷ クリケット　　　　板球
　ku.ri.ke.tto.

▷ テニス　　　　　　網球
　te.ni.su.

▷ 野球^{やきゅう}　　　　棒球
　ya.kyu.u.

▷ ソフトボール　　　壘球
　so.fu.to.bo.o.ru.

▷ ハンドボール　　　手球
　ha.n.do.bo.o.ru.

▷ アイスホッケー　　冰上曲棍球
　a.i.su.ho.kke.e.

▷ ボウリング　　　　保齡球
　bo.u.ri.n.gu.

▷ ゴルフ　　　　　　高爾夫球
　go.ru.fu.

▷ ドッジボール　　　躲避球
　do.jji.bo.o.ru.

▷ サッカー　　　　　　　足球
　sa.kka.a.

▷ ラグビー　　　　　　　英式橄欖球
　ra.gu.bi.i.

▷ アメリカンフットボール　美式足球
　a.me.ri.ka.n./fu.tto.bo.o.ru.

▷ バスケットボール　　　籃球
　ba.su.ke.tto./bo.o.ru.

▷ ローラースケート　　　滑輪／直排輪
　ro.o.ra.a./su.ke.e.to.

▷ アイススケート　　　　滑冰
　a.i.su./su.ke.e.to.

▷ スキー　　　　　　　　滑雪
　su.ki.i.

▷ スノーボード　　　　　滑雪板
　su.no.o.bo.o.do.

▷ ボクシング　　　　　　拳擊
　bo.ku.shi.n.gu.

▷ 空手<ruby>空手<rt>からて</rt></ruby>　　　　　　　　空手道
　ka.ra.te.

▷ 相撲<ruby>相撲<rt>すもう</rt></ruby>　　　　　　　　相撲
　su.mo.u.

▷ レスリング　　　　　　摔角
　re.su.ri.n.gu.

▶ 剣道<ruby>剣道<rt>けんどう</rt></ruby>　　　　　　　　剣道
　ke.n.do.u.

• track　065

實用例句

1 台湾では野球は人気スポーツの一つです。

ta.i.wa.n.de.wa./ya.kyu.u.wa./ni.n.ki.su.po.o.tsu.no./hi.to.tsu.de.su.

棒球是台灣很受歡迎的運動之一。

2 私は将来サッカー選手になりたいです。

wa.ta.shi.wa./sho.u.ra.i./sa.kka.a.se.n.shu.ni./na.ri.ta.i.de.su.

我將來想當足球選手。

3 相撲は日本の伝統的な競技です。

su.mo.u.wa./ni.ho.n.no./de.n.to.u.te.ki.na./kyo.u.gi.de.su.

相撲是日本的傳統競技。

4 明日はスキーに行きます。

a.shi.ta.wa./su.ki.i.ni.i.ki.ma.su.

明天要去滑雪。

5 一番好きなスポーツはバレーボールです。

i.chi.ba.n.su.ki.na.su.po.o.tsu.wa./ba.re.e.bo.o.ru.de.su.

最喜歡的運動是排球。

相關單字

▷ 山登り　　　　　　　爬山
ya.ma.no.bo.ri.

▷ キャンプ　　　　　　露營
kya.n.pu.

▷ サイクリング　　　　騎腳踏車
sa.i.ku.ri.n.gu.

▷ ツーリング　　　　　開車或騎車兜風
tsu.u.ri.n.gu.

▷ たこを揚<ruby>揚<rt>あ</rt></ruby>げる　　　放風箏
ta.ko.o./a.ge.ru.

▷ 乗<ruby>乗馬<rt>じょうば</rt></ruby>　　　　騎馬
jo.u.ba.

空中休閒活動

●track 066

▷ バンジージャンプ　　高空彈跳
ba.n.ji.i./ja.n.pu.

▷ パラシュート　　　　降落傘跳傘
pa.ra.shu.u.to.

▷ 熱<ruby>熱気球<rt>ねつききゅう</rt></ruby>　　　　熱氣球
ne.tsu.ki.kyu.u.

▷ ヘリ　　　　　　　　直昇機
he.ri.

▷ グライダー　　　　　滑翔機
gu.ra.i.da.a.

▷ ハンググライダー　　滑翔翼
ha.n.gu./gu.ra.i.da.a.

實用例句

1 ヘリを操<ruby>操縦<rt>そうじゅう</rt></ruby>します。
he.ri.o./so.u.ju.u.shi.ma.su.
駕駛直升機。

2 ここではグライダーについていろいろな情<ruby>情報<rt>じょうほう</rt></ruby>を公<ruby>公開<rt>こうかい</rt></ruby>して
います。
ko.ko.de.wa./gu.ra.i.da.a.ni.tsu.i.te./i.ro.i.ro.na.jo.u.ho.u.o./ko.u.
ka.shi.te.i.ma.su.
這裡提供了許多滑翔機的消息。

3 パラシュートを開いて砂漠に着 陸する。
pa.ra.shu.u.to.o.hi.ra.i.te./sa.ba.ku.ni./cha.ku.ri.ku.su.ru.
打開降落傘，降落在沙漠上。

4 何年か前にバンジージャンプやって、その時から逆に高い
ところ苦手になってしまいました。
na.n.ne.n.ka.me.e.ni./ba.n.ji.i.ja.n.pu.ya.tte./so.no.to.ki.ka.ra./
gya.ku.ni./ta.ka.i.to.ko.ro.ni.ga.te.ni./na.tte.shi.ma.i.ma.shi.ta.
幾年前試過高空彈跳，從那之後反而變得很怕高。

水上活動

▷ スキューバダイビング　　潜水
su.kyu.u.ba./da.i.bi.n.gu.

▷ ダイビング　　潜水／跳水
da.i.bi.n.gu.

▷ シュノーケル　　浮潜
shu.no.o.ke.ru.

▷ サーフィン　　衝浪
sa.a.fi.n.

▷ ウェークボード　　風浪板
we.e.ku.bo.o.do.

▷ 水上スキー　　滑水
su.i.jo.u./su.ki.i.

▷ ジェットスキー　　水上摩托車
je.tto.su.ki.i.

▷ パラセーリング　　拖曳傘
pa.ra.se.e.ri.n.gu.

▷ ウィンドサーフィン   風帆
   wi.n.do.sa.a.fi.n.

▷ 帆走   帆船航行
   ha.n.so.u.

▷ ヨット   帆船／遊艇
   yo.tto.

▷ 船漕ぎ   划船
   fu.ne.ko.gi.

▷ カヌー   獨木舟
   ka.nu.u.

▷ 川下り   泛舟
   ka.wa.ku.da.ri.

▷ クルーズ   郵輪旅行
   ku.ru.u.zu.

▷ 観測船   觀察自然生態的船
   ka.n.so.ku.se.n.

▷ 夜釣り   夜釣
   yo.zu.ri.

▷ 海釣り   海釣
   u.mi.zu.ri.

實用例句

1 父は海で釣りをするのが好きです。
chi.chi.wa./u.mi.de.tsu.ri.o.su.ru.no.ga./su.ki.de.su.
父親喜歡海釣。

2 来週は釣りに行く予定です。
ra.i.shu.u.wa./tsu.ri.ni.i.ku.yo.te.i.de.su.
下星期預定去釣魚。

3 ダイビングにはいろいろな楽しみ方があります。
da.i.bi.n.gu.ni.wa./i.ro.i.ro.na.ta.no.shi.mi.ka.ta.ga./a.ri.ma.su.
有各種有趣的潛水方式。

4 このあいだサーフィンの帰りに家族の話をしました。
ko.no.a.i.da./sa.a.fi.n.no.ka.e.ri.ni./ka.zo.ku.no.ha.na.shi.o.shi.
ma.shi.ta.
前陣子在衝浪完的回程上，談論了家人的事情。

● track 068

5 憧れのクルーズ旅行を計画中です。
a.ko.ga.re.no.ku.ru.u.zu.ryo.ko.u.o./ke.i.ka.ku.chu.u.de.su.
正在計畫十分憧景的郵輪旅行。

相關單字

▷ 水泳　　　　　　　　游泳
su.i.e.i.

▷ 平泳ぎ　　　　　　　蛙式
hi.ra.o.yo.gi.

▷ 背泳ぎ　　　　　　　仰式
se.o.yo.gi.

▷ 自由形　　　　　　　自由式
ji.yu.u.ga.ta.

▷ バタフライ　　　　　蝶式
ba.ta.fu.ra.i.

玩具

▷ プラモデル　　　　　塑膠模型
pu.ra.mo.de.ru.

▷ ラジコン   遙控玩具
ra.ji.ko.n.

▷ たこ   風箏
ta.ko.

▷ 人形   人偶
<ruby>人形<rt>にんぎょう</rt></ruby>
ni.n.gyo.u.

▷ ぬいぐるみ   布偶
nu.i.gu.ru.mi.

▷ ロボット   機器人
ro.bo.tto.

▷ フィギュア   公仔
fi.gyu.a.

▷ ミニカー   汽車模型
mi.ni.ka.a.

▷ ダーツ   飛鏢
da.a.tsu.

▷ ヨーヨー   溜溜球
yo.o.yo.o.

▷ ジグソーパズル   拼圖
ji.gu.so.o./pa.zu.ru.

▷ ふうしゃ   風車
fu.u.sha.

▶ おもちゃ   玩具
o.mo.cha.

• track 069

▷ カードゲーム   遊戲卡
ka.a.do.ge.e.mu.

▷ 積み木   積木
<ruby>積<rt>つ</rt></ruby>み<ruby>木<rt>き</rt></ruby>
tsu.mi.ki.

實用例句

1 あの子はお人形さんのようにかわいいです。
a.no.ko.wa./o.ni.n.gyo.u.sa.n.no.yo.u.ni./ka.wa.i.i.de.su.
那個小孩像人偶一樣可愛。

2 あの子はいつも人形で遊びます。
a.no.ko.wa./i.tsu.mo./ni.n.gyo.u.o.de./a.so.bi.ma.su.
那個小孩一直都抱著人偶玩。

3 積み木をして遊びます。
tsu.mi.ki.o.shi.te./a.so.bi.ma.su.
堆積木遊玩。

4 たこを揚げます。
ta.ko.o.a.ge.ma.su.
放風箏。

5 ミニカーを集めています。
mi.ni.ka.a.o./ta.tsu.me.te.i.ma.su.
收集模型車。

相關單字

▷ オルゴール　　　　　音樂盒／水晶音樂
o.ru.go.o.ru.

▷ 揺り木馬　　　　　　木馬
yu.ri.mo.ku.ba.

▷ ビー玉　　　　　　　彈珠
bi.i.da.ma.

▷ あやつり人形　　　　木偶
a.ya.tsu.ri./ni.n.gyo.u.

▷ ゴムぱちんこ　　　　彈弓
　go.mu.pa.chi.n.ko.

▷ テレビゲーム機^き　　電視遊樂器
　te.re.bi.ge.e.mu.ki.

▷ ボータブルゲーム機^き　掌上型電玩
　bo.o.ta.bu.ru./ge.e.mu.ki.

慣用例句

ゲーム
ge.e.mu.
遊戯

> 説
> 明　用來泛指用電視、電腦及遊戲機玩的遊戲。

 テレビゲームに夢中^{むちゅう}です。

te.re.bi.ge.e.mu.ni./mu.chu.u.de.su.
熱衷於玩電動。

賭博性遊戲

•track 070

▷ トランプ　　　　　撲克牌
　to.ra.n.pu.

▷ ギャンブル　　　　賭博
　gya.n.bu.ru.

▷ ディーラー　　　　莊家
　di.i.ra.a.

▷ プレーヤー　　　　玩家
　pu.re.e.ya.a.

▷ 配る
<ruby>配<rt>くば</rt></ruby>る
ku.ba.ru.　　　　　　　分牌

▷ ポケットカード
po.ke.tto./ka.a.do.　　底牌

▷ ロト
ro.to.　　　　　　　　樂透

▷ スクラッチカード
su.ku.ra.cchi./ka.a.do.　刮刮卡

▷ スロットマシン
su.ro.tto./ma.shi.n.　　老虎機

▷ ルーレット
ru.u.re.tto.　　　　　　輪盤

▷ 競馬
<ruby>競馬<rt>けいば</rt></ruby>
ke.i.ba.　　　　　　　賭馬

▷ 競艇
<ruby>競艇<rt>きょうてい</rt></ruby>
kyo.u.te.i.　　　　　（賭）競艇

▷ 競輪
<ruby>競輪<rt>けいりん</rt></ruby>
ke.i.ri.n.　　　　　　（賭）自由車

▷ オートレース
o.o.to.re.e.su.　　　　（賭）賽車

▷ マージャン
ma.a.ja.n.　　　　　　麻將

▷ 賭け金
<ruby>賭<rt>か</rt></ruby>け<ruby>金<rt>きん</rt></ruby>
ka.ke.ki.n.　　　　　　賭注

▷ さいころ遊び
さいころ<ruby>遊<rt>あそ</rt></ruby>び
sa.i.ko.ro./a.so.bi.　　骰子遊戲

▷ チップ
chi.ppu.　　　　　　　籌碼

實用例句

1 ギャンブルで全財産を失いました。
<small>ぜんざいさん　うしな</small>
gya.n.bu.ru.de./ze.n.za.i.sa.n.o./u.shi.na.i.ma.shi.ta.
因賭博失去所有的財產。

2 トランプを切ります。
<small>き</small>
to.ra.n.pu.o./ki.ri.ma.su.
洗牌。

3 トランプで占いをします。
<small>うらな</small>
to.ra.n.pu.de./u.ra.na.i.o.shi.ma.su.
用撲克牌算命。

4 ロトに当たりました。
<small>あ</small>
ro.to.ni./a.ta.ri.ma.shi.ta.
中樂透。

5 カードを切ります。
<small>き</small>
ka.a.do.o./ki.ri.ma.su.
洗牌

•track　071

相關單字

▷ **クラブ**　　　　　　梅花
ku.ra.bu.

▷ **ダイヤ**　　　　　　方塊
da.i.ya.

▷ **ハート**　　　　　　紅心
ha.a.to.

▷ **スペード**　　　　　黑桃
su.pe.e.do.

靜態休閒

▷ 将棋　しょうぎ
sho.u.gi.
日式象棋／將棋

▷ 囲碁　い　ご
i.go.
圍棋

▷ チェス
che.su.
西洋棋

▷ ブリッジ
bu.ri.jji.
橋牌

▷ バンド演奏　えんそう
ba.n.do./e.n.so.u.
樂團演奏

▷ 映画鑑賞　えいがかんしょう
e.i.ga.ka.n.sho.u.
電影欣賞

▷ 演劇　えんげき
e.n.ge.ki.
戲劇

▷ 展覧会　てんらんかい
te.n.ra.n.ka.i.
展覽

實用例句

1 明日は映画を見に行きます。　あした　えいが　み　い
a.shi.ta.wa./e.i.ga.o.mi.ni./i.ki.ma.su.
明天要去看電影。

2 人物画の展覧会を催します。　じんぶつが　てんらんかい　もよお
ji.n.bu.tsu.ga.no.te.n.ra.n.ka.i.o./mo.yo.o.shi.ma.su.
舉辦人物畫的展覽。

● track　07

3 学生の演劇活動が盛んです。

ga.ku.se.i.no./e.n.ge.ki.ka.tsu.do.u.ga./sa.ka.n.de.su.

學生的戲劇活動十分盛行。

4 趣味は音楽を聴くことです。

shu.mi.wa./o.n.ga.ku.o.ki.ku.ko.to.de.su.

興趣是聽音樂。

5 ピアノでショパンの曲を演奏します。

pi.a.no.de./sho.pa.n.no.kyo.ku.o./e.n.so.u.shi.o.ma.su.

鋼琴彈奏蕭邦的曲子。

藝文休閒

▷ **読書**　　　　　　　閱讀
to.ku.shi.

▷ **書評**　　　　　　　書評
sho.hyo.u.

▷ **小説**　　　　　　　小説
sho.u.se.tsu.

▷ **オンライン小説**　　線上小説
o.n.ra.i.n.sho.u.se.tsu.

▷ **漫画**　　　　　　　漫畫
ma.n.ga.

▷ **書道**　　　　　　　書法
sho.u.do.

▷ **クイズ**　　　　　　猜謎
ku.i.zu.

▷ **クロスワードパズル**　　字謎
ku.ro.su.wa.a.do.pa.zu.ru.

實用例句

1 どんなジャンルの本^{ほん}が好^すきですか？
do.n.na.ja.n.ru.no.ho.n.ga./su.ki.de.su.ka.
你喜歡什麼類型的書本？

2 一番^{いちばん}好^すきな本^{ほん}は何^{なん}ですか？
i.chi.ba.n.su.ki.na.ho.n.wa./na.n.de.su.ka.
你最喜歡什麼書？

3 本^{ほん}を読^よむことが好^すきです。
ho.n.o.yo.mu.ko.to.ga./su.ki.de.su.
我喜歡讀書。

●track 073

4 本^{ほん}は、やっぱり推理小説^{すいりしょうせつ}が一番^{いちばん}好^すきです。
ho.n.wa./ya.ppa.ri.su.i.ri.sho.u.se.tsu.ga./i.chi.ba.n.su.ki.de.su.
書的話，我最喜歡推理小說。

5 わたしも推理小説^{すいりしょうせつ}が大好^{だいす}きですよ。
wa.ta.shi.mo./su.ri.sho.u.se.tsu.ga./da.i.su.ki.de.su.yo.
我也喜歡推理小說。

慣用例句

数独^{すうどく}
su.u.do.ku.
數獨

 說明 數字拼圖遊戲。在 9×9 格的大九宮格中有 9 個 3×3 格的小九宮格，並提供一定數量的數字。根據這些數字，利用邏輯和推理，列出答案。

例 暇な時はいつも数独をやっています。

hi.ma.na.to.ki.wa./i.tsu.mo./su.u.do.ku.o./ya.tte.i.ma.su.

有空的時候一直在玩數獨。

網路休閒

▷ ネットサーフィン   逛網站
　ne.tto.sa.a.fi.n.

▷ ブログ   部落格
　bu.ro.gu.

▷ チャット   線上聊天
　cha.tto.

▷ 電子掲示板   BBS
　de.n.shi.ke.ji.ba.n.

▷ プログラミング   寫程式
　pu.ro.gu.ra.mi.n.gu.

▷ コンピュータゲーム   電腦遊戲
　ko.n.pyu.u.ta.ge.e.mu.

▷ オンラインゲーム   線上遊戲
　o.n.ra.i.n.ge.e.mu.

▷ デジタルイラスト   數位繪圖
　de.ji.ta.ru.i.ra.su.to.

▷ ツイッター   Twitter
　tsu.i.tta.a.

實用例句

• track 074

1 私も大好きです。
わたし だい す
wa.ta.shi.mo.da.i.su.ki.de.su.
我也非常喜歡它。

2 最近はこれにはまっています。
さいきん
sa.ki.n.wa./ko.re.ni.ha.ma.tte.i.ma.su.
我最近對此很著迷。

3 興味があります。
きょうみ
kyo.u.mi.ga./a.ri.ma.su.
我對此很感興趣。

4 ゲームってわたしの趣味と言えるかな。
しゅみ い
ge.e.mu.tte./wa.ta.shi.no.shu.mi./to.i.e.ru.ka.na.
打電動可以算是我的興趣吧！

視聽活動

▷ テレビ　　　　　電視
te.re.bi.

▷ 映画　　　　　電影
えいが
e.i.ga.

▷ アニメ　　　　　動畫／卡通
a.ni.me.

▷ 演芸　　　　　文藝演出
えんげい
e.n.ge.ki.

▷ スポーツ観戦　　看運動比賽
かんせん
su.po.o.tsu.ka.n.se.n.

▷ **ホームシアター**　　　家庭劇院
　ho.o.mu.shi.a.ta.a.

▷ **サーカス**　　　　　　馬戲團
　sa.a.ka.su.

▷ **コンサート**　　　　　音樂會／演唱會
　ko.n.sa.a.to.

▷ <ruby>演奏会<rt>えんそうかい</rt></ruby>　　　　　　　演奏會
　e.n.so.u.ka.i.

實用例句

1 <ruby>昨日<rt>きのう</rt></ruby>の<ruby>映画<rt>えいが</rt></ruby>はどうですか？
　ki.no.u.no.e.i.ga.wa./do.u.de.su.ka.
　昨天那部電影怎麼樣？

2 <ruby>俳優<rt>はいゆう</rt></ruby>で<ruby>一番好<rt>いちばんす</rt></ruby>きなのは<ruby>誰<rt>だれ</rt></ruby>ですか？　　　　　　　• track　075
　ha.i.yu.u.de./i.chi.ba.n.su.ki.na.no.wa./da.re.de.su.ka.
　你最喜歡的男演員是誰？

3 <ruby>女優<rt>じょゆう</rt></ruby>で<ruby>一番好<rt>いちばんす</rt></ruby>きなのは<ruby>誰<rt>だれ</rt></ruby>ですか？
　jo.yu.u.de./i.chi.ba.n.su.ki.na.no.wa./da.re.de.su.ka.
　你最喜歡的女演員是誰？

4 このアーティストが<ruby>大好<rt>だいす</rt></ruby>きです。
　ko.no.a.a.ti.su.to.ga./da.i.su.ki.de.su.
　我很喜歡這位歌手。

5 いい<ruby>映画<rt>えいが</rt></ruby>だと<ruby>思<rt>おも</rt></ruby>います。
　i.i.e.i.ga.da./to.o.mo.i.ma.su.
　我認為這部電影很棒。

慣用例句

オタク
o.ta.ku.
御宅族

（說明）「オタク」最早是指沉迷於動漫世界的宅男，後來則引申為對某項嗜好特別專注的人。如「鉄道オタク」指的是「十分喜愛研究鐵路、火車的人」。

例 アニメオタク
a.ni.me.o.ta.ku.
漫畫御宅族

例 ファッションオタク
fa.ssho.n.o.ta.ku.
時尚御宅族

例 鉄道オタク
て っ ど う
te.tsu.do.u.o.ta.ku.
鐵路御宅族

例 電気オタク
で ん き
de.n.ki.o.ta.ku.
家電御宅族

知識類休閒活動

▷ 天体観測　　　　　觀星
て ん た い か ん そ く
te.n.ta.i.ka.n.so.ku.

▷ 天体写真　　　　　星象攝影
て ん た い じ ゃ し ん
te.n.ta.i.sha.shi.n.

▷ 天体望遠鏡の自作　　製作天體望遠鏡
　　te.n.ta.i.bo.u.e.n.kyo.u.no.ji.sa.ku.

▷ ペットボトルロケット　保特瓶火箭
　　pe.tto.bo.to.ru.ro.ke.tto.

▷ 科学写真　　　科學攝影
　　ka.ga.ku.sha.shi.n.

▷ 化学実験　　　化學實驗
　　ka.ga.ku.ji.kke.n.

▷ 考古学　　　考古學
　　ko.u.ko.ga.ku.

▷ 歴史　　　歷史
　　re.ki.shi.

▷ 軍事　　　軍事
　　gu.n.ji.

▷ 地図　　　地圖
　　chi.zu.

▷ 語学　　　語言
　　go.ga.ku.

▷ 外国語　　　外語
　　ga.i.ko.ku.go.

▷ 資格取得　　　取得證照
　　shi.ka.ku.shu.to.ku.

▷ 雑学　　　雜學／生活小常識
　　za.tsu.ga.ku.

實用例句

1 これ、好きですか？
　ko.re./su.ki.de.su.ka.
　你喜歡這個嗎？

2 どんな趣味をお持ちですか？
do.n.na.shu.mi.o./o.mo.chi.de.su.ka.
你的興趣是什麼？

3 暇なときに何してるの？
hi.ma.na.to.ki.ni./na.ni.shi.te.ru.no.
閒暇時都做些什麼？

4 歴史にはまっています。
re.ki.shi.ni.ha.ma.tte.i.ma.su.
沉迷於歷史。

● track 077

音樂類休閒

▷ 音楽　　　　　　音樂
o.n.ga.ku.

▷ 楽器　　　　　　樂器
ga.kki.

▷ 歌唱　　　　　　歌唱
ka.sho.u.

▷ 合唱　　　　　　合唱
ga.ssho.u.

▷ カラオケ　　　　KTV
ka.ra.o.ke.

▷ ラップ　　　　　饒舌樂
ra.ppu.

▷ 作詞　　　　　　作詞
sa.ku.sh.

▷ **作曲**　　　　　　　　作曲
　<ruby>作曲<rt>さっきょく</rt></ruby>
　sa.kkyo.ku.

▷ **ディスクジョッキー**　　　轉唱盤／DJ
　di.su.ku.jo.kki.i.

實用例句

1　どんなジャンルの<ruby>音楽<rt>おんがく</rt></ruby>が<ruby>好<rt>す</rt></ruby>きですか？
　do.n.na.ja.n.ru.no.o.n.ga.ku.ga./su.ki.de.su.ka.
　你喜歡什麼類型的音樂？

2　<ruby>一番<rt>いちばん</rt></ruby><ruby>好<rt>す</rt></ruby>きな<ruby>歌手<rt>かしゅ</rt></ruby>は<ruby>誰<rt>だれ</rt></ruby>ですか？
　i.chi.ba.n.su.ki.na.ka.shu.wa./da.re.de.su.ka.
　你最喜歡的歌手是誰？

3　この<ruby>音楽<rt>おんがく</rt></ruby>が<ruby>好<rt>す</rt></ruby>きですか？
　ko.no.o.n.ga.ku.ga./su.ki.de.su.ka.
　你喜歡這音樂嗎？

4　<ruby>聞<rt>き</rt></ruby>くに<ruby>耐<rt>た</rt></ruby>えません。
　ki.ku.ni.ta.e.ma.se.n.
　不值一聽。

5　わたしは<ruby>音楽<rt>おんがく</rt></ruby>を<ruby>聴<rt>き</rt></ruby>くことが<ruby>好<rt>す</rt></ruby>きです。
　wa.ta.shi.wa./o.n.ga.ku.o.ki.ku.ko.to.ga./su.ki.de.su.
　我喜歡聽音樂。

慣用例句

> **オンチ**
> o.n.chi.
> 音癡／不擅長

「オンチ」原本的意思是「音癡」，在前面加上「方向」、「運動」等字後，則是表示對該項事物不擅長的意思。如「方向音癡」，指的是沒有方向感的人」。

⑩ 方向^{ほうこう}オンチ

ho.u.ko.u.o.n.chi.

沒有方向感

⑩ 運動^{うんどう}オンチ

u.n.do.u.o.n.chi.

沒有運動神經

● track 078

⑩ 前田^{まえだ}さんは何^{なに}オンチですか？

ma.e.da.sa.n.wa./na.ni.o.n.chi.de.su.ka.

前田先生你不擅長什麼呢？

時尚類休閒

▷ ファッション　　　　流行時尚
　fa.ssho.n.

▷ 和服^{わふく}　　　　　　和服
　wa.fu.ku.

▷ ネイルアート　　　　藝術指甲
　ne.i.ru.a.a.to.

▷ ピアス　　　　　　穿洞
　pi.a.su.

▷ コスプレ　　　　　變裝
　ko.su.pu.re.

▷ ボディアート　　　人體彩繪

bo.di.a.a.to.

實用例句

1 最高です。
<ruby>最高<rt>さいこう</rt></ruby>です。
sa.i.ko.u.de.su.
太棒了。

2 あまり好きではありません。
a.ma.ri.su.ki.de.wa./a.ri.ma.se.n.
我不喜歡它。

3 嫌いです。
<ruby>嫌<rt>きら</rt></ruby>いです。
ki.ra.i.de.su.
我討厭它。

4 センスがいいですね。
se.n.su.ga.i.i.de.su.ne.
很有品味。

•track 079

5 このかばんはかわいいですね。
ko.no.ka.ba.n.wa.ka.wa.i.i.de.su.ne.
這個包包很可愛耶。

慣用例句

> **アヒル<ruby>口<rt>くち</rt></ruby>**
> a.hi.ru.ku.chi.
> 鴨子嘴

 指的是女生嘴脣微微嘟起的可愛模樣。

例 今もっとも熱いチャームポイントとして注目を集めているのが「アヒル口」です。

i.ma.mo.tto.mo./a.tsu.i.cha.a.mu.po.i.n.to.to.shi.te./chu.u.mo.ku.
o.a.tsu.me.te.i.ru.no.ga./a.hi.ru.gu.chi.de.su.

現在大家最注目的熱門魅力焦點就在於鴨子嘴。

娛樂類休閒

▷ **手品**   魔術
te.ji.na.

▷ **マジック**   魔術
ma.ji.kku.

▷ **大道芸**   街頭表演／雜耍
da.do.u.ge.i.

▷ **物真似**   模仿
mo.no.ma.ne.

實用例句

1 趣味の一つや二つ持ちましょう。
shu.mi.no./hi.to.tsu.ya.fu.ta.tsu./mo.chi.ma.sho.u.
培養一兩個興趣吧！

2 芸は身を助けるといいます。
ge.i.wa./mi.o.ta.su.ke.ru./to.i.i.ma.su.
俗話說人需有一技之長。

3 趣味ってほどではありませんが。
shu.mi.tte.ho.do./de.wa.a.ri.ma.se.n.ga.
還稱不上是興趣，但……。

4 下手の横好きですね。
he.ta.no./yo.ko.zu.ki.de.su.ne.
（雖然喜歡）還不太拿手。

慣用例句

ストリートライブ
su.to.ri.i.to.ra.i.bu.
街頭演唱

說明 業餘歌手或歌手在天橋、街頭等地進行的演唱活動，也可以稱為
「路上ライブ」。

例 路上ライブ   ●track 080
ro.jo.u.ra.i.bu.
街頭演唱

例 今日はこっそりストリートライブしてみました。
kyo.u.wa./ko.sso.ri.su.to.ri.i.to.ra.i.bu./shi.te.mi.ma.shi.ta.
今天試著去街頭演唱看看。

美術類休閒

▷ 絵画   繪畫
　ka.i.ga.
▷ 水彩   水彩
　su.i.sa.i.
▷ 水墨画   水墨畫
　su.i.bo.ku.ga.

▷ 日本画　　　　　　日本畫
ni.ho.n.ga.

▷ 鉛筆画　　　　　　鉛筆畫
e.n.pi.tsu.ga.

▷ デッサン　　　　　素描
de.ssa.n.

▷ 似顔絵　　　　　　人物畫
ni.ga.o.e.

▷ 油絵　　　　　　　油畫
a.bu.ra.e.

▷ 版画　　　　　　　版畫
ha.n.ga.

▷ 木版画　　　　　　木版畫
mo.ku.ha.n.ga.

▷ 彫刻　　　　　　　雕刻
cho.u.ko.ku.

▷ 切り絵　　　　　　紙雕
ki.ri.e.

▶ バルーンアート　　氣球藝術　　　　　　　　　•track 081
ba.ru.u.n.a.a.to.

▷ 砂絵　　　　　　　沙畫
su.na.e.

▷ 墨流し　　　　　　墨畫／墨染
su.mi.na.ga.shi.

實用例句

1 絵を描いたりしています。
e.o.ka.i.ta.ri./shi.te.i.ma.su.
有時會從事繪畫。

2 前田さんの趣味は何ですか？

ma.e.da.sa.n.no.shu.mi.wa./na.n.de.su.ka.

前田先生的興趣是什麼？

3 絵を描くのは楽しいですね。

e.o.ka.ku.no.wa./ta.no.shi.i.de.su.ne.

畫畫很開心呢。

4 自由に描くのではなく、絵で収入を得るために職業絵を学びます。

ji.yu.u.ni.ka.ku.no.de.wa.na.ku./e.de.shu.u.nyu.u.o./e.ru.ta.me.ni./sho.ku.gyo.u.e.o./ma.na.bi.ma.su.

不是自由的繪畫，而是想以繪圖為業而學職業繪圖。

5 絵を描く上ですべての基本となるデッサンを学びます。

e.o.ka.ku.u.e.de./su.be.te.no.ki.ho.n.to.na.ru./de.ssa.n.o./ma.na.bi.ma.su.

學習繪畫最基本的素描。

慣用例句

画伯

ga.ha.ku.

大畫家

說明 能夠畫出一般人無法的藝術作品，指具有繪畫天才或藝術天才的人。後來也延伸為畫得不好但具有獨特風格的人。

例 こちらは浜崎画伯の絵です。

ko.chi.ra.wa./ha.ma.sa.ki.ga.ha.ku.no.e.de.su.

這是大畫家濱崎的畫。

工藝活動

▷ 陶芸　　　　　　陶藝
とうげい
to.u.ge.i.

▷ 陶磁器　　　　　陶瓷器
とうじき
to.u.ji.ki.

▷ 粘土　　　　　　黏土
ねんど
ne.n.do.

▷ 銀粘土　　　　　銀土
ぎんねんど
gi.n.ne.n.do.

▷ ガラス工芸　　　玻璃工藝
こうげい
ga.ra.su.ko.u.ge.i.

▷ 金属工芸　　　　金屬工藝
きんぞくこうげい
ki.n.zo.ku.ko.u.ge.i.

▷ 漆芸　　　　　　漆藝
うるしげい
u.ru.shi.ge.i.

▷ 皮革工芸　　　　皮革工藝
ひかくこうげい
hi.ka.ku.ko.u.ge.i.

▷ 木工芸　　　　　木工藝
もっこうげい
mo.kko.u.ge.i.

▷ 竹細工　　　　　竹子工藝
たけざいく
ta.ke.sa.i.ku.

▷ 竹とんぼ　　　　竹蜻蜓
たけ
ta.ke.do.n.bo.

▷ ペーパークラフト　紙藝品
pe.e.pa.a.ku.ra.fu.to.

▷ 紙飛行機　　　　　　紙飛機
　ka.mi.hi.ko.u.ki.

▷ 折り紙　　　　　　　摺紙
　o.ri.ga.mi.

▷ 琺瑯　　　　　　　　琺瑯
　ho.u.ro.u.

▷ ろうそく作り　　　　手工蠟燭
　ro.u.so.ku.zu.ku.ri.

▷ 石鹸作り　　　　　　手工皂
　se.kke.n.zu.ku.ri.

▷ 万華鏡作り　　　　　手工萬花筒
　ma.n.ge.kyo.u.zu.ku.ri.

▷ 染色　　　　　　　　染色藝術
　se.n.sho.ku.

手工藝

●track　083

▷ 織物　　　　　　　　織品
　o.ri.mo.no.

▷ 裁縫　　　　　　　　裁縫
　sa.i.ho.u.

▷ 編み物　　　　　　　編織
　a.mi.mo.no.

▷ 刺繍　　　　　　　　刺繡
　shi.shu.u.

▷ クロスステッチ　　　十字繡
　ku.ro.su.su.te.cchi.

▷ ビーズ　　　　　　串珠
bi.i.zu.

▷ テディベア作り　　手工泰迪熊
te.di.be.a.zu.ku.ri.

▷ 紐　　　　　　　　繩結
hi.mo.

▷ 組み紐　　　　　　編繩
ku.mi.hi.mo.

▷ 飾り結び　　　　　裝飾繩結
ka.za.ri.mu.su.bi.

▷ 中国結び　　　　　中國結
chu.u.go.ku.mu.su.bi.

▷ レース　　　　　　蕾絲
re.e.su.

▷ フラワーデザイン　花藝設計
fu.ra.wa.a.de.za.i.n.

▷ 華道　　　　　　　花道
ka.do.u.

▷ 押し花　　　　　　押花
o.shi.ba.na.

▷ ブーケ　　　　　　花束
bu.u.ke.

▷ アクセサリー作り　飾品製作
a.ku.se.sa.ri.i.zu.ku.ri.

▷ 人形作り　　　　　手工人偶
ni.n.gyo.u.zu.ku.ri.

舞蹈

▷ ダンス　　　　　　舞蹈
da.n.su.

▷ 社交ダンス　　　　社交舞
しゃこう
sha.ko.u.da.n.su.

▷ 日本舞踊　　　　　日本舞
にほんぶよう
ni.ppo.n.bu.yo.u.

▷ フォークダンス　　土風舞
fo.o.ku.da.n.su.

▷ バレエ　　　　　　芭蕾
ba.re.e.

▷ ヒップホップ　　　嘻哈
hi.ppu.ho.ppu.

▷ ストリートダンス　街舞
su.to.ri.i.to.da.n.su.

▷ レゲエダンス　　　雷鬼
re.ge.e.da.n.su.

▷ モダンダンス　　　現代舞
mo.da.n.da.n.su.

實用例句

1 ダンス教室に通っています。
　きょうしつ　　かよ
da.n.su.kyo.u.shi.tsu.ni./ka.yo.tte.i.ma.su.
在舞蹈教室學舞。

2 体を使って遊びながら楽しくダンスを学びます。
　からだ　つか　　あそ　　　　たの　　　　　　　まな
ka.ra.da.o.tsu.ka.tte./a.so.bi.na.ga.ra./ta.no.shi.ku./da.n.su.o.ma.
na.bi.ma.su.
運動身體一邊玩一邊快樂的學舞。

3 自分のオリジナルのダンスを創作します。
ji.bu.n.no.o.ri.ji.na.ru.no.da.n.su.o./so.u.sa.ku.shi.ma.su.
發明自己的原創舞蹈。

4 子供の大好きな音楽に合わせて、楽しくダンスを学びます。
ko.do.mo.no.da.i.su.ki.na.o.n.ga.ku.ni./a.wa.se.te./ta.no.shi.ku./
da.n.su.o.ma.na.bi.ma.su.
配合小朋友最喜歡的音樂，快樂的學習舞蹈。

5 ダンスが楽しいです。
da.n.su.ga.ta.no.shi.i.de.su.
跳舞很快樂。

相關單字

▷ ウォーキング　　　　健走
o.ki.n.gu.

▷ 散歩　　　　　　　　散步
sa.n.po.

▷ ジョギング　　　　　慢跑
jo.ki.n.gu.

聚會活動

● track　085

▷ パーティー　　　　　派對
pa.a.ti.i.

▷ 送別会　　　　　　　歡送會
so.u.be.tsu.ka.i.

▷ さよならパーティー　送別會
sa.yo.na.ra./pa.a.ti.i.

▷ <ruby>歓迎会<rt>かんげいかい</rt></ruby>　　　　迎新會
ka.n.ge.i.ka.i.

▷ <ruby>誕生日会<rt>たんじょうびかい</rt></ruby>　　　生日派對
ta.n.jo.u.bi.ka.i.

▷ <ruby>忘年会<rt>ぼうねんかい</rt></ruby>　　　　年終聚會（類似尾牙）
bo.u.ne.n.ka.i.

▷ <ruby>二次会<rt>にじかい</rt></ruby>　　　　　續攤
ni.ji.ka.i.

慣用例句

<ruby>合<rt>ごう</rt></ruby>コン
go.u.ko.n.

聯誼

說明　不認識的男女相約聯誼吃飯並聊天增進感情。

例 これが<ruby>人生初<rt>じんせいはつ</rt></ruby>の<ruby>合<rt>ごう</rt></ruby>コンです。

ko.re.ga.ji.n.se.i.ha.tsu.no.go.u.ko.n.de.su.

這是第一次參加聯誼。

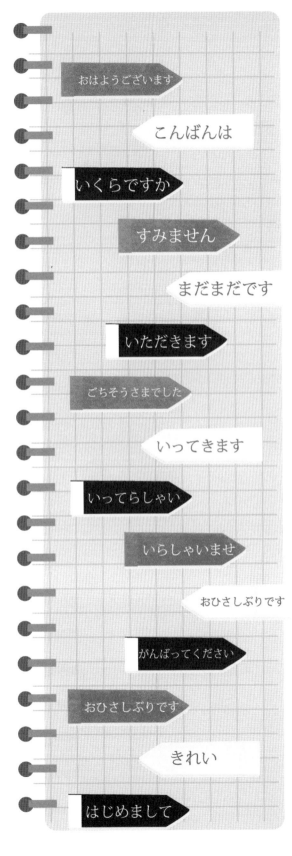

おはようございます

こんばんは

いくらですか

すみません

まだまだです

いただきます

ごちそうさまでした

いってきます

いってらしゃい

いらしゃいませ

おひさしぶりです

がんばってください

おひさしぶりです

きれい

はじめまして

Part

購物篇

百貨／商店

▷ デパート　　　　　　　百貨公司
　de.pa.a.to.

▷ ショッピングモール　　購物中心
　sho.ppi.n.gu.mo.o.ru.

▷ スーパー　　　　　　　超級市場
　su.u.pa.a.

▷ コンビニ　　　　　　　便利商店
　ko.n.bi.ni.

▷ ドラッグストア　　　　藥妝店
　do.ra.ggu.su.to.a.

▷ サービスセンター　　　服務中心
　sa.a.bi.su.se.n.ta.a.

實用例句

1 この辺に大きいスーパーがありますか。
　ko.no.he.n.ni./o.o.ki.i.su.u.pa.a.ga./a.ri.ma.su.ka.
　在這附近有大的超市嗎？

2 この前にデパートがあります。
　ko.no.ma.e.ni./de.pa.a.to.ga./a.ri.ma.su.
　前面有百貨公司。

3 各種類の服があります。
　ka.ku.shu.ru.i.no.fu.ku.ga.a.ri.ma.su.
　有各種的服飾。

4 そこで本を安く買えますか。
　そ　　ほん　やす　　か

so.ko.de./ho.n.o.ya.su.ku./ka.e.ma.su.ka.

在那邊可以買到便宜的書嗎？

5 化粧水はどこにありますか。
　けしょうすい

ke.sho.u.su.i.wa./do.ko.ni.a.ri.ma.su.ka.

化粧水在哪裡呢？

相關單字

▷ ブティック　　　　　　　精品店
　bu.ti.kku.

▷ お土産物屋　　　　　　　紀念品名產專賣店
　　みやげものや
　o.mi.ya.ge.mo.no.ya.

▷ 免税店　　　　　　　　　免税商店
　めんぜいてん
　me.n.ze.i.te.n.

▷ 市場　　　　　　　　　　市集
　いちば
　i.chi.ba.

▷ 商店街　　　　　　　　　商店街
　しょうてんがい
　sho.u.te.n.ga.i.

▷ ホームセンター　　　　　DIY 家具量販店
　ho.o.mu./se.n.ta.a.

▷ 業務用スーパー　　　　　量販中心
　ぎょうむよう
　gyo.u.mu.yo.u./su.u.pa.a.

▷ アウトレット　　　　　　暢貨中心
　a.u.to.re.tto.

● track 087

百貨部門

▷ 靴屋 くつや　　　　　　　鞋店
ku.tsu.ya.

▷ お土産物屋 みやげものや　　　名產店
o.mi.ya.ge.mo.no.ya.

▷ CD ショップ　　　　　唱片行
shi.di.sho.ppu.

▷ 本屋 ほんや　　　　　　　書店
ho.n.ya.

▷ 薬局 やっきょく　　　　　藥局
ya.kkyo.ku.

▷ 文具 ぶんぐ　　　　　　　文具
bu.n.gu.

▷ 本 ほん　　　　　　　　　書
ho.n.

▷ おもちゃ　　　　　　　玩具
o.mo.cha.

▷ 婦人服 ふじんふく　　　　　女裝
fu.ji.n.fu.ku.

▷ 紳士服 しんしふく　　　　　男裝
shi.n.shi.fu.ku.

▷ 家具 かぐ　　　　　　　　家具
ka.gu.

▷ 食料品 しょくりょうひん　　食材
sho.ku.ryo.u.hi.n.

▷ かばん　　　　　　　　包包
ka.ba.n.

▷ **アクセサリー**　　　　配件
a.ku.se.sa.ri.i.

▷ **家庭用品**　　　　　　家庭用品
ka.te.i.yo.u.hi.n.

▷ **スポーツ用品**　　　　運動用品
su.po.o.tsu.yo.u.hi.n.

▷ **めがね**　　　　　　　眼鏡
me.ga.ne.

▷ **コンタクト**　　　　　隱形眼鏡
ko.n.ta.ku.to.

▷ **時計**　　　　　　　　時鐘
to.ke.i.

實用例句

1 すみません、かばんはどこで買えますか。
su.mi.ma.se.n./ka.ba.n.wa./do.ko.de.ka.e.ma.su.ka.
不好意思，請問包包哪一個地方？

2 本屋は三階にあります。
ho.n.ya.wa./sa.n.ka.i.ni.a.ri.ma.su.
書店在三樓。

3 すみません、それを見せてください。
su.mi.ma.se.n./so.re.o.mi.se.te./ku.da.sa.i.
不好意思，請讓我看那個。

4 じゃ、これをください。　　　　　　•track　088
ja./ko.re.o.ku.da.sa.i.
我要買這個。

5 ちょっと見ているだけです。

cho.tto./mi.te.i.ru.da.ke.de.su.

我只是看看。

6 ハンカチがほしいんです。

ha.n.ka.chi.ga./ho.shi.i.n.de.su.

我想買手帕。

相關單字

▷ **通路**　　　　　　　　　走道
tsu.u.ro.

▷ **カート**　　　　　　　　手推車
ka.a.to.

▷ **かご**　　　　　　　　　籃子
ka.go.

▷ **コーナー**　　　　　　　區域
ko.o.na.a.

▷ **棚**　　　　　　　　　　貨架
ta.na.

▷ **勘定場**　　　　　　　　結帳處
ka.n.jo.u.ba.

▷ **お会計**　　　　　　　　結帳櫃台
o.ka.i.ke.i.

▷ **レジ**　　　　　　　　　收銀機
re.ji.

慣用例句

デパ地下
de.pa.chi.ka.
百貨地下街

「デパ地下」指的是百貨公司地下街賣場，通常是食物及超市。

例 デパ地下でスイーツを買いました。

de.pa.chi.ka.de./su.i.i.tsu.o./ka.i.ma.shi.ta.

在百貨地下街買了甜點。

商品特徵

▷ 新発売　　　　　新款
shi.n.ha.tsu.ba.i.

▷ 人気商品　　　　暢銷
ni.n.ki.sho.u.hi.n.

▷ 定番　　　　　　經典款
te.i.ba.n.

▷ お買い得　　　　超值商品
o.ka.i.do.ku.

▷ 廃盤　　　　　　絕版
ha.i.ba.n.

▷ バージョン　　　版本
ba.a.jo.n.

▷ 新しい　　　　　新版
a.ta.ra.shi.i.

▷ 品切れ　　　　　缺貨
shi.na.gi.re.

▷ 在庫中　　　　　有貨
za.i.ko.chu.u.

▷ 取^とり寄^よせ   調貨
to.ri.yo.se.

▷ 予約^{よやく}   預約
yo.ya.ku.

▷ 先行販売^{せんこうはんばい}   搶先販賣
se.n.ko.u.ha.n.ba.i.

▷ フラゲ   在正式發售日之前就買到
fu.ra.ge.

▷ 限定^{げんてい}   限定
ge.n.te.i.

▷ 期間限定^{きかんげんてい}   期限內發行
ki.ka.n.ge.o.n.te.i.

▷ 名物^{めいぶつ}   名產
me.i.bu.tsu.

▷ 発売^{はつばい}   發售
ha.tsu.ba.i.

▷ キャンペーン   活動
kya.n.pe.e.n.

▷ 売^うり上^あげ   銷售額
u.ri.a.ge.

▷ 目玉商品^{めだましょうひん}   主要商品
me.da.ma.sho.u.hi.n.

實用例句

1 ワンピースを探^{さが}しているんですが。
wa.n.pi.i.su.o./sa.ga.shi.te.i.ru.n.de.su.ga.
我在找洋裝。

2 これを履いてみてもいいですか。

ko.re.o./ha.i.te.mi.te.mo.i.i.de.su.ka.

可以試穿嗎？

3 こちらは今シーズンの新作です。

ko.chi.ra.wa./ko.n.shi.i.zu.n.no./shi.n.sa.ku.de.su.

這是本季的新品。

• track 090

4 デザインの似ているものはありますか。

de.za.i.n.no.ni.te.i.ru.mo.no.wa./a.ri.ma.su.ka.

請問有類似的設計嗎？

5 じゃ、これにします。

ja.ko.re.ni.shi.o.ma.su.

我要買這個。

相關單字

▷ 応募　　　　　　　　　參加抽獎
o.u.bo.

▷ 付き　　　　　　　　　附
tsu.ki.

▷ おまけ　　　　　　　　小禮物
o.ma.ke.

▷ 特典　　　　　　　　　特別附的禮物
to.ku.te.n.

▷ 初回版　　　　　　　　首次發行才有的特殊版本
sho.ka.i.ba.n.

▷ 普通版　　　　　　　　一般版本
fu.tsu.u.ba.n.

慣用例句

つうはん
通販

tsu.u.ha.n.

網路／型錄購物

說
明
透過網路或是電話等方式購買商品即稱為「通販」，此為「通
信販売」之簡稱。

つうはん　ふく　こうにゅう
例 通販で服を購入しました。

tsu.u.ha.n.de./fu.ku.o.ko.u.nyu.u.shi.ma.shi.ta.

用網路購物買了衣服。

•track 09

折扣

きんいつ
▷ **均一**　　　　　均一價
ki.n.i.tsu.

てい か
▷ **定価**　　　　　不二價
te.i.ka.

むりょう
▷ **ただ／無料**　　免費
ta.da./mu.ryo.u.

とく
▷ **お得**　　　　　特價
o.to.ku.

▷ **クーポン**　　　優待券
ku.u.po.n.

▷ **チラシ**　　　　廣告傳單
chi.ra.shi.

おおうり だ
▷ **大売出し**　　　大拍賣
o.o.u.ri.da.sh.

▷ セール　　　　　　　　拍賣
　se.e.ru.

▷ 感謝祭り　　　　　　　感恩特賣
　ka.n.sha.ma.tsu.ri.

▷ 半額　　　　　　　　　半價
　ha.n.ga.ku.

▷ 下取り　　　　　　　　折價換新
　shi.ta.do.ri.

▷ 在庫一掃セール　　　　出清存貨
　za.i.kko.u./i.sso.u./se.e.ru.

▷ 値引き　　　　　　　　降價
　ne.bi.ki.

實用例句

1 安くしてもらえませんか？
　ya.su.ku./shi.te./mo.ra.e./ma.se.n.ka.
　便宜一點好嗎？

2 割引してもらえますか。
　wa.ri.bi.ki.shi.te.mo.ra.e.ma.su.ka.
　可以打折嗎？

3 割引がありますか。
　wa.ri.bi.ki.ga./a.ri.ma.su.ka.
　有打折嗎？

4 今がお買い得です。
　i.ma.ga./o.ka.i.do.ku.de.su.
　現在買最划算。

5 クーポンはまとめて使^{つか}えますか。

ku.u.po.n.wa./ma.to.me.te.tsu.ka.e.ma.su.ka.

優惠券可以合併使用嗎？

相關單字

▷ 一割引
　<ruby>いちわりびき</ruby>
i.chi.wa.ri.bi.ki.　　　　打九折

▷ 二割引
　<ruby>にわりびき</ruby>
ni.wa.ri.bi.ki.　　　　打八折

▶ 三割引
　<ruby>さんわりびき</ruby>
sa.n.wa.ri.bi.ki.　　　　打七折

▷ 四割引
　<ruby>よんわりびき</ruby>
yo.n.wa.ri.bi.ki.　　　　打六折

▷ 五割引
　<ruby>ごわりびき</ruby>
go.wa.ri.bi.ki.　　　　打五折

▷ 六割引
　<ruby>ろくわりびき</ruby>
ro.ku.wa.ri.bi.ki.　　　　打四折

▷ 七割引
　<ruby>ななわりびき</ruby>
na.na.wa.ri.bi.ki.　　　　打三折

▷ 八割引
　<ruby>はちわりびき</ruby>
ha.chi.wa.ri.bi.ki.　　　　打兩折

▷ 九割引
　<ruby>きゅうわりびき</ruby>
kyu.u.wa.ri.bi.ki.　　　　打一折

●track 092

尺寸

▷ サイズ　　　　尺碼
sa.i.zu.

▷ Lサイズ　　　　　　　大號
　e.ru.sa.i.zu.

▷ Mサイズ　　　　　　　中號
　e.mu.sa.i.zu.

▷ Sサイズ　　　　　　　小號
　e.su.sa.i.zu.

▷ XLサイズ　　　　　　特大號
　e.ku.su./e.ru./sa.i.zu.

▷ XSサイズ　　　　　　特小號
　e.ku.su./e.su./sa.i.zu.

實用例句

1　すこし小さいようです。1サイズ大きいものはありますか。
su.ko.shi.chi.i.sa.i.yo.u.de.su./wa.n.sa.i.zu.o.o.ki.i.mo.no.wa./a.ri.
ma.su.ka.
這個有點太小了，有大一號的嗎？

2　サイズが合いません。
sa.i.zu.ga./a.i.ma.se.n.
尺寸不合。

3　サイズがわかりません。
sa.i.zu.ga./wa.ka.ri.ma.se.n.
我不知道自己的尺寸。

　　　　　　　　　　　　　　　　　　　　　　　•track 093

4　計っていただけますか。
ha.ka.tte.i.ta.da.ke.ma.su.ka.
可以幫我量一下嗎？

5　これは大きすぎます。
ko.re.wa./o.o.ki.su.gi.ma.su.
這個太大了。

相關單字

▷ 大^{おお}きすぎる　　　　　太大了
　　o.o.ki.su.gi.ru.

▷ 小^{ちい}さすぎる　　　　　太小了
　　chi.i.sa.su.gi.ru.

▷ きつい　　　　　　　緊
　　ki.tsu.i.

▷ ゆるい　　　　　　　鬆
　　yu.ru.i.

▷ 長^{なが}い　　　　　　　長
　　na.ga.i.

▷ 短^{みじか}い　　　　　　　短
　　mi.ji.ka.i.

▷ 厚^{あつ}い　　　　　　　厚
　　a.tsu.i.

▷ 薄^{うす}い　　　　　　　薄
　　u.su.i.

付帳

▷ お会計^{かいけい}　　　　　　付款
　　o.ka.i.ke.i.

▷ 現金^{げんきん}　　　　　　付現
　　ge.n.ki.n.

▷ クレジットカード　　信用卡
　　ku.re.ji.tto./ka.a.do.

▷ カードでお支払^{しはら}いいただける　接受信用卡
　　ka.a.do.de./o.shi.ha.ra.i./i.ta.da.ke.ru.

▷ 現金のみ　　　　　只接受現金
ge.n.ki.n./no.mi.

▷ チップ　　　　　　小費
chi.ppu.

▷ サービス料　　　　服務費
sa.a.bi.su.ryo.u.

▷ お釣り　　　　　　零錢
o.tsu.ri.

▷ 分割払い　　　　　分期付款
bu.n.ka.tsu./ba.ra.i.

▷ ポイントカード　　集點卡
po.i.n.to./ka.a.do.

▷ 還元金　　　　　　現金還元
ka.n.ge.n.ki.n.

▷ ポイント　　　　　點數
po.i.n.to.

實用例句

1 ちょっと高いですね、もっと安いのはありませんか。　　　•track　094
cho.tto.ta.ka.i.de.su.ne./mo.tto.ya.su.i.no.wa./a.ri.ma.se.n.ka.
我覺得有點貴，有便宜一點的嗎？

2 これ以上は安くなりませんか。
ko.re.u.jo.u.wa./ya.su.ku.na.ri.ma.se.n.ka.
可以再便宜一點嗎？

3 レジはどこですか。
re.ji.wa./do.ko.de.su.ka.
收銀台在哪裡？

4 カードは使えますか。

ka.a.do.wa./tsu.ka.e.ma.su.ka.

可以刷卡嗎？

5 これは自宅用です。

ko.re.wa.ji.ta.ku.yo.u.de.su.

我是自己要用的。（意即不用包裝）

6 これください

ko.re./ku.da.sa.i.

這件商品我要了。

相關單字

▷ 割引　　　　　　　　折扣
wa.ri.bi.ki.

▷ 特別価格　　　　　　特別優待
to.ku.be.tsu./ka.ka.ku.

▷ 割引対象外　　　　　不打折
wa.ri.bi.ki./ta.i.sho.u.ga.i.

▷ 割引商品　　　　　　折扣商品
wa.ri.bi.ki./sho.u.hi.n.

▷ 安くする　　　　　　降價
ya.su.ku.su.ru.

▷ バーゲンセール　　　大拍賣
ba.a.ge.n./se.e.ru.

▷ 激安　　　　　　　　真便宜
ge.ki.ya.su.

▷ 交渉　　　　　　　討價還價
こうしょう
ko.u.sho.u.

▷ 予算オーバー　　　超出預算
よさん
yo.sa.n./o.o.ba.a.

▷ 値札　　　　　　　價格標籤
ねふだ
ne.fu.da.

退換貨

•track　095

▷ 壊れている　　　　壞了
こわ
ko.wa.re.te./i.ru.

▷ 動きません　　　　不能運作
うご
u.go.ki.ma.se.n.

▷ 払い戻す　　　　　退錢
はら　もど
ha.ra.i.mo.do.su.

▷ 弁償　　　　　　　賠償
べんしょう
be.n.sho.u.

▷ 取り替える　　　　退換／換貨
と　　か
to.ri.ka.e.ru.

▷ レシート　　　　　收據
re.shi.i.to.

實用例句

1 返品交換お断り致します。
へんぴんこうかん　ことわ　いた
he.n.bi.n.ko.u.ka.n./o.ko.to.wa.ri./i.ta.shi.ma.su.
恕不退換。

2 丈を直してもらえますか。
たけ　なお
ta.ke.o.na.o.shi.te.mo.ra.e.ma.su.ka.
可以幫我改長度嗎？

3 もう少し短くしてください。
mo.u.su.ko.shi.mi.ji.ka.ku.shi.te.ku.da.sa.i.
可以改短一點嗎？

4 どれくらい時間がかかりますか。
do.re.ku.ra.i./ji.ka.n.ga.ka.ka.ri.ma.su.ka.
需要等多久呢？

5 これを取り替えてもらえますか。
ko.re.o./to.ri.ka.e.te.mo.ra.e.ma.su.ka.
可以換貨嗎？

● track 096

服飾配件

▷ かばん   袋狀物品(男女通用)
ka.ba.n.

▷ スーツケース   行李箱
su.u.tsu.ke.e.su.

▷ 財布   皮夾
sa.i.fu.

▷ ハンドバッグ   女用手拿包
ha.n.do.ba.ggu.

▷ ポーチ   小化妝包
po.o.chi.

▷ トート   托特包
to.o.to.

▷ リュック   登山包／背包
ryu.kku.

▷ ショルダー　　　　　側背包
　sho.ru.da.a.

▷ 名刺入れ　　　　　　名片夾
　me.i.shi.i.re.

▷ セカンドバッグ　　　男用手拿包
　se.ka.n.do./ba.ggu.

▷ 革靴　　　　　　　　皮鞋
　ka.wa.gu.tsu.

▷ スニーカー　　　　　運動鞋
　su.ni.i.ka.a.

▷ 上着／トップ　　　　上衣
　u.wa.gi./to.ppu.

▷ スカート　　　　　　裙子
　su.ka.a.to.

▷ ズボン　　　　　　　褲子
　zu.bo.n.

▷ スーツ　　　　　　　西裝／套裝
　su.u.tsu.

▷ シャツ　　　　　　　襯衫
　sha.tsu.

實用例句

1 友達にあげるプレゼントを探しています。
　to.mo.da.chi.ni.a.ge.ru./pu.re.ze.n.to.o./sa.ga.shi.te.i.ma.su.
　我在找送朋友的禮物。

2 これを試着してもいいですか。
　ko.re.o.shi.cha.ku.shi.te.mo./i.i.de.su.ka.
　這件可以試穿嗎？

3 ほかのものを見せていただけますか。
ho.ka.no.mo.no.o./mi.se.te.i.ta.da.ke.ma.su.ka.
我可以看看別的嗎？

4 ほかの色がありますか。
ho.ka.no.i.ro.ga./a.ri.ma.su.ka.
還有其他顏色嗎？

5 ほかの柄はありますか。
ho.ka.no.ga.ra.wa./a.ri.ma.su.ka.
有其他圖案嗎？

•track　097

相關單字

▷ ブティック　　　　　精品店
bu.te.i.kku.

▷ モノグラム　　　　　品牌名稱組成的圖案
mo.no.gu.ra.mu.

▷ カバー　　　　　　　防塵袋
ka.ba.a.

▷ デザイナー　　　　　設計師／設計名家
de.za.i.na.a.

▷ ブランド品　　　　　名牌精品
bu.ra.n.do.hi.n.

慣用例句

アパレル
a.pa.re.ru.
流行業

> 指從事服裝、流行配件等商品設計製造的行業。

例 アパレル販売スタッフへの転職を考えています。

a.pa.re.ru.ha.n.ba.i.su.ta.ffu.e.no./te.n.sho.ku.o./ka.n.ga.e.te.i.ma. su.

想要轉行當服裝店員。

服裝分類

▷ スーツ su.u.tsu.	西裝／套裝
▷ 半ズボン ha.n.zu.bo.n.	短褲
▷ タイツ ta.i.tsu.	內搭褲
▷ ヒッコリーパンツ hi.kko.ri.i./pa.n.tsu.	寬鬆的長褲
▷ デニム de.ni.mu.	牛仔褲
▷ 靴下 ku.tsu.shi.ta.	襪子
▷ トレンチコート to.re.n.chi./ko.o.to.	風衣
▷ マント ma.n.to.	披風
▷ コート ko.o.to.	外套

▷ ワンピース　　　　　　洋裝
　wa.n.pi.i.su.

▷ ドレス　　　　　　　　晚禮服
　do.re.su.

▷ ブラウス　　　　　　　罩衫／女上衣
　bu.ra.u.su.

▶ タートル　　　　　　　高領衫　　　　　　　　　　　　●track　098
　ta.a.to.ru.

▷ ベスト　　　　　　　　背心
　be.su.to.

▷ タイトスカート　　　　窄裙
　ta.i.to./su.ka.a.to.

▷ ストッキング　　　　　褲襪
　su.to.kki.n.gu.

▷ セーター　　　　　　　毛衣
　se.e.ta.a.

實用例句

1 すみません。ブーツのバーゲンは今日からですよね。
　su.mi.ma.se.n./bu.u.tsu.no.ba.a.ge.n.wa./kyo.u.ka.ra.de.su.yo.ne.
　請問靴子的特賣會是從今天開始吧？

2 これよりも濃い色がありましたら、そちらも見せていただ
　けますか。
　ko.re.yo.ri.mo./ko.i.i.ro.ga.a.ri.ma.shi.ta.ra./so.chi.ra.mo.mi.se.te.
　i.ta.da.ke.ma.su.ka.
　如果有顏色比這個深的商品，請讓我看看。

3 ちょっと長すぎるので、少し短くしていただけますか。

cho.tto.na.ga.su.gi.ru.no.de./su.ko.shi.mi.ji.ka.ku.shi.te./i.ta.da.ke.ma.su.ka.

有點太長了，可以幫我改短嗎？

4 プレゼントです。

pu.re.ze.n.to.de.su.

這是送人的。（請幫我包裝）

5 箱入りでお願いします。

ha.ko.i.ri.de./o.ne.ga.i.shi.ma.su.

請幫我裝到箱子裡。

6 試着室はどこですか。

shi.cha.ku.shi.tsu.wa./do.ko.de.su.ka.

試穿室在哪裡呢？

7 一つ上のサイズはありますか。

hi.to.tsu.u.e.no.sa.i.zu.wa./a.ri.ma.su.ka.

有大一號的嗎？

8 一つ下のってありますか。

hi.to.tsu.shi.ta.no.tte./a.ri.ma.su.ka.

有小一號的嗎？

9 肩がきついですね。

ka.ta.ga.ki.tsu.i.de.su.ne.

肩膀處太緊了。

10 肩が余りますね。

ka.ta.ga.a.ma.ri.ma.su.ne.

肩膀處太鬆了。

相關單字

▷ 着物 （きもの）　　　　　和服
ki.mo.no.

▶ 浴衣 （ゆかた）　　　　　夏季和服　　　　　　　　　　•track　099
yu.ka.ta.

▷ ネクタイ　　　　　　　領帶
ne.ku.ta.i.

▷ ネクタイピン　　　　　領帶夾
ne.ku.ta.i.pi.n.

▷ タキシード　　　　　　燕尾服
ta.ki.shi.i.do.

▷ 袖 （そで）　　　　　　　袖子
so.de.

▷ 丈 （たけ）　　　　　　　長度
ta.ke.

鞋子種類

▷ ペタンコ靴 （くつ）　　　平底鞋
pe.ta.n.ko.gu.tsu.

▷ ハイヒール　　　　　　高跟鞋
ha.i.hi.i.ru.

▷ ストラップ靴 （くつ）　　有扣帶的低跟女鞋
su.to.ra.ppu./gu.tsu.

▷ ブーツ　　　　　　　　靴子
bu.u.tsu.

▷ ロングブーツ　　　　　長靴
ro.n.gu./bu.u.tsu.

▷ くるぶし丈ブーツ　　　短靴
ku.ru.bu.shi.ta.ke./bu.u.tsu.

▷ ハーフ丈ブーツ　　　中長靴
ha.a.fu.ta.ke./bu.u.tsu.

▷ サンダル　　　涼鞋
sa.n.da.ru.

▷ パンプス　　　低跟船型舞鞋
pa.n.pu.su.

▷ スリッポン　　　輕便鞋
su.ri.ppo.n.

▷ フラットシューズ　　　平底鞋
fu.ra.tto./shu.u.zu.

實用例句

1 ブーツを探しているんですが。　　　•track　100
bu.u.tsu.o./sa.ga.shi.te.i.ru.n.de.su.ga.
我想買靴子。

2 靴下がほしいんです。
ku.tsu.shi.ta.ga.ho.shi.i.n.de.su.ga.
我想買襪子。

3 これは日本製ですか。
ko.re.wa./ni.ho.n.se.i.de.su.ka.
這是日本製嗎？

4 何の革ですか。
na.n.no.ka.wa.de.su.ka.
這是什麼皮？

5 この色はいいですね。

ko.no.i.ro.wa./i.i.de.su.ne.

這個顏色很不錯。

相關單字

▷ アイゼン　　　　　　釘鞋
a.i.ze.n.

▷ 下駄　　　　　　　　木屐
ge.ta.

▷ スケート　　　　　　溜冰鞋
su.ke.e.to.

▷ スポーツシューズ　　運動鞋
su.po.o.tsu./shu.u.zu.

▷ カジュアルシューズ　便鞋
ka.ju.a.ru./shu.u.zu.

▷ ランニングシューズ　慢跑鞋
ra.n.ni.n.gu./shu.u.zu.

▷ カジュアルブーツ　　休閒靴
ka.ju.a.ru./bu.u.tsu.

▷ ワークブーツ　　　　工作靴
wa.a.ku./bu.u.tsu.

▷ レインブーツ　　　　雨鞋
re.i.n./bu.u.tsu.

▷ 上履き　　　　　　　學校穿的室內鞋
u.wa.ba.ki.

▷ スリッパ　　　　　　拖鞋
su.ri.ppa.

▷ 丸トゥ （まる）　　　　　　圓頭鞋
ma.ru.to.u.

▷ とんがりトゥ　　　　　　尖頭鞋
to.n.ga.ri.to.u.

鞋類相關商品

• track　101

▷ シューキーパー　　　　　鞋撐／固定鞋子的支架
shu.u.ki.i.pa.a.

▷ 消臭剤 （しょうしゅうざい）　除臭劑
sho.u.shu.u.za.u.

▷ マジックテープ　　　　　魔術帶／黏扣帶
ma.ji.kku./te.e.pu.

▷ 靴べら （くつ）　　　　　鞋拔
ku.tsu.be.ra.

▷ 靴クリーム （くつ）　　　鞋油
ku.tsu.ku.ri.i.mu.

▷ 靴底 （くつぞこ）　　　　鞋底
ku.tsu.zo.go.

▷ かかと　　　　　　　　　鞋跟
ka.ka.to.

▷ 靴の中敷き （くつ）（なかじ）　鞋墊
ku.tsu.no./na.ka.ji.ki.

▷ 靴ひも （くつ）　　　　　鞋帶
ku.tsu.hi.mo.

実用例句

1 靴のかかとのゴムの部分が磨り減りました。
ku.tsu.no.ka.ka.to.no.go.mu.no.bu.bu.n.ga./su.ri.he.ri.ma.shi.ta.
鞋跟的塑膠部分磨損了。

2 かかとが取り替えられます。
ka.ka.to.ga./to.ri.ka.e.ra.re.ma.su.
可以換鞋跟。

3 靴ひもがほどけます
ku.tsu.hi.mo.ga.ho.do.ke.ma.su.
鞋帶鬆了。

4 靴ひもを締め直すのが面倒くさいです。
ku.tsu.hi.mo.o./shi.me.na.o.su.no.ga./me.n.do.u.ku.sa.i.de.su.
重綁鞋帶很麻煩。

5 何度結び直しても、気づいたら靴ひもがほどけてしまいます。
na.n.do.mu.su.bi.na.o.shi.te.mo./ki.zu.i.ta.ra./ku.tsu.hi.mo.ga.ho.
do.ke.te.shi.ma.i.ma.su.
雖然重綁了好幾次，但注意到的時候鞋帶又鬆了。

6 玄関に置く「靴べら」は生活の必需品です。
ge.n.ka.n.ni.o.ku./ku.tsu.be.ra.wa./se.i.ga.tsu.no.hi.tsu.ju.hi.n.de.
su.
放在玄關的鞋拔是生活必需品。

香水

●track 102

▷ つける　　　　　　　　擦(香水)
tsu.ke.ru.

▷ ふきかける　　　　　　　　噴(香水)
fu.ki.ka.ke.ru.

▷ <ruby>香水<rt>こうすい</rt></ruby>　　　　　　　　香水
ko.u.su.i.

▷ オーデコロン　　　　　　　古龍水
o.o.de.ko.ro.n.

▷ アフターシェーブローション　鬍後水
a.fu.ta.a.she.e.bu.ro.o.sho.n.

▷ におい　　　　　　　　　　氣味
ni.o.i.

▷ <ruby>薄<rt>うす</rt></ruby>い　　　　　　　　　　輕微的不知不覺的
u.su.i.

▷ <ruby>濃<rt>こ</rt></ruby>い　　　　　　　　　　強烈的
ko.i.

實用例句

1 <ruby>香水<rt>こうすい</rt></ruby>は<ruby>体<rt>からだ</rt></ruby>や<ruby>衣服<rt>いふく</rt></ruby>に<ruby>付<rt>つ</rt></ruby>け、<ruby>香<rt>かお</rt></ruby>りを<ruby>楽<rt>たの</rt></ruby>しむための<ruby>化粧品<rt>けしょうひん</rt></ruby>の<ruby>一種<rt>いっしゅ</rt></ruby>です。
ko.u.su.i.wa./ka.ra.da.ya.fu.ku.ni.tsu.ke./ka.o.ri.o.ta.no.shi.mu.ta.me.no./ke.sho.u.hi.n.no.i.sshu.de.su.
香水是一種擦在身體或衣服上，以享受香味的化妝品。

2 <ruby>閉所<rt>へいしょ</rt></ruby>の<ruby>場所<rt>ばしょ</rt></ruby>でも<ruby>香水<rt>こうすい</rt></ruby>をつけすぎないよう<ruby>注意<rt>ちゅうい</rt></ruby>します。
he.i.sho.no.ba.sho.de.mo./ko.u.su.i.o.tsu.ke.su.gi.na.i.yo.u./chu.u.i.shi.ma.su.
在密閉的空間也要注意不要擦太多香水。

3 <ruby>最近<rt>さいきん</rt></ruby>、<ruby>香水<rt>こうすい</rt></ruby>をつけたくなりました。
sa.i.ki.n./ko.u.su.i.o.tsu.ke.ta.ku./na.ri.ma.shi.ta.
最近開始想擦香水。

4 香水をつけすぎの女子社員がいて、私の隣の席なので
苦痛で仕方がありません。

ko.u.su.i.o.tsu.ke.su.gi.no.jo.shi.sha.i.n.ga.i.te./wa.ta.shi.no.to.na.
ri.no.se.ki.na.no.de./ku.tsu.u.de.shi.ka.ta.ga.a.ri.ma.se.n.

我的隔壁坐了一位香水總是擦濃的女同事，讓我十分痛苦。

5 どんな香水がいいでしょうか。

do.n.na.ko.u.su.i.ga.i.i.de.sho.u.ka.

哪種香水比較好呢？

6 お勧めの香水を教えてください。

o.su.su.me.no.ko.u.su.i.o./o.shi.e.te.ku.da.sa.i.

請推薦我好用的香水。

7 どんな香水を使っていますか。

do.n.na.ko.u.su.i.o./tsu.ka.tte.i.ma.su.ka.

你使用哪種香水呢？

相關單字

▶ パルファン　　　　　　濃香水香料　　　　　　　　　　•track　103
pa.ru.fa.n.

▷ オードパルファン　　　香水香氛(濃度較香精低)
o.o.do.pa.ru.fa.n.

▷ オードトワレ　　　　　淡香水(濃度較香水低)
o.o.do.to.wa.re.

▷ オーデコロン　　　　　古龍水／男性香水(濃度較淡香水低)
o.o.de.ko.ro.n.

配件

▷ ピアス
pi.a.su.

耳環

▷ ビーズ
bi.i.zu.

串珠

▷ ブレスレット
bu.re.su.re.tto.

手環

▷ ピン
pi.n.

別針／髮夾

▷ リング
ri.n.gu.

戒指

▷ ペアリング
pe.a.ri.n.gu.

對戒

▷ ネックレス
ne.kku.re.su.

項鏈

▷ バングル
ba.n.gu.ru.

手鐲

▷ ヘソピ
he.so.pi.

肚臍環

▷ カチューシャ
ka.chu.u.sha.

髮箍

▷ ヘアバンド
he.a.ba.n.do.

髮帶

▷ ヘアクリップ
he.a.ku.ri.ppu.

鯊魚夾

▶ シュシュ
shu.shu.

髮圈

•track 104

▷ ヘアゴム　　　　　　　　綁頭髮的橡皮筋
　　he.a.go.mu.

▷ アナログウォッチ　　　　指針錶
　　a.na.ro.gu.wo.cchi.

▷ デジタルウォッチ　　　　電子錶
　　de.ji.ta.ru.wo.cchi.

▷ 腕時計　　　　　　　　　手錶
　　u.de.do.ke.i.

實用例句

1 今まで時計なんて携帯で済ませていたので、正直どんな
　時計がいいかよくわかりません。
　i.ma.ma.de.to.ke.i.na.n.te./ke.i.ta.i.de.su.ma.se.te.i.ta.no.de./sho.
　u.ji.ki./do.n.na.to.ke.i.ga.i.i.ka./yo.ku.wa.ka.ri.ma.se.n.
　至今都只有用手機代替手錶，所以實在不知道哪種手錶比較好。

2 左手に時計を着けています。
　hi.ta.ri.te.ni./to.ke.i.o.tsu.ke.te.i.ma.su.
　左手戴著手錶。

3 シルバーの腕時計を購入したのですが、長さが調節でき
　ません。
　shi.ru.ba.a.no.u.de.to.ke.i.o./ko.u.nyu.u.shi.ta.no.de.su.ga./na.ga.
　sa.ga./cho.u.se.tsu.de.ki.ma.se.n.
　買了銀的手錶，但不知道怎麼調錶帶長度。

4 私は仕事中はピアスを外しています。
　wa.ta.shi.wa./shi.go.to.chu.u.wa./pi.a.su.o.ha.zu.shi.te./i.ma.su.
　我在工作時會把耳環拿掉。

5 右手の薬指に指輪をはめています。
mi.gi.te.no.ku.su.ri.yu.bi.ni./yu.bi.wa.o.ha.me.te.i.ma.su.
右手的無名指帶著戒指。

相關單字

▷ ペンダント   項鏈的墜子
　pe.n.da.n.to.

▷ ブローチ   胸針
　bu.ro.o.chi.

▷ 革のブレス   皮手環
　ka.wa.no.bu.re.su.

▷ ヘアピン   髮夾
　he.a.pi.n.

各種珠寶   • track　105

▷ カラット   克拉／K金
　ka.ra.tto.

▷ プラチナ   鉑白金
　pu.ra.chi.na.

▷ めっき   鍍金
　me.kki.

▷ 純金   真金／赤金
　ju.n.ki.n.

▷ 金塊   金條
　ki.n.ka.i.

▷ 金張りの   包金
　ki.n.ba.ri.no.

▷ 純銀 _{じゅんぎん}　　　　純銀
ju.n.gi.n.

▷ 合金 _{ごうきん}　　　　合金
go.u.ki.n.

▷ ダイヤモンド　　　　鑽石
da.i.ya.mo.n.do.

▷ CZ ダイヤモンド　　　水鑽
shi.ji.da.i.ya.mo.n.do.

▷ 水晶／クリスタル　　　水晶
su.i.sho.u./ku.ri.su.ta.ru.

▷ 紫水晶　　　　紫水晶
mu.ra.sa.ki.su.i.sho.u.

▷ 宝石　　　　寶石
ho.u.se.ki.

▷ ルビー　　　　紅寶石
ru.bi.i.

▷ ガーネット　　　　石榴石
ga.a.ne.tto.

▷ サファイア　　　　藍寶石
sa.fa.i.a.

▷ トパーズ　　　　黃寶石
to.pa.a.zu.

▷ 人造宝石　　　　人造寶石
ji.n.zo.o.ho.o.se.ki.

▷ こはく　　　　琥珀
ko.ha.ku.

▷ ひすい　　　　翡翠
hi.su.i.

▷ こうぎょく　　　　　硬玉
ko.u.gyo.ku.

▷ エメラルド　　　　　祖母綠／綠寶石
e.me.ra.ru.do.

▷ <ruby>宝石店<rt>ほうせきてん</rt></ruby>　　　　珠寶店
ho.u.se.ki.te.n.

▷ エナメル　　　　　　琺瑯
e.na.me.ru.

▷ めのう　　　　　　　瑪瑙
me.no.u.

▶ さんご　　　　　　　珊瑚　　　　　　　　　　•track　106
sa.n.go.

▷ <ruby>真珠<rt>しんじゅ</rt></ruby>　　　　　　珍珠
shi.n.ju.

▷ コンクパール　　　　桃色珍珠
ko.n.ku.pa.a.ru.

▷ <ruby>黒真珠<rt>くろしんじゅ</rt></ruby>　　　　黑珍珠
ku.ro.shi.n.ju.

▷ <ruby>天然真珠<rt>てんねんしんじゅ</rt></ruby>　　天然珍珠
te.n.ne.n.shi.n.ju.

▷ <ruby>淡水<rt>たんすい</rt></ruby>パール　　　淡水珍珠
ta.n.su.i.pa.a.ru.

▷ <ruby>本真珠<rt>ほんしんじゅ</rt></ruby>　　　　真的珍珠
ho.n.shi.n.ju.

▷ <ruby>模造真珠<rt>もぞうしんじゅ</rt></ruby>　　人造珍珠
mo.zo.u.shi.n.ju.

實用例句

1 ダイヤモンドネックレスを購入しました。
da.i.ya.mo.n.do.ne.kku.re.su.o./ko.u.nyu.u.shi.ma.shi.ta.
買了一條鑽石項鍊。

2 一粒ダイヤのネックレスをリングにリフォームしようか
悩み中です。
hi.to.tsu.bu.da.i.ya.no./ne.kku.re.su.o./ri.n.gu.ni./ri.fo.o.mu.shi.
yo.u.ka./na.ya.mi.chu.u.de.su.
正在煩惱要不要把單顆鑽的項鍊改成戒指。

3 真珠のリングを貰いました。
shi.n.ju.no.ri.n.gu.o./mo.ra.i.ma.shi.ta.
收到真珠的戒指。

4 黒真珠の本物偽物について教えて下さい。
ku.ro.shi.n.ju.no.ho.n.mo.no.ni.se.mo.no.ni.tsu.i.te./o.shi.e.te.ku.
da.sa.i.
請教我辨別黑真珠的真偽。

5 どんなジュエリーを身に着けたいですか。
do.n.na.ju.e.ri.i.o./mi.ni.tsu.ke.ta.i.de.su.ka.
想要戴什麼樣的珠寶在身上呢？

6 どんなジュエリーブランドが人気なのか教えてください。
do.n.na.ju.e.ri.i.bu.ra.n.do.ga./ni.n.ki.na.no.ka./o.shi.e.te.ku.da.
sa.i.
請告訴我哪個珠寶品牌比較有名。

7 ジュエリーを集めるのが好きです。
ju.e.ri.i.o.a.tsu.me.ru.no.ga./su.ki.de.su.
喜歡收集珠寶。

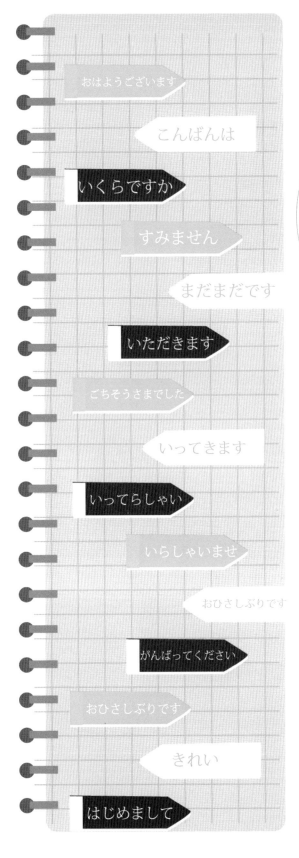

おはようございます

こんばんは

いくらですか

すみません

まだまだです

いただきます

ごちそうさまでした

いってきます

いってらしゃい

いらしゃいませ

おひさしぶりです

がんばってください

おひさしぶりです

きれい

はじめまして

Part

髪妝篇

頭髮保養

▷ シャンプー　　　　　洗髮精
　　sha.n.pu.u.

▷ コンディショナー　　潤髮乳
　　ko.n.di.sho.na.a.

▷ トリートメント　　　護髮乳
　　to.ri.i.to.me.n.to.

▷ ヘアマスク　　　　　髮膜
　　he.a.ma.su.ku.

▷ パサつき髪
かみ　　　　　毛燥髮質
　　pa.sa.tsu.ki.ka.mi.

▷ さらさら　　　　　　滑順
　　sa.ra.sa.ra.

▷ えだげ　　　　　　　分岔
　　e.da.ge.

▷ 切れ毛
きげ　　　　　　斷裂分岔
　　ki.re.ge.

▷ 乾燥毛
かんそうげ　　　乾燥的頭髮
　　ka.n.so.u.ge.

▷ 傷んだ髪
いたかみ　　　受損
　　i.ta.n.da.ka.mi.

實用例句

1 傷んだ髪の毛を治す方法はありませんか。
いたかみけなおほうほう
　i.ta.n.da.ka.mi.no.ke.o./na.o.su.ho.u.ho.u.wa./a.ri.ma.se.n.ka.
　有沒有治療受損頭髮的方法呢？

2 毛先のパサつきとチリチリ状態、切れ毛に悩んでいます。
ke.sa.ki.no.pa.sa.tsu.ki.to.chi.ri.chi.ri.jo.u.ta.i./ki.re.ke.ni.na.ya.n.
de.i.ma.su.
對於髮尾的毛燥捲曲和斷裂分岔感到煩惱。

3 傷んだ毛先カットします。
i.ta.n.da.ke.sa.ki.ka.tto.shi.ma.su.
把受損的髮尾剪掉。

4 シャンプーを変えようと思っています。
sha.n.pu.u.o.ka.e.yo.u.to.o.mo.tte.i.ma.su.
想換洗髮精。

5 髪や頭皮に優しいかと思い、一年以上前
から無添加のシャンプーを使っています。
ka.mi.ya.to.u.hi.ni.ya.sa.shi.i.ka.to.o.mo.i./i.chi.ne.n.i.jo.u.ma.e.
ka.ra./mu.te.n.ka.no./sha.n.pu.u.o./tsu.ka.tte.i.ma.su.
因為覺得對頭髮和頭皮比較溫和，一年多前開始使用無添加的洗
髮精。

6 現在髪のトリートメント探していて、何使おうか悩んでい
るのです。
ge.n.za.i.ka.mi.no.to.ri.i.to.me.n.to.sa.ga.shi.te.i.te./na.ni.tsu.ka.
o.u.ka.na.ya.n.de.i.ru.no.de.su.
現在在找護髮乳，不知道該用哪一種才好。

•track 108

7 癖毛で湿気がある日は毛先が跳ね上がりまとまりがつきま
せん。
ku.se.ke.de./shi.kke.ga.a.ru.hi.wa./ke.sa.ki.ga./ha.ne.a.ga.ri./ma.
to.ma.ri.ga.tsu.ki.ma.se.n.
濕氣較重的日子，自然捲的頭髮就會蓬鬆難整理。

相關單字

▷ ワックス　　　　　　髮臘
　　wa.kku.su.

▷ スプレー　　　　　　造型噴霧
　　su.pu.re.e.

▷ ムース　　　　　　　慕絲
　　mu.u.su.

▷ ホットカーラー　　　捲髮器
　　ho.tto./ka.a.ra.a.

▷ カール　　　　　　　髮捲
　　ka.a.ru.

▷ ヘアアイロン　　　　髮鉗
　　he.a./a.i.ro.n.

▷ 電動かみそり　　　　電推剪
　　でんどう
　　de.n.do.u./ka.mi.so.ri.

▷ ブラシ　　　　　　　梳子
　　bu.ra.shi.

▷ ストレートアイロン　平板夾
　　su.to.re.e.to./a.i.ro.n.

▷ ドライヤー　　　　　吹風機
　　do.ra.i.ya.a.

▷ 前髪止め　　　　　　瀏海便利魔法氈
　　まえがみど
　　ma.e.ga.mi.do.me.

慣用例句

ダメージヘア
da.me.e.ji.he.a.

受損髮質

因燙染等原因而受到傷害的髮質。

例 ダメージヘア用のお勧めシャンプーを教えて下さい。

da.me.e.ji.he.a.yo.u.no./o.su.su.me.sha.n.pu.u.o./o.shi.e.te.ku.da.
sa.i.

請推薦我受損髮質用的洗髮乳。

造型方式

•track 109

▷ パーマ　　　　　　　燙髮
　pa.a.ma.

▷ ブロー　　　　　　　吹整
　bu.ro.o.

▷ カラー　　　　　　　染髮
　ka.ra.a.

▷ 少し整える　　　　　稍作修剪
　su.ko.shi./to.to.no.e.ru.

▷ レイヤーカット　　　打層次
　re.i.ya.a.ka.tto.

▷ カット　　　　　　　剪髮
　ka.tto.

▷ つむじ　　　　　　　髮旋
　tsu.mu.ji.

▷ 分ける　　　　　　　分邊
　wa.ke.ru.

▷ はえぎわ　　　　　　髮際線
　ha.e.gi.wa.

實用例句

1 はえぎわがハゲてきています。
ha.e.gi.wa.ga./ha.ge.te.ki.te.i.ma.su.
漸漸禿頭了。

2 ストレートパーマーをかけたいです。
su.to.re.e.to.pa.a.ma.a.o./ka.ke.ta.i.de.su.
想要燙離子燙。

3 ブローで髪の根元を上手く立てるにはどうすればいいです
か。
bu.ro.o.de./ka.mi.no.ne.mo.to.o./u.ma.ku.ta.te.ru.ni.wa./do.u.su.
re.ba.i.i.de.su.ka.
如果要在吹頭髮時讓頭髮比較蓬，該怎麼做呢？

4 髪質が硬くて太かったのでブローしやすかったです。
ka.mi.shi.tsu.ga.ka.ta.ku.te./fu.to.ka.tta.no.de./bu.ro.u.shi.ya.su.
ka.tta.de.su.
以前因為髮質硬又粗，所以比較好吹整。

5 ヘアカラーの色落ちについて今度、久しぶりにヘアカラー
をしに行こうと思っています。
he.a.ka.ra.a.no.i.ro.o.chi.ni.tsu.i.te./ko.n.do./hi.sa.shi.bu.ri.ni./he.
a.ka.ra.a.o.shi.ni.i.ko.u.to./o.mo.tte.i.ma.su.
染髮的顏色已經褪色了，所以這次久違的想要去染髮。

6 ヘアカット失敗しました。
he.a.ka.tto.shi.ppa.i.shi.ma.shi.ta.
剪髮失敗。

7 前髪の長さをもう少し短く、前髪の量をもう少し増やしたいと思っています。 •track 110

ma.e.ga.mi.no.na.ga.sa.o./mo.u.su.ko.shi.mi.ji.ka.ku./ma.e.ga.mi.
no.ryo.u.o./mo.u.su.ko.shi.fu.ya.shi.ta.i.to./o.mo.tte.i.ma.su.

想把瀏海的長度稍微修短，讓瀏海的髮量增加一點。

各種髮型

▷ **髪型** 髮型
ka.mi.ga.ta.

▷ **コーンロウ** 編髮
ko.o.n.ro.u.

▷ **五分刈り** 五分頭
go.bu.n.ga.ri.

▷ **角刈り** 平頭
ka.ku.ga.ri.

▷ **丸刈り** 光頭
ma.ru.ga.ri.

▷ **前髪** 瀏海
ma.e.ga.mi.

▷ **アフロ** 爆炸頭
a.fu.ro.

▷ **ショートヘア** 短髮
sho.o.to.he.a.

▷ **ロングヘア** 長髮
ro.n.gu.he.a.

▷ **セミロング** 中長髮
se.mi.ro.n.gu.

▷ くせ毛
ku.se.ge.
自然捲的頭髮

▷ ねこ毛
ne.ko.ge.
細軟髮質的頭髮

▶ ストレート
su.to.re.e.to.
直髮

●track 111

▷ ポニーテール
po.ni.i.te.e.ru.
馬尾

▷ ぱっつん
pa.ttsu.n.
剪齊的瀏海

▷ マッシュルームカット
ma.sshu.ru.u.mu./ka.tto.
蘑菇頭

▷ 三つ編み
mi.ttsu.a.mi.
辮子

▷ おだんごヘア
o.da.n.go.he.a.
丸子頭

▷ まげ
ma.ge.
髮髻

▷ はげ
ha.ge.
禿頭

▷ 七三分け
shi.chi.sa.n.wa.ke.
七三分西裝頭

▷ ボブ
bo.bu.
妹妹頭

實用例句

1 どんな髪型が自分に似合うのかわかりません。
do.n.na.ka.mi.ga.ta.ga./ji.bu.n.ni.ni.a.u.no.ka./wa.ka.ri.ma.se.n.
不知道自己適合什麼樣的髮型。

2 どんな髪型がいいでしょうか。

do.n.na.ka.mi.ga.ta.ga.i.i.de.sho.u.ka.

不知道哪種髮型好。

3 女性のどんな髪型が好きですか。

jo.se.i.no.do.n.na.ka.mi.ga.ta.ga./su.ki.de.su.ka.

喜歡女生什麼樣的髮型呢？

4 女性はどんな髪型が好きなのかちょっと気になりました。

jo.se.i.wa.do.n.na./ka.mi.ga.ta.ga.su.ki.na.no.ka./cho.tto.ki.ni.na.ri.ma.shi.ta.

對於女生喜歡什麼樣的髮型感到好奇。

5 肩くらいの長さで可愛い感じの髪型です。

ka.ta.ku.ra.i.no.na.ga.sa.de./ka.wa.i.ka.n.ji.no.ka.mi.ga.ta.de.su.

長度到肩膀左右，感覺很可愛的髮型。

6 浴衣に合う髪型教えて下さい。

yu.ka.ta.ni.a.u.ka.mi.ga.ta./o.shi.e.te.ku.da.sa.i.

請告訴我哪種髮型適合夏日和服。

7 先日ロングからボブへばっさりとイメチェンしてきました。

se.n.ji.tsu./ro.n.gu.ka.ra.bo.bu.e./ba.ssa.ri.to./i.me.che.n.shi.te.ki.ma.shi.ta.

前幾天把頭髮從長髮剪成妹妹頭，一口氣改變了形象。

相關單字

▶ 美容師　　　　　美髮師　　　　　•track 112
bi.yo.u.shi.

▷ ヘアサロン　　　美髮沙龍
he.a.sa.ro.n.

▷ 美容室
びょうしつ
bi.yo.u.shi.tsu.

美髮院

▷ 床屋
とこや
to.ko.ya.

理髮廳

慣用例句

天然パーマ
てんねん
te.n.ne.n.pa.a.ma.

自然捲

  指頭髮天生就具捲度，像是自然天成的燙髮一樣，故為「天然パーマ」。

例 シャンプーをしないと天然パーマもあいまってくるくる
てんねん
ヘアになります。

sha.n.pu.u.o.shi.na.i.to./te.n.ne.n.pa.a.ma.mo.a.i.ma.tte./ku.ru.ku.
ru.he.a.ni./na.ri.ma.su.

不洗頭的話，自然捲就會變得更捲。

鬍子造型

▷ やぎひげ
ya.gi.hi.ge.

山羊鬍

▷ フルフェイス
fu.ru.fe.i.su.

大鬍子

▷ ほうひげ
ho.u.hi.ge.

落腮鬍

▷ どじょうひげ
do.jo.u.hi.ge.

兩撇小鬍子

▷ **ちょびひげ**　　　　　只有人中部分的鬍子
cho.bi.hi.ge.

▷ **カイゼルひげ**　　　　軍人鬍
ka.i.ze.ru.hi.ge.

▷ **無精ひげ**　　　　　　殘鬚鬍渣
ぶしょう
bu.sho.u.hi.ge.

▷ **ラウンドひげ**　　　　在嘴邊繞成圓形的鬍子
ra.u.n.do.hi.ge.

▷ **くちひげ**　　　　　　嘴巴上方的鬍子
ku.chi.hi.ge.

▷ **もみあげ**　　　　　　鬢角
mo.mi.a.ge.

實用例句

1 面接のときにひげを伸ばしていて採用になりました。　　•track　113
めんせつ　　　　　　　　　　の　　　　　　　さいよう
me.n.se.tsu.no.to.ki.ni./hi.ge.o.no.ba.shi.te.i.te./sa.i.yo.u.ni.na.ri.
ma.shi.ta.
面試的時候把鬍子留長，結果被錄用了。

2 似合ってたら髭生やしていてもいいです。
に　あ　　　　　　ひげ　は
ni.a.tte.ta.ra./hi.ge.ha.ya.shi.te.mo.i.i.de.su.
適合的話，留鬍子也可以。

3 髭は結構伸びます。
ひげ　けっこうの
hi.ge.wa./ke.kko.u.no.bi.ma.su.
鬍子長很長。

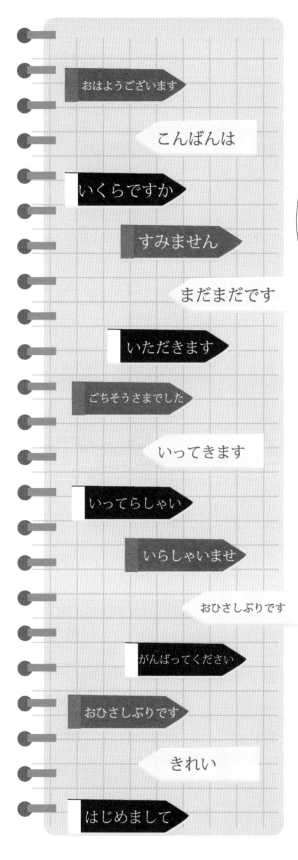

おはようございます

こんばんは

いくらですか

すみません

まだまだです

いただきます

ごちそうさまでした

いってきます

いってらしゃい

いらしゃいませ

おひさしぶりです

がんばってください

おひさしぶりです

きれい

はじめまして

Part

臉部保養篇

臉部皮膚問題

• track 114

▷ **アクネ** 　　　　　青春痘
　a.ku.ne.

▷ **ニキビ** 　　　　　青春痘
　ni.ki.bi.

▷ **吹き出物** 　　　　面皰
　fu.ki.de.mo.no.

▷ **毛穴** 　　　　　　毛孔
　ke.a.na.

▷ **肌荒れ** 　　　　　皮膚乾燥
　ha.da.a.re.

▷ **くすみ** 　　　　　黑斑／暗沉
　ku.su.mi.

▷ **しみ** 　　　　　　暗沉
　shi.mi.

▷ **しわ** 　　　　　　皺紋
　shi.wa.

▷ **そばかす** 　　　　雀斑
　so.ba.ka.su.

實用例句

1 おでこのしわが気になります。
o.de.ko.no.shi.wa.ga./ki.ni.na.ri.ma.su.
很在意額頭上的皺紋。

2 目の下や鼻、頬にしみができました。
me.no.shi.ta.ya.ha.na./ho.o.ni.shi.mi.ga./de.ki.ma.shi.ta.
在眼睛下方、鼻子、臉頰處出現了暗沉。

3 肌にはたくさんのそばかすがあります。
ha.da.ni.wa./ta.ku.sa.n.no.so.ba.ka.su.ga./a.ri.ma.su.
皮膚上有很多雀斑。

4 高校のときから肌荒れに悩んできました。
ko.u.ko.u.no.to.ki.ka.ra./ha.da.a.re.ni./na.ya.n.de.ki.ma.shi.ta.
從高中開始就一直受乾性皮膚之苦。

5 ずっと鼻の黒ずみに悩んでいます。
zu.tto.ha.na.no.ku.ro.zu.mi.ni./na.ya.n.de.i.ma.su.
一直為鼻子上的粉刺所苦。

相關單字

▷ 保湿力　　　　　保濕效果
ho.shi.tsu.ryo.ku.

▷ 潤い　　　　　滋潤
u.ru.o.i.

▷ 美白　　　　　美白
bi.ha.ku.

▷ 洗顔　　　　　洗臉
se.n.ga.o.

▶ 張りのある肌　　有彈力的肌膚　　　•track 115
ha.ri.no.a.ru./ha.da.

▷ 美肌　　　　　膚質很好
bi.ha.da.

▷ しゅうれん作用　收斂作用
shu.u.re.n.sa.yo.u.

▷ オイリー肌　　油性膚質
o.i.ri.i.ha.da.

▷ ドライ<ruby>肌<rt>はだ</rt></ruby>　　　　乾性膚質
do.ra.i.ha.da.

▷ <ruby>混合肌<rt>こんごうはだ</rt></ruby>　　　　混合性膚質
ko.n.go.u.ha.da.

▷ <ruby>敏感肌<rt>びんかんはだ</rt></ruby>　　　　敏感型膚質
bi.n.ka.n.ha.da.

保養品

▷ スキンケア　　　　皮膚保養
su.ki.n.ke.a.

▷ <ruby>化粧水<rt>けしょうすい</rt></ruby>　　　　化妝水
ke.sho.u.su.i.

▷ ローション　　　　化妝水凝露
ro.o.sho.n.

▷ ミルク　　　　乳液
mi.ru.ku.

▷ エッセンス／セラム　　精華液
e.sse.n.su./se.ra.mu.

▷ モイスチャー　　　　保濕霜
mo.i.su.cha.a.

▷ リッチクリーム　　　　乳霜
ri.cchi.ku.ri.i.mu.

▷ アイジェル　　　　眼部保養凝膠
a.i.je.ru.

▷ リップモイスト　　　　護唇膏
ri.ppu.mo.i.su.to.

▷ リップクリーム　　　　護唇用
ri.ppu.ku.ri.i.mu.

▷ **スキンウォーター**　　臉部保濕噴霧
su.ki.n.wo.o.ta.a.

▷ **パック／マスク**　　面膜
pa.kku./ma.su.ku.

實用例句

1 この ローションは 顔^{がお}にも 使^{つか}えます。　　•track　116
ko.no.ro.o.sho.n.o./ka.wa.ni.mo.tsu.ka.e.ma.su.
這瓶乳液臉部也能擦。

2 おすすめの スキンケアセットを 教^{おし}えてください。
o.su.su.me.no.su.ki.n.ke.a.se.tto.o./o.shi.e.te.ku.da.sa.i.
請推薦我好用的保養組合。

3 肌^{はだ}の 調子^{ちょうし}が 悪^{わる}い 日^ひなどに、顔全体^{かおぜんたい}の パックをします。
ha.da.no.cho.u.shi.ga.wa.ru.i.hi.na.do.ni./ka.o.ze.n.ta.i.no.pa.kku.
o.shi.ma.su.
皮膚狀況不好時，會敷全臉面膜。

慣用例句

すっぴん
su.ppi.n.
素顔

說
明　　沒化妝。

例 すっぴんで 会社^{かいしゃ}に 行^いきません。

su.ppi.n.de.ka.i.sha.ni./i.ki.ma.se.n.
沒化妝不會去公司。

臉部清潔用品

▷ 洗顔料 <ruby>せんがんりょう</ruby>　　　　洗面乳
se.n.ga.n.ryo.u.

▷ 石鹸 <ruby>せっけん</ruby>　　　　香皂
se.kke.n.

▷ 洗顔フォーム <ruby>せんがん</ruby>　　　　洗面乳
se.n.ga.n.fo.o.mu.

▷ クレンジングオイル　　　卸妝油
ku.re.n.ji.n.gu./o.i.ru.

▷ クリアジェル　　　　卸妝凝膠
ku.ri.a.je.ru.

▷ クレンジングフォーム　　卸妝乳
ku.re.n.ji.n.gu./fo.o.mu.

▷ メイク落としシート　　卸妝紙巾
me.i.ku.o.to.shi./shi.i.to.

▷ アイメイククレンジング　眼部卸妝油
a.i.me.i.ku./ku.re.n.ji.n.gu.

▷ 毛穴すっきりパック　　妙鼻貼
ke.a.na.su.kki.ri./pa.kku.

▷ 油とり紙　　　　吸油面紙
a.bu.ra.to.ri.ga.mi.

實用例句

1 洗顔フォームで顔を洗います。　　　　　　　●track 117
se.n.ga.n.fo.o.mu.de./ka.o.o.a.ra.i.ma.su.
用洗面乳洗臉。

2 クレンジングで化粧を落とします。
ku.re.n.ji.n.gu.de./ke.sho.u.o.o.to.shi.ma.su.
用卸妝油卸妝。

相關單字

▷ フォーム　　　　　　泡沫式
　fo.o.mu.

▷ ミルク　　　　　　　乳狀
　mi.ru.ku.

▷ クリーム　　　　　　霜狀
　ku.ri.i.mu.

▷ ジェル　　　　　　　膠狀透明
　je.ru.

底妝

▷ 下地　　　　　　　　妝前霜／飾底乳
　shi.ta.ji.

▷ ベースクリーム　　　隔離乳
　be.e.su.ku.ri.i.mu.

▷ メイクアップベース　隔離霜
　me.i.ku.a.ppu.be.e.su.

▷ パウダーファンデーション粉餅
　pa.u.da.a./fa.n.de.e.sho.n.

▷ コンシーラー　　　　遮瑕膏
　ko.n.shi.i.ra.a.

▷ フェイスパウダー　　蜜粉
　fe.i.su.pa.u.da.a.

▷ **日焼け止め**　　　　防晒乳
ひ　や　ど
hi.ya.ke.do.me.

1 フェイスパウダーをつけます。
fe.i.su.pa.u.da.a.o./tsu.ke.ma.su.
上蜜粉。

2 肌に優しいファンデーションを探しています。
はだ　やさ　　　　　　　　　　　　　　　さが
ha.da.ni.ya.sa.shi.fa.n.de.e.sho.no./sa.ga.shi.te.i.ma.su.
正在找對皮膚好的粉底。

3 日焼け止めは下地としても使用することができます。
ひや　ど　　したじ　　　　　　しょう
hi.ya.ke.do.me.wa./shi.ta.ji.to.shi.te.mo./shi.yo.u.su.ru.ko.to.ga./
de.ki.ma.su.
防晒乳也可以當妝前乳用。

•track 118

4 紫外線対策に重点を置いているので、下地にも日焼け止め
しがいせんたいさく　じゅうてん　お　　　　　　　　　したじ　　　ひや　ど
効果のある物を選んで使っています。
こうか　　　もの　えら　　　つか
shi.ga.i.se.n.ta.i.sa.ku.ni./ju.u.de.n.o.o.i.te.i.ru.no.de./shi.ta.ji.ni.
mo.hi.ya.ke.do.me.ko.u.ka.no.a.ru.mo.no.o./e.ra.n.de.tsu.ka.tte.i.
ma.su.
因為把重點放在對抗紫外線，所以選擇具有防晒效果的產品。

5 おすすめのファンデーションと下地を教えてください。
したじ　おし
o.su.su.me.no.fa.n.de.e.sho.n.to.shi.ta.ji.o./o.shi.e.te.ku.da.sa.i.
請推薦我好用的妝前乳。

▷ **ベースメイク**　　　　底粧
be.e.su.me.i.ku.

▷ リキッドファンデーション　　　　粉底液(通常較服貼)
　　ri.ki.ddo./fa.n.de.e.sho.n.

▷ スティックファンデーション　　　條狀粉底(通常質地偏乾
　　su.ti.kku./fa.n.de.e.sho.n.　　　／遮瑕力也較好)

▷ 両用タイプ　　　　　　　　　　　兩用粉餅(可乾濕兩用的粉餅)
　　ryo.u.yo.u.ta.i.pu.

眼部彩妝

• track 119

▷ アイライナー　　　　　　眼線眼線筆
　　a.i.ra.i.na.a.

▷ リッキドアイライナー　　眼線液
　　ri.kki.do./a.i.ra.i.na.a.

▷ アイシャドー　　　　　　眼影
　　a.i.sha.do.o.

▷ クリーミィアイシャドー　眼彩
　　ku.ri.i.mi./a.i.sha.do.o.

▷ マスカラ　　　　　　　　睫毛膏
　　ma.su.ka.ra.

▷ つけまつげ　　　　　　　假睫毛
　　tsu.ke.ma.tsu.ge.

▷ ブロウパウダー　　　　　眉粉
　　bu.ro.u.pa.u.da.a.

▷ アイブロウペンシル　　　眉筆
　　a.i.bu.ro.u./pe.n.shi.ru.

▷ ラッシュセラム　　　　　睫毛保養液
　　ra.sshu.se.ra.mu.

實用例句

1 これはつけまつげと同じくらいボリューム、カールの出る
  マスカラです。
  ko.re.wa./tsu.ke.ma.tsu.ge.to./o.n.na.ji.ku.ra.i.bo.ryu.u.mu./ka.a.
  ru.no.de.ru.ma.su.ka.ra.de.su.
  這瓶是具有和假睫毛相同捲度、濃度效果的睫毛膏。

2 つけまつげを付けた事がありません。
  tsu.ke.ma.tsu.ge.o./tsu.ke.ta.ko.to.ga.a.ri.ma.se.n.
  沒黏過假睫毛。

3 マスカラを上まつげ、下まつげにつけます。
  ma.su.ka.ra.o./u.e.ma.tsu.ge./shi.ta.ma.tsu.ge.ni.tsu.ke.ma.su.
  把睫毛膏塗在上下睫毛。

4 時間がたつとマスカラが落ちてきてしまいます。
  ji.ka.n.ga.ta.tsu.to./ma.su.ka.ra.ga./o.chi.te.ki.te.shi.ma.i.ma.su.
  時間一長，睫毛膏就掉了。

5 一重まぶたでアイメイクにはとっても力を入れています。
  hi.to.e.ma.bu.ta.de./a.i.me.i.ku.ni.wa./to.tte.mo.chi.ka.ra.o.i.re.te.
  i.ma.su.
  因為是單眼皮，所以很用心在畫眼妝。

相關單字

▶ アイメイク　　　　　　　眼妝
  a.i.me.i.ku.

▷ ウォータープルーフ　　　防水
  wo.ta.a.pu.ru.u.fu.

•track　120

彩妝及保養工具

▷ ブラシ　　　　　　　　刷具
bu.ra.shi.

▷ シャープナー　　　　　削筆器
sha.a.pu.na.a.

▷ アイシャドウブラシ　　眼影刷
a.i.sha.do.u./bu.ra.shi.

▷ アイブロウブラシ　　　眉刷
a.i.bu.ro.u./bu.ra.shi.

▷ ビューラー　　　　　　睫毛夾
bu.u.ra.a.

▷ チークブラシ　　　　　腮紅刷
chi.i.ku.bu.ra.shi.

▷ リップメークアップブラシ 口紅刷
ri.ppu.me.e.ku.a.ppu./bu.ra.shi.

▷ パフ　　　　　　　　　粉撲
pa.fu.

▷ スポンジ　　　　　　　海綿
su.po.n.ji.

▷ コットン　　　　　　　化妝棉
ko.tto.n.

實用例句

1　メイク初心者なので、ビューラーをやっても綺麗に上がり　•track 121
ません。
me.i.ku.sho.shi.n.sha.na.no.de./byu.u.ra.a.o.ya.tte.mo./ki.re.i.ni.a.
ga.ri.ma.se.n.
因為初學化妝，所以用了睫毛夾也沒有辦法弄得很捲翹。

2 コットンにひたひたの化粧水を含ませて5分間パックをしています。

ko.tto.n.ni.hi.ta.hi.ta.no.ke.sho.u.su.i.o./fu.ku.ma.se.te./go.fu.n.
ka.n.pa.kku.o.shi.te.i.ma.su.

在化妝棉上倒滿充足的化妝水，敷五分鐘。

3 パフを洗った後すぐドライヤーで乾かします。

pa.fu.o.a.ra.tta.a.to.su.gu.do.ra.i.ya.a.de./ka.wa.ka.shi.ma.su.

粉撲洗完後馬上用吹風機吹乾。

相關單字

▷ シェービング用具　　刮毛刀／刮鬍刀
　she.e.bi.n.gu.yo.u.gu.

▷ 綿棒　　　　　　　棉花棒
　me.n.bo.u.

▷ ティシュ　　　　　面紙
　ti.shu.

▷ フェイス用ハサミ　　小剪刀
　fe.i.su.yo.u./ha.sa.mi.

▷ リップライナー　　　唇線筆
　ri.ppu.ra.i.na.a.

▷ リップグロス　　　　唇彩
　ri.ppu.gu.ro.su.

▷ リップスティック　　口紅
　ri.ppu.su.ti.kku.

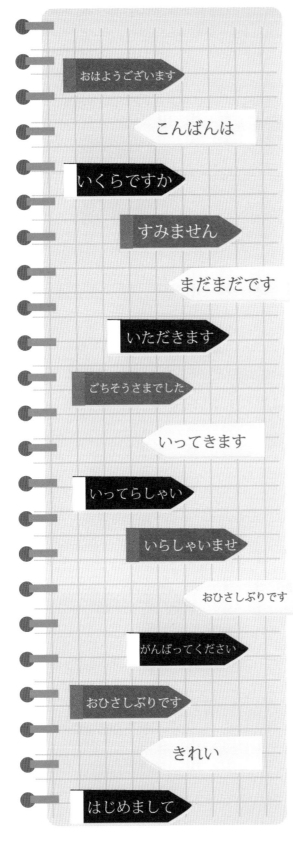

おはようございます

こんばんは

いくらですか

すみません

まだまだです

いただきます

ごちそうさまでした

いってきます

いってらしゃい

いらしゃいませ

おひさしぶりです

がんばってください

おひさしぶりです

きれい

はじめまして

Part

身體保養篇

身體保養用品

• track 123

▷ **ベビーオイル**　　　嬰兒油
be.bi.i.o.i.ru.

▷ **バスソルト**　　　浴鹽
ba.su.so.ru.to.

▷ **ボディシャンプー**　　沐浴乳
bo.di.sha.n.pu.u.

▷ **入浴剤**　　　入浴劑
nyu.u.yo.ku.za.i.

▷ **スクラブクリーム**　　磨砂膏
su.ku.ra.bu./ku.ri.i.mu.

▷ **パウダースプレー**　　爽身噴霧
pa.u.da.a./su.pu.re.e.

實用例句

1 ベビーオイルを買いました。
be.bi.i.o.i.ru.o./ka.i.ma.shi.ta.
買了嬰兒油。

2 バスソルトでお勧めのものがあれば教えてください。
ba.su.so.ru.to.de./o.su.su.me.no.mo.no.ga.a.re.ba./o.shi.e.te.ku.
da.sa.i.
如果有值得推薦的浴鹽請告訴我。

3 最近、色々な入浴剤がでています。
sa.i.ki.n./i.ro.i.ro.na.nyu.u.yo.ku.za.i.ga./de.te.i.ma.su.
最近出了各種不同的入浴劑。

• track 123

慣用例句

制汗スプレー
<ruby>制汗<rt>せいかん</rt></ruby>スプレー

se.i.ka.n.su.pu.re.e.

爽身制汗噴霧

 防止腋下出汗的噴霧。

例 <ruby>汗<rt>あせ</rt></ruby>をかく<ruby>夏<rt>なつ</rt></ruby>といえば、<ruby>制汗<rt>せいかん</rt></ruby>スプレーの<ruby>季節<rt>きせつ</rt></ruby>です。

a.se.o.ka.ku.na.tsu.to.i.e.ba./se.i.ka.n.su.pu.re.e.no.ki.se.tsu.de.
su.

容易流汗的夏天，是爽身制汗噴霧的季節。

皮膚防晒

▷ <ruby>日焼<rt>ひや</rt></ruby>け<ruby>止<rt>ど</rt></ruby>め　　　　防晒／防晒乳
hi.ya.ke.do.me.

▷ <ruby>日焼<rt>ひや</rt></ruby>け<ruby>止<rt>ど</rt></ruby>めミルク　　防晒乳
hi.ya.ke.do.me./mi.ru.ku.

▷ <ruby>日焼<rt>ひや</rt></ruby>けローション　　助晒劑
hi.ya.ke./ro.o.sho.n.

▷ クールローション　　日晒後用品
ku.u.ru./ro.o.sho.n.

▷ アロエジェル　　　　蘆薈膠
a.ro.e.je.ru.

▷ <ruby>小麦色<rt>こむぎいろ</rt></ruby>　　　　晒成棕色
ko.mu.gi.i.ro.

▷ <ruby>日焼<rt>ひや</rt></ruby>け<ruby>肌<rt>はだ</rt></ruby>　　　　皮膚晒黑
hi.ya.ke.ha.da.

▷ 日焼けマシーン　　　　助晒機
  hi.ya.ke./ma.shi.i.n.

實用例句

1 日焼け止めを塗ったとしても焼けてしまいました。
  hi.ya.ke.do.me.o.nu.tta.to.shi.te.mo./ya.ke.te.shi.ma.i.ma.shi.ta.
  即使抹了防晒乳還是晒黑了。

2 太陽で日焼けしすぎると体に悪いです。
  ta.i.yo.u.de.hi.ya.ke.shi.su.gi.ru.to./ka.ra.da.ni.wa.ru.i.de.su.
  在太陽下晒太久對身體不好。

● track　12

3 中学生のころから日焼け対策には気を使い、白い肌をキー
  プしてきました。
  chu.u.ga.ku.se.i.no.ko.ro.ka.ra./hi.ya.ke.ta.i.sa.ku.ni.wa./ki.o.tsu.
  ka.i./shi.ro.i.ha.da.o.ki.i.pu.shi.te.ki.ma.shi.ta.
  從中學時就開始注意防晒，至今保持白皙的皮膚。

4 毎日欠かさず日焼け止めを塗り、日中も塗りなおしたり
  しています。
  ma.i.ni.chi.ka.ka.sa.zu./hi.ya.ke.do.me.o.nu.ri./ni.cchu.u.mo.nu.
  ri.na.o.shi.ta.ri.shi.te.i.ma.su.
  每天都不偷懶的抹防晒乳，在一天中也會反覆補擦。

慣用例句

日焼けサロン
hi.ya.ke.sa.ro.n.
室內日晒中心

以專業機器和塗劑幫人晒出小麥膚色的美容中心。

例 日焼けサロンで日焼けします。

hi.ya.ke.sa.ro.n.de./hi.ya.ke.shi.ma.su.

在日晒中心晒黑。

各種體形

▷ でかい　　　　　　　個頭很大
de.ka.i.

▷ 小さい　　　　　　　個頭小
chi.i.sa.i.

▷ メタボ　　　　　　　啤酒肚
me.ta.bo.

▷ 太りすぎ　　　　　　超重的
fu.to.ri.su.gi.

▷ 太い　　　　　　　　肥胖的
fu.to.i.

▷ ぷくぷく太っている　嬰兒肥
pu.ku.pu.ku./fu.to.tte.i.ru.

▷ ぽっちゃり　　　　　豐滿
po.ccha.ri.

▷ 小太り　　　　　　　微胖
ko.bu.to.ri.

▷ がりがり　　　　　　很瘦的
ga.ri.ga.ri.

▷ 細い　　　　　　　　瘦的
ho.so.i.

▷ スタイルがいい　　　苗條／很會打扮
su.ta.i.ru.ga./i.i.

▷ スマート　　　　　修長苗條的
su.ma.a.to.

▶ ちょうどいい　　　體型剛好　　　　　　　　　　• track　12
cho.u.do.i.i.

▷ 背が高い　　　　　高的
se.ga./ta.ka.i.

▷ 背が低い　　　　　矮的
se.ga./hi.ku.i.

▷ みにくい　　　　　醜的
mi.ni.ku.i.

▷ おもい　　　　　　重的
o.mo.i.

▷ たいかく　　　　　體格／體型
ta.i.ka.ku.

▷ 姿　　　　　　　　身形
su.ga.ta.

▷ マッチョ　　　　　肌肉發達
ma.ccho.

▷ たくましい　　　　強壯
ta.ku.ma.shi.i.

▷ ボディライン　　　曲線玲瓏
bo.di.ra.i.n.

▷ かっこう　　　　　外型
ka.ko.u.

實用例句

1 あの人は格好いいです。
a.no.hi.to.wa./ka.kko.i.i.de.su.
那個人很帥。

2 ボディラインを美しくするために体を鍛えます。
bo.di.ra.i.n.o./u.tsu.shi.su.ru.ta.me.ni./ka.ra.da.o.ki.ta.e.ma.su.
為了讓身體曲線更美，所以鍛鍊身體。

3 最近かなり太ってしまいました。
sa.i.ki.n.ka.na.ri./fu.to.tte.shi.ma.i.ma.shi.ta.
最近胖了很多。

4 私は周りから細い細いと言われます。
wa.ta.shi.wa./ma.wa.ri.ka.ra./ho.so.i.ho.so.i.to./i.wa.re.ma.su.
身邊的人都說我瘦。

5 ぽっちゃり体型の子供のドレスを探しています。
po.ccha.ri.ta.i.ke.i.no./ko.do.mo.no.do.re.su.o./sa.ga.shi.te.i.ma.
su.
我在找微胖的小朋友穿的禮服。

相關單字

▷ 美しい　　　　　　　美麗的
u.tsu.ku.shi.i.

▷ きれい　　　　　　　漂亮的
ki.re.i.

▷ 色っぽい　　　　　　有女人味的
i.ro.ppo.i.

▷ 魅力的　　　　　　　迷人的
mi.ryo.ku.te.ki.

▶ かわいい　　　　　　可愛的　　　　　•track　126
ka.wa.i.i.

▷ かっこういい　　　　好看的
ka.kko.u.i.i.

▷ イケメン　　　　　　　　帥哥
i.ke.me.n.

慣用例句

かっこうつ
格好付け
ka.kko.u.tsu.ke.
耍帥／逞強

説
明 為了不讓別人發現自己的弱點，或是為了在別人面前有完美的形象，所以故意逞強、耍帥。

例
じぶん　かっこう　　　　みえ　は
自分を格好つけたり見栄を張ることをやめます。
ji.bu.n.o.ka.kko.u.tsu.ke.ta.ri./mi.e.o.ha.ru.ko.to.o./ya.me.ma.su.
不再逞強耍帥了。

手部美容

▷ つめみがき　　　　　　　修指甲
tsu.me.mi.ga.ki.

▷ ハンドクリーム　　　　　護手霜
ha.n.do./ku.ri.i.mu.

▷ ハンドミルキージェル　　護手凝膠
ha.n.do./mi.ru.ki.i./je.ru.

▷ ハンドローション　　　　護手乳
ha.n.do./ro.o.sho.n.

▷ トップコート　　　　　　表層護甲液
to.ppu.ko.o.to.

▷ **ベースコート**　　　　護甲底油
be.e.su.ko.o.to.

▷ **ネイルカラー**　　　　底層護甲油
ne.i.ru.ka.ra.a.

▷ **ラメ入^いりネイル**　　亮粉指甲油
ra.me.i.ri./ne.i.ru.

▷ **ファイル**　　　　　　磨甲棒
fa.i.ru.

▷ **ネイルリムーバー**　　去光水
ne.i.ru./ri.mu.u.ba.a.

▷ **ネイルケア用品^{ようひん}**　　指甲保養用品
ne.i.ru.ke.a./yo.u.hi.n.

實用例句

1 ネイルサロンで月^{つき}1回^{かい}ジェルネイルをしていただいていま
　す。　　　　　　　　　　　　　　　　　　　　　　•track　127
ne.i.ru.sa.ro.n.de./tsu.ki.i.kka.i./je.ru.ne.i.ru.o.shi.te./i.ta.da.i.te.i.
ma.su.
一個月去一次指甲沙能做凝膠指甲。

2 ネイルに興味^{きょうみ}があるのですが一度もやったことありませ
　ん。
ne.i.ru.ni.kyo.u.mi.ga.a.ru.no.de.su.ga./i.chi.do.mo.ya.tta.ko.to.a.
ri.ma.se.n.
對藝術指甲有興趣，但一次都沒做過。

3 ネイルを学^{まな}びたいと思^{おも}っています。
ne.i.ru.o./ma.na.bi.ta.i.to.o.mo.tte.i.ma.su.
想學藝術指甲。

4 犬の爪を切る為、動物病院に連れて行きます。
i.nu.no.tsu.me.o.ki.ru.ta.me./do.u.bu.tsu.byo.u.i.n.ni./tsu.re.te.i.
ki.ma.su.

為了幫狗剪指甲，所以帶牠到動物醫院。

相關單字

▷ ネイルサロン　　　　美甲中心
ne.i.ru.sa.ro.n.

▷ ネイルチップ　　　　指甲貼片
ne.i.ru./chi.ppu.

▷ ネイルシール　　　　指甲貼紙
ne.i.ru./shi.i.ru.

▷ ネイルアート　　　　指甲藝術
ne.i.ru./a.a.to.

▷ 速乾タイプ　　　　　快乾
so.kka.n.ta.i.pu.

▷ フレンチネイル　　　法式美甲彩繪
fu.re.n.chi./ne.i.ru.

▷ ジェルネイル　　　　凝膠指甲
je.ru.ne.i.ru.

減重方式

● track 128

▷ ダイエット　　　　　減肥
sa.i.e.tto.

▷ ダイエット中　　　　正在減肥
da.i.e.tto./chu.u.

▷ 健康補助食品　　　　健康食品
ke.n.ko.u.ho.jo./sho.ku.hi.n.

▷ 食事療法　　　　飲食療法
しょくじりょうほう
sho.ku.ji./ryo.u.ho.u.

▷ 栄養療法　　　　營養療法
えいようりょうほう
e.i.yo.u./ryo.u.ho.u.

▷ ダイエット食　　　代餐
しょく
da.i.e.tto.sho.ku.

▷ 甘味料　　　　　人工香料
かんみりょう
ka.n.mi.ryo.u.

▷ 運動　　　　　運動
うんどう
u.n.do.u.

▷ 有酸素運動　　　有氧運動
ゆうさんそうんどう
yu.u.sa.n.so./u.n.do.u.

▷ 減量手術　　　　減肥手術
げんりょうしゅじゅつ
ge.n.ryo.u./shu.ju.tsu.

實用例句

1 美味しくて、長続きするダイエット食品
を買ってきました。
お　い　　　なが つづ　　　　　　　　　しょくひん
か
o.i.shi.ku.te./na.ga.tsu.zu.ki.su.ru.o./da.i.e.tto.sho.ku.hi.n.o./ka.
tte.ki.ma.shi.ta.
買了好吃所以可以長期食用的減肥食品。

2 医者に「あまり無理なダイエットは辞めて下さい」と言わ
れます。
いしゃ　　　　　む　り　　　　　　　　　　や　　く だ　　　　　　　い
i.sha.ni./a.ma.ri.mu.ri.na.da.i.e.tto.wa.ya.me.te.ku.da.sa.i./to.i.
wa.re.ma.su.
醫生叫我不要用劇烈的方法減肥。

3 育ち盛りは無理なダイエットはしないほうが良いといいます。

so.da.chi.za.ka.ri.wa./mu.ri.na.da.i.e.tto.wa./shi.na.i.ho.u.ga.yo.i.to.i.i.ma.su.

長值發育期還是不要用劇烈的方法減肥比較好。

4 不規則な生活でのダイエットは無理です。

fu.ki.so.ku.na.se.i.ka.tsu./de.no.da.i.e.tto.wa./mu.ri.de.su.

作息不正常的話減肥不可能成功。

相關單字

▷ 体重　　　　　　　　體重
ta.i.ju.u.

▷ 肥満　　　　　　　　過重
hi.ma.n.

▶ 細すぎ　　　　　　　過瘦　　　　　　　• track　12
ho.so.su.gi.

▷ 理想体重　　　　　　目標體重
ri.so.u.ta.i.ju.u.

慣用例句

細マッチョ
ho.so.ma.ccho.

精瘦

 雖然瘦但有肌肉，屬於精實的體型。

例 細マッチョはボクサー体型で、筋トレと有酸素運動を
適度に混ぜて行うトレーニング。

ho.so.ma.ccho.wa./bo.ku.sa.a.ta.i.ke.de./ki.n.to.re.to./yu.u.sa.n.
so.u.n.do.u.o./te.ki.do.ni.ma.ze.te./o.ko.na.u.to.re.e.ni.n.gu.

精瘦是有著像拳擊手般的體型，適度的配合肌肉訓練和有氧運動的
訓練。

慣用例句

ゴリマッチョ
go.ri.ma.ccho.
壯碩

有肉且壯碩的體型。

例 ゴリマッチョはビルダー体型で、筋トレ重視のトレーニ
ング。

go.ri.ma.ccho.wa./bi.ru.da.a.ta.i.ke.i.de./ki.n.to.re.ju.u.shi.no.to.
re.e.ni.n.gu.

壯碩是像建築工人的體型，重視肌肉訓練。

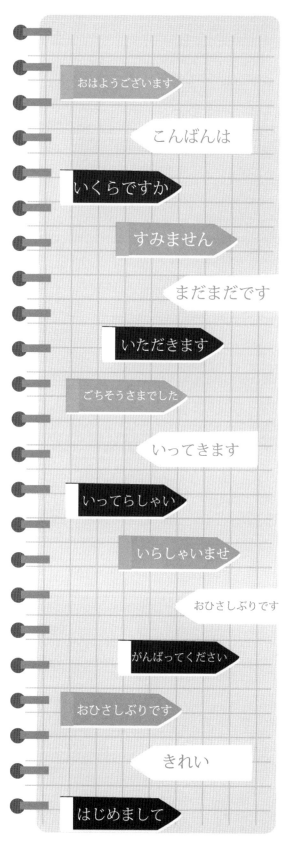

おはようございます

こんばんは

いくらですか

すみません

まだまだです

いただきます

ごちそうさまでした

いってきます

いってらしゃい

いらしゃいませ

おひさしぶりです

がんばってください

おひさしぶりです

きれい

はじめまして

Part

飲食控制篇

● track 130

飲食控制

▷ 高食物繊維　　　　　高纖維飲食
ko.u./sho.ku.mo.tsu./se.n.i.

▷ カロリー制限　　　　控制熱量
ka.ro.ri.i./se.i.ge.n.

▷ 低コレステロール　　低膽固醇飲食
te.i./ko.re.su.te.ro.o.ru.

▷ 減量食　　　　　　　減肥飲食
ge.n.ryo.u.sho.ku.

▷ 低脂肪ダイエット　　低脂飲食
te.i.shi.bo.u./da.i.e.tto.

▷ 低炭水化物ダイエット　低醣飲食
te.i./ta.n.su.i.ka.bu.tsu./da.i.e.tto.

▷ 体脂肪　　　　　　　體脂肪
ta.i.shi.bo.u.

▷ 体脂肪率　　　　　　體脂肪率
ta.i.shi.bo.u.ri.tsu.

▷ 基礎代謝量　　　　　基礎代謝率
ki.so.ta.i.sha.ryo.u.

▷ ウエスト　　　　　　腰圍
u.e.su.to.

▷ ウェストヒップ比　　WHR ／腰臀比
u.e.su.to./hi.ppu.hi.

實用例句

1 カロリー摂取量は一緒でも、ダイエットとしての効果の
違いは相当あります。 ・track 131

ka.ro.ri.i.se.sshu.ryo.u.wa./i.ssho.de.mo./da.i.e.tto.to.shi.te.no.ko.
u.ka.no.chi.ga.i.wa./so.u.do.u.a.ri.ma.su.

即使攝取的熱量相同，減肥的成果也經常不同。

2 ダイエットはカロリー摂取と消費の収支バランスが大事で
す。

da.i.e.tto.wa./ka.ro.ri.i.se.sshu.to./sho.u.hi.no.shu.u.shi.ba.ra.n.su.
ga.da.i.ji.de.su.

減肥最重要的就是熱量攝取和消費的平衡。

3 低カロリーダイエットで痩せればリバンドが強いと聞きま
す。

te.i.ka.ro.i.i.da.i.e.tto.de./ya.se.re.ba./ri.ba.n.do.ga.tsu.yo.i.to.ki.
ki.ma.su.

聽說低熱量減肥法，瘦得愈多復胖愈嚴重。

4 カロリー摂取量を控えた、効果的なダイエット方法を探し
ています。

ka.ro.ri.i.se.sshu.ryo.u.o.hi.ka.e.ta./ko.u.ka.te.ki.na.da.i.e.tto.ho.
u.ho.u.o./sa.ga.shi.te.i.ma.su.

我在找控制熱量又具效果的減肥法。

5 ダイエットサプリは痩せ薬ではないから、運動や
食事制限もなしでこれだけ飲んでも痩せられるというもの
ではない。

da.i.e.tto.sa.pu.ri.wa./ya.se.ku.su.ri.de.wa.na.i.ka.ra./u.n.do.u.ya.
sho.ku.ji.se.i.ge.n.mo.na.shi.de./ko.re.da.ke.no.n.de.mo./ya.se.ra.
re.ru.to.i.u.mo.no.de.wa.na.i.

營養補助食品並非減肥藥，如果沒有運動和飲食控制，只喝補助
食品的話是不會瘦的。

相關單字

▷ 栄養 えいよう　　　　營養
e.i.yo.u.

▷ 栄養士 えいようし　　　　營養師
e.i.yo.u.shi.

▷ 栄養失調 えいようしっちょう　　　熱量失衡
e.i.yo.u./shi.ccho.u.

▷ 栄養所要量 えいようしょうりょう　　建議飲食
e.i.yo.u./sho.yo.u.ryo.u.

▷ 栄養価 えいようか　　　　營養價值
e.i.yo.u.ka.

▷ 評価 ひょうか　　　　評估
hyo.u.ka.

慣用例句

サプリメント
sa.pu.ri.me.n.to.
營養補助食品

 補充人體缺少營養的營養補助食品。

例 サプリメントは、基本的には栄養補助食品や
健康補助食品の事を指します。

● track 13

sa.pu.ri.me.n.to.wa./ki.ho.n.te.ki.ni.wa./e.i.yo.u.ho.jo.sho.ku.hi.n.
ya./ke.n.ko.u.ho.jo.sho.ku.hi.n.no.ko.to.o./sa.shi.ma.su.

所謂的營養補助食品，基本上是指營養補助食品或健康食品。

整型

▷ **手術をする** 　　　　動手術
しゅじゅつ
shu.ju.tsu./o.su.ru.

▷ **手術を受ける** 　　　接受手術
しゅじゅつ　　う
shu.ju.tsu.o./u.ke.ru.

▷ **美容手術** 　　　　　美容手術
びようしゅじゅつ
bi.yo.u./shu.ju.tsu.

▷ **整形手術** 　　　　　整形手術
せいけいしゅじゅつ
se.i.ke.i./shu.ju.tsu.

▷ **オペ** 　　　　　　　手術
o.pe.

▷ **コラーゲン** 　　　　膠原蛋白
ko.ra.a.ge.n.

▷ **ボトックス** 　　　　肉毒桿菌
bo.to.kku.su.

▷ **ヒアルロン酸** 　　　玻尿酸
さん
hi.a.ru.ro.n./sa.n.

▷ **脂肪吸引** 　　　　　抽脂
しぼうきゅういん
shi.bo.u.kyu.u.i.n.

▷ **乳房縮小** 　　　　　乳房縮小術
にゅうぼうしゅくしょう
nyu.bo.u.shu.ku.sho.u.

▷ **豊胸手術** 　　　　　隆胸手術
ほうきょうしゅじゅつ
ho.u.kyo.u./shu.ju.tsu.

▷ **けいそ** 　　　　　　矽膠
ke.i.so.

▶ **生理食塩水バッグ** 　生理食鹽水袋
せいりしょくえんすい
se.i.ri.sho.ku.e.n.su.i./ba.ggu.

•track 133

▷ 二重まぶた　　　　割雙眼皮
　ふたえ
　fu.ta.e./ma.bu.ta.

▷ 隆鼻術　　　　　　隆鼻
　りゅうびじゅつ
　ryu.u.bi.ju.tsu.

▷ アンチエイジング　抗老化
　a.n.chi./e.i.ji.n.gu.

▷ ほくろ　　　　　　痣
　ho.ku.ro.

▷ レーザー治療　　　雷射美容治療
　　　　ちりょう
　re.e.za.a./chi.ryo.u.

▷ しわ取り　　　　　拉皮
　　　ど
　shi.wa.do.ri.

實用例句

1 目を一重から二重に整形しました。
　め　ひとえ　　ふたえ　せいけい
me.o.hi.to.e.ka.ra./fu.ta.e.ni.se.i.ke.i.shi.ma.shi.ta.
從單眼皮整型成雙眼皮。

2 友達が二重まぶたの整形をしたのですが、全く気付いてい
　ともだち　ふたえ　　　　　　せいけい　　　　　　　　　まった　きづ
ません。
to.mo.da.chi.ga./fu.ta.e.ma.bu.ta.no.se.i.ke.i.o.shi.ta.no.de.su.ga./
ma.tta.ku.ki.zu.i.te.i.ma.se.n.
朋友整型成了雙眼皮，但我完全沒發現。

3 眉間の皺だと、ヒアルロン酸より、ボトックス注射の方が
　みけん　しわ　　　　　　　　　　さん　　　　　　　　　ちゅうしゃ　ほう
効果があると思います。
こうか　　　　　　おも
mi.ke.n.no.shi.wa.da.to./hi.a.ru.ro.n.sa.n.yo.ri./bo.to.kku.su.chu.
u.sha.no.ho.u.ga./ko.u.ka.ga.a.ru.to.o.mo.i.ma.su.
如果是眉間的皺紋，比起玻尿酸，打肉毒桿菌會比較有效。

相關單字

▷ プレッシャー   壓力
  pu.re.ssha.a.

▷ 生^うまれつき   天生
  u.ma.re.tsu.ki.

▷ 異常^{いじょう}   不正常的
  i.jo.u.

▷ 人工^{じんこう}   人工
  ji.n.ko.u.

▷ にせもの   假的／假貨
  ni.se.mo.no.

▷ 自信^{じしん}   自信
  ji.shi.n.

▷ 有名人^{ゆうめいじん}   藝人／名人
  yu.u.me.i.ji.n.

▷ 虚栄心^{きょえいしん}   虛榮心
  kyo.e.i.shi.n.

慣用例句

プチ整形^{せいけい} pu.chi.se.i.ke.i. 微整型	• track 134

> 說
明   縫雙眼皮、注射玻尿酸等不需長時間復元的小整型手術。

例 プチ整形^{せいけい}をしましたが後悔^{こうかい}しています。

pu.chi.se.i.ke.i.o.shi.ma.shi.ta.ga./ko.u.ka.i.shi.te.i.ma.su.

做了微整型，但很後悔。

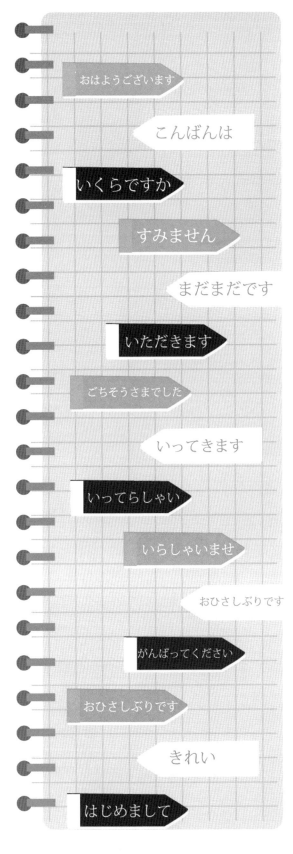

おはようございます

こんばんは

いくらですか

すみません

まだまだです

いただきます

ごちそうさまでした

いってきます

いってらしゃい

いらしゃいませ

おひさしぶりです

がんばってください

おひさしぶりです

きれい

はじめまして

Part

飲食篇

形容口感

▷ もちもち
mo.chi.mo.chi.
彈牙有嚼勁的

▷ ぱりぱり
pa.ri.pa.ri.
酥脆的

▷ サクサク
sa.ku.sa.ku.
鬆脆的

▷ 臭い
ku.sa.i.
很臭

▷ さっぱり
sa.ppa.ri.
很清爽

▷ 柔らかい
ya.wa.ra.ka.i.
很嫩的

▷ ふわふわ
fu.wa.fu.wa.
鬆軟的

▷ のうこう
no.u.ko.u.
濃郁的

▷ とろとろ
to.ro.to.ro.
黏糊糊的

▷ 硬い
ka.ta.i.
硬的

▷ ジューシー
ju.u.shi.i.
多汁的

▷ あぶらっぽい
a.bu.ra.ppo.i.
油膩的

實用例句

1 このラーメンはあぶらっぽいです。
ko.no.ra.a.me.n.wa./a.bu.ra.ppo.i.de.su.
這碗拉麵很油膩。

2 中は<ruby>なか<rt></rt></ruby>モチモチ、外は<ruby>そと<rt></rt></ruby>サクサク、不思議な食感<ruby>ふしぎ<rt></rt></ruby>のおいしいから揚げ<ruby>あ<rt></rt></ruby>。
a.ka.wa.mo.chi.mo.chi./so.to.wa.sa.ku.sa.ku./fu.shi.gi.na.sho.kka.n.no./o.i.shi.i.ka.ra.a.ge.
內軟外酥，具有神奇口感的日式炸雞。

3 山芋<ruby>やまいも<rt></rt></ruby>を加える<ruby>くわ<rt></rt></ruby>のでふわふわとろとろです。
ya.ma.i.mo.o.ku.wa.e.ru.no.de./fu.wa.fu.wa.to.ro.to.ro.de.su.
因為加了山藥，所以綿密濃稠。

慣用例句

食感
しょっかん
sho.kka.n.
口感

> 說
> 明　食物的口感。

ゼラチンと寒天<ruby>かんてん<rt></rt></ruby>のダブル使い<ruby>づか<rt></rt></ruby>でとろとろ新食感<ruby>しんしょっかん<rt></rt></ruby>。
ze.ra.chi.n.to.ka.n.te.n.no.da.bu.ru.zu.ka.i.de./to.ro.to.ro.shi.n.sho.kka.n.
用了吉利丁和寒天，濃稠的新口感。

•track 136

形容好吃

▷ おいしい　　　　　　美味極了
　o.i.shi.i.

▷ うまい　　　　　　　好吃
　u.ma.i.

▷ 激^{げき}うま　　　　　　　超好吃
　ge.ki.u.ma.

▷ いい匂^{にお}い　　　　　　很香
　i.i.ni.o.i.

▷ おいしそう　　　　　看起來很好吃
　o.i.shi.so.u.

▷ 最高^{さいこう}　　　　　　　最棒
　sa.i.ko.u.

▷ 食^たべたい　　　　　　想吃
　ta.be.ta.i.

▷ 幸^{しあわ}せ　　　　　　　真幸福
　shi.a.wa.se.

實用例句

1 さっぱりとした美味^{おい}しいラーメンだと思^{おも}います。
　sa.ppa.ri.to.shi.ta./o.i.shi.i.ra.a.me.n.da.to./o.mo.i.ma.su.
　我覺得這拉麵很清爽好吃。

2 おいしいコーヒーの入^いれ方^{かた}を紹介^{しょうかい}します。
　o.i.shi.i.ko.o.hi.i.no.i.re.ka.ta.o./sho.u.ka.i.shi.ma.su.
　我來介紹美味咖啡的沖泡法。

3 たまごとチョコチップのいい匂いがして、おいしいです
ta.ma.go.to./cho.ko.chi.ppu.no.i.i.ni.o.i.ga.shi.te./o.i.shi.i.de.su.
散發著蛋和巧克力碎片的香味，很好吃。

4 納豆の香りはとってもやわらかくいい匂いでした。食べた
らきっと激うまだったに違いない。
na.tto.u.no.ka.o.ri.wa./to.tte.mo.ya.wa.ra.ka.ku./i.i.ni.o.i.de.shi.
ta./ta.be.ta.ra.ki.tto.ge.ki.u.mada.tta.ni.chi.ga.i.na.i.
納豆的香味很香醇芬芳，吃了之後一定會覺得超級好吃。

5 おいしい焼き餃子が食べられる店を教えてください。
o.i.shi.i.ya.ki.gyo.u.za.ga./ta.be.ra.re.ru.mi.se.o./o.shi.e.te.ku.da.
sa.i.
請介紹我能吃到好吃鍋貼的店。

相關單字

▶ 悪くない　　　　　　味道不錯　　　　　　　　•track 137
wa.ru.ku.na.i.

▷ いい　　　　　　　　好
i.i.

▷ びみ　　　　　　　　美味的
bi.mi.

形容不好吃

▷ おいしくない　　　　不好吃
o.i.shi.ku.na.i.

▷ まずい　　　　　　　難吃
ma.zu.i.

▷ まあまあ　　　　　　　　還好
　ma.a.ma.a.

▷ 変な味　　　　　　　　　奇怪的味道
　he.n.na.a.ji.

▷ 食べたくない　　　　　　不想吃
　ta.be.ta.ku.na.i.

▷ 味がおかしい　　　　　　味道好奇怪
　a.ji.ga.o.ka.shi.i.

實用例句

1　完全に茹ですぎ、もしくはのびている麺を出された場合は
　圧倒的に「まずい」という印象を持つことになります。
　ka.n.ze.n.ni./yu.de.su.gi./mo.shi.ku.wa./no.bi.te.i.ru.me.n.o.da.sa.
　re.ta.ba.a.i.wa./a.tto.u.te.ki.ni./ma.zu.i.to.i.u.i.n.sho.u.o.mo.tsu.
　ko.to.ni.na.ri.ma.su.
　如果端出來的麵已經煮得太爛或是泡爛了，那麼一定就會對這家
　店有「難吃」的印象。

2　おいしくないといった食べ物は多分市場には出回らないも　　　● track　138
　のだと思います。
　o.i.shi.ku.na.i.to.i.tta.ta.be.mo.no.wa./ta.bu.n.shi.jo.u.ni.wa./de.
　ma.wa.ra.na.i.mo.no.da.to./o.mo.i.ma.su.
　不好吃的食物通常不會在市面上流通。

3　変な味がします。
　he.n.na.a.ji.ga.shi.ma.su.
　有奇怪的味道。

相關單字

▷ 新鮮ではない　　　　　　不新鮮
　shi.n.se.n.de.wa.na.i.

▷ 味が薄い　　　　　　沒味道
a.ji.ga.u.su.i.

▷ 味がない　　　　　　沒什麼味道
a.ji.ga.na.i.

▷ 気持ち悪い　　　　　好噁心
ki.mo.chi.wa.ru.i.

慣用例句

いまいち
i.ma.i.chi.
一般／普通

 表示勉強可接受，但不是十分滿意。

例 量が多いのはいいのですが、味がいまいち。

ryo.u.ga.o.o.i.no.wa.i.i.no.de.su.ga./a.ji.ga.i.ma.i.chi.

份量大雖然很好，但是味道普通。

食物的調味

• track 139

▷ あまい　　　　　　　甜
a.ma.i.

▷ しょっぱい　　　　　鹹（口語說法）
sho.ppa.i.

▷ しおからい　　　　　鹹
shi.o.ka.ra.i.

▷ すっぱい　　　　　　很酸
su.ppa.i.

▷ 酸味（さんみ）　　　　　酸
sa.n.mi.

▷ 甘ずっぱい（あま）　　　　酸酸甜甜
a.ma.zu.ppa.i.

▷ 辛い（から）　　　　　　辣
ka.ra.i.

▷ ピリ辛（から）　　　　　微辣
pi.ri.ka.ra.

▷ 激辛（げきから）　　　　超辣
ge.ki.ka.ra.

▷ 苦い（にが）　　　　　　苦
ni.ga.i.

▷ 辛口（からくち）　　　　辣味的
ka.ra.ku.chi.

▷ 甘口（あまくち）　　　　不辣的
a.ma.ku.chi.

實用例句

1 あまくておいしいです。
a.ma.ku.te.o.i.shi.i.de.su.
甜甜的很好吃。

2 辛い物（から　もの）が大好き（だいす）です。
ka.ra.i.mo.no.ga./da.i.su.ki.de.su.
很喜歡吃辣的食物。

3 苦い食べ物（にが　た　もの）が苦手（にがて）です。
ni.ga.i.ta.be.mo.no.ga./ni.ga.te.de.su.
不喜歡吃苦的食物。

4 ピリ辛で美味しかったです。
pi.ri.ka.ra.de./o.i.shi.ka.tta.de.su.
有點微辣很好吃。

營養成分

▷ ビタミン　　　　　　維生素／維他命
bi.ta.mi.n.

▷ ビタミン A　　　　　維生素 A
bi.ta.mi.n.e.

▷ ビタミン B　　　　　維生素 B
bi.ta.mi.n.bi.

▷ ビタミン C　　　　　維生素 C
bi.ta.mi.n.shi.

▷ ビタミン D　　　　　維生素 D
bi.ta.mi.n.di.

▷ ビタミン E　　　　　維生素 E
bi.ta.mi.n.i.

▷ 葉酸　　　　　　　　葉酸
yo.u.sa.n.

▷ ミネラル　　　　　　礦物質
mi.ne.ra.ru.

▷ リン　　　　　　　　磷
ri.n.

▷ カリウム　　　　　　鉀
ka.ri.u.mu.

▷ ナトリウム　　　　　鈉
na.to.ri.u.mu.

▷ 硫黄 （いおう）　　　　硫磺
i.o.u.

▷ マンガン　　　　　　錳
ma.n.ga.n.

▷ マグネシウム　　　　鎂
ma.gu.ne.shi.u.mu.

▷ ようそ　　　　　　　碘
yo.u.so.

▷ 鉄 （てつ）　　　　　鐵
te.tsu.

▷ 塩素 （えんそ）　　　氯
e.n.so.

▷ コバルト　　　　　　鈷
ko.ba.ru.to.

▷ 銅 （どう）　　　　　銅
do.u.

▷ カルシウム　　　　　鈣
ka.ru.shi.u.mu.

▷ ふっそ　　　　　　　氟
fu.sso.

▷ 脂肪 （しぼう）　　　脂肪
shi.bo.u.

▷ カロリー　　　　　　卡路里
ka.ro.ri.i.

▷ 炭水化物 （たんすいかぶつ）　　碳水化合物
ta.n.su.i.ka.bu.tsu.

▷ でんぷん　　　　　　澱粉
de.n.pu.n.

• track　141

▶ しょとう sho.to.u.	蔗糖	
▷ 脂肪酸 （しぼうさん） shi.bo.u.sa.n.	脂肪酸	
▷ 果糖 （かとう） ka.to.u.	果糖	
▷ ガラクトース ga.ra.ku.to.o.su.	半乳糖	
▷ ブドウ糖 （とう） bu.do.u.to.u.	葡萄糖	
▷ 栄養 （えいよう） e.i.yo.u.	營養	
▷ たんぱく質 （しつ） ta.n.pa.ku.shi.tsu.	蛋白質	
▷ カロチン ka.ro.chi.n.	胡蘿蔔素	
▷ 繊維質 （せんいしつ） se.n.i.shi.tsu.	纖維素	
▷ セルロース se.ru.ro.o.su.	植物纖維素	
▷ 食物繊維 （しょくもつせんい） sho.ku.mo.tsu.se.n.i.	食物纖維	
▷ 乳酸 （にゅうさん） nyu.u.sa.n.	乳酸	
▷ 乳糖 （にゅうとう） nyu.u.to.u.	乳糖	
▷ 脂質 （ししつ） shi.shi.tsu.	脂質	

▷ リポタンパク質　　　脂蛋白
ri.po.ta.n.pa.ku.shi.tsu.

▷ トリグリセリド　　　三酸甘油脂
to.ri.gu.ri.se.ri.do.

▷ コレステロール　　　膽固醇
ko.re.su.te.ro.o.ru.

▷ 低カロリー　　　　　低卡
te.i.ka.ro.ri.i.

▷ 低炭水化物　　　　　低碳水化合物
te.i.ta.n.su.i.ka.bu.tsu.

▷ 低脂肪　　　　　　　低脂
te.i.shi.bo.u.

實用例句

1 キャベツ、キュウリなど淡色野菜にも、ビタミンが含まれています。
kya.be.tsu./kyu.u.ri.na.do./ta.n.sho.ku.ya.sa.ni.mo./bi.ta.mi.n.ga.fu.ku.ma.re.te.i.ma.su.
高麗菜、小黃瓜等淡色的蔬菜裡，也含有維他命。

2 牛乳には、タンパク質、脂質、糖質、カルシウム、ビタミンが含まれています。
gyu.u.nyu.u.ni.wa./ta.n.pa.ku.shi.tsu./shi.shi.tsu./to.u.shi.tsu./ka.ru.shi.u.mu./bi.ta.mi.n.ga./fu.ku.ma.re.te.i.ma.su.
牛奶裡含有蛋白質、脂質、醣份、鈣質、和維他命。

3 このクリームにビタミンが含まれています。　　●track 142
ko.no.ku.ri.i.mu.ni./bi.ta.mi.n.ga.fu.ku.ma.re.te.i.ma.su.
這個乳霜也含有維他命。

4 いちごは食物繊維を多く含みます。
i.chi.go.wa./sho.ku.mo.tsu.se.ni.o./o.o.ku.fu.ku.mi.ma.su.
草莓含有很多食物纖維。

餐館種類

▷ ファーストフード店　　速食店
fa.a.su.to.fu.u.do.te.n.

▷ スナックバー　　　　小酒店
su.na.kku.ba.a.

▷ 食堂　　　　　　　大眾餐廳
sho.ku.do.u.

▷ レストラン　　　　正式的餐廳
re.su.to.ra.n.

▷ バイキング　　　　吃到飽的餐廳
ba.i.ki.n.gu.

▷ ファミレス　　　　家庭餐廳
fa.mi.re.su.

▷ 食堂車　　　　　　火車上的餐車
sho.ku.do.u.sha.

▷ 屋台　　　　　　　攤販
ya.ta.i.

▷ 立ち食い　　　　　站著吃的
ta.chi.gu.i.

▷ 料亭　　　　　　　餐廳
ryo.u.te.i.

實用例句

1　ファーストフードは便利で好きなのですが、野菜が足りない点がちょっと残念でした。　● track 143

fa.a.su.to.fu.fu.do.wa./be.n.ri.de.su.ki.na.no.de.su.ga./ya.sa.i.ga.
ta.ri.na.i.te.n.ga./cho.tto.za.n.ne.n.de.shi.ta.

雖然很喜歡速食店的便利性，但是蔬菜不足這點有點可惜。

2　レストランで前菜にメロンを食べるのは初めてでした。

re.su.to.ra.n.de./ze.n.sa.i.ni./me.ro.n.o.ta.be.ru.no.wa./ha.ji.me.te.
de.shi.ta.

第一次在餐廳吃到以哈密瓜當前菜。

3　来月都内の老舗の料亭へ行く機会がめぐってきました。

ra.i.ge.tsu./to.na.i.no.shi.ni.se.no.ryo.u.te.i.e./i.ku.ki.ka.i.ga.me.
gu.tte.ki.ma.shi.ta.

下個月有機會到東京日式餐廳的傳統老店去。

4　地元の屋台で串焼き食べました。

ji.mo.to.o.ya.ta.i.de./ku.shi.ya.ki.ta.be.ma.shi.ta.

在故鄉的攤販吃了串燒。

相關單字

▷ 予約　　　　　　　　　預訂
yo.ya.ku.

▷ 満席　　　　　　　　　客滿
ma.n.se.ki.

▷ 喫煙コーナー　　　　　吸煙區
ki.tsu.e.n.ko.o.na.a.

▷ 禁煙コーナー　　　　　非吸煙區
ki.n.e.n.ko.o.na.a.

用餐相關

• track 144

▷ メニュー　　　　　　菜單
me.nu.u.

▷ <ruby>献立<rt>こんだて</rt></ruby>　　　　　　（正式的餐廳）菜單
ko.n.da.te.

▷ <ruby>品書き<rt>しながき</rt></ruby>　　　　　　（日式餐廳）菜單
shi.na.ga.ki.

▷ <ruby>食券<rt>しょっけん</rt></ruby>　　　　　　餐券
sho.kke.n.

▷ <ruby>注文する<rt>ちゅうもん</rt></ruby>　　　　　　點菜
chu.u.mo.n.su.ru.

▷ <ruby>食べ放題<rt>た　　ほうだい</rt></ruby>　　　　　　吃到飽
ta.be.ho.u.da.i.

▷ <ruby>看板料理<rt>かんばんりょうり</rt></ruby>　　　　　　招牌菜
ka.n.ba.n.ryo.u.ri.

▷ <ruby>日変わり定食<rt>ひ　が　　　　ていしょく</rt></ruby>　　　　　　今日特餐
hi.ga.wa.ri.te.i.sho.ku.

▷ <ruby>お勧め料理<rt>すす　りょうり</rt></ruby>　　　　　　主廚特餐
o.su.su.me.ryo.u.ri.

▷ <ruby>持ち帰り<rt>も　かえ</rt></ruby>　　　　　　外帶
mo.chi.ka.e.ri.

▷ <ruby>勘定書<rt>かんじょうしょ</rt></ruby>　　　　　　帳單
ka.n.jo.u.sho.

▷ <ruby>別々に<rt>べつべつ</rt></ruby>　　　　　　分開算
be.tsu.be.tsu.ni.

▷ 一緒に　　　　　　一起算
いっしょ
i.ssho.ni.

▷ おごる　　　　　　算我的
o.go.ru.

▷ 割り勘　　　　　　各自付錢
わ　かん
wa.ri.ka.n.

▷ 現金　　　　　　　現金
げんきん
ge.n.ki.n.

▷ クレジットカード　信用卡
ku.re.ji.tto.ka.a.do.

▷ 領収書　　　　　　明細表
りょうしゅうしょ
ryo.u.sho.u.sho.

▷ レシート　　　　　收據
re.shi.i.to.

實用例句

1 わたしがおごる。
wa.ta.shi.ga.o.go.ru.
我請客。

2 お会計お願いします。
かいけい　ねが
o.ka.i.ke.i.o.ne.ga.i.shi.ma.su.
買單。

3 ここで食べます。
ko.ko.de.ta.be.ma.su.
內用。

4 用意できます。
ようい
yo.u.i.de.ki.ma.su.
準備好。

5 予約がいっぱいです。
yo.ya.ku.ga.i.ppa.i.de.su.
預約都滿了。

相關單字

▷ ベジタリアン　　　　　　素食者
　be.ji.ta.ri.a.n.

▷ 飲み物　　　　　　　　　飲料
　no.mi.mo.no.

▷ おかわり　　　　　　　　續杯／再一碗
　o.ka.wa.ri.

▷ ウェルダン　　　　　　　全熟
　u.e.ru.da.n.

▷ ミディアム　　　　　　　稍為熟一點的
　mi.di.a.mu.

▷ レア　　　　　　　　　　偏生的
　re.a.

蛋的煮法

▷ スクランブル　　　　　　炒蛋
　su.ku.ra.n.bu.ru.

▷ 目玉焼き　　　　　　　　荷包蛋
　me.da.ma.ya.ki.

▷ 両面焼き　　　　　　　　兩面煎
　ryo.u.me.n.ya.ki.

▷ 片面焼き　　　　　　　　單面煎
　ka.ta.me.n.ya.ki.

▷ 半熟（はんじゅく）　　　　半熟
ha.n.ju.ku.

▷ ゆで玉子（たまご）　　　　水煮蛋
yu.de.ta.ma.go.

▷ 茶碗蒸し（ちゃわんむ）　　蒸蛋
cha.wa.n.mu.shi.

▷ オムレツ　　　　　　　　煎蛋捲
o.mu.re.tsu.

▷ 温泉玉子（おんせんたまご）　温泉蛋
o.n.se.n.ta.ma.go.

▷ 玉子焼き（たまごや）　　　日式煎蛋
ta.ma.go.ya.ki.

▷ 玉子かけご飯（たまご　はん）　生蛋拌飯
ta.ma.go.ka.ke.go.ha.n.

西式甜點

●track 146

▷ チーズケーキ　　　　　起士蛋糕
chi.i.zu.ke.e.ki.

▷ バームクーヘン　　　　年輪蛋糕
ba.a.mu.ku.u.he.n.

▷ クレープ　　　　　　　可麗餅
ku.re.e.pu.

▷ ムース　　　　　　　　慕絲
mu.u.su.

▷ プリン　　　　　　　　布丁
pu.ri.n.

▷ ソフト　　　　　　　　霜淇淋
　so.fu.to.

▷ アイス　　　　　　　　冰淇淋
　a.i.su.

▷ パイ　　　　　　　　　餡餅
　pa.i.

▷ アップルパイ　　　　　蘋果派
　a.ppu.ru.pa.i.

▷ タルト　　　　　　　　水果餡餅／水果塔
　ta.ru.to.

▷ ケーキ　　　　　　　　蛋糕
　ke.e.ki.

▷ ショートケーキ　　　　奶油蛋糕
　sho.o.to.ke.e.ki.

▷ ワッフル　　　　　　　鬆餅
　wa.ffu.ru.

▷ ゼリー　　　　　　　　果凍
　ze.ri.i.

▷ レーズン　　　　　　　葡萄乾
　re.e.zu.n.

▷ クッキー　　　　　　　餅乾
　ku.kki.i.

▷ ビスケット　　　　　　小餅乾
　bi.su.ke.tto.

▷ シュークリーム　　　　泡芙
　shu.u.ku.ri.i.mu.

▷ カステラ　　　　　　　蜂蜜蛋糕
　ka.su.te.ra.

▷ チョコレート　　　　　　巧克力
cho.ku.re.e.to.

實用例句

1 アイスクリームが溶けてしまいました。
a.i.su.ku.ri.i.mu.ga./to.ke.te.shi.ma.i.ma.shi.ta.
冰淇淋融化了。

2 昨日カステラをいただきました。
ki.no.u./ka.su.te.ra.o.i.ta.da.ki.ma.shi.ta.
昨天收到（吃）了蜂蜜蛋糕。

3 チョコレートバナナケーキを作りました。
cho.ko.re.e.to.ba.na.na.ke.e.ki.o./tsu.ku.ri.ma.shi.ta.
做了巧克力香蕉蛋糕。

•track　147

相關單字

▷ チョコレート　　　　　　巧克力（口味）
cho.ko.re.e.to.

▷ いちご　　　　　　　　　草莓（口味）
i.chi.go.

▷ バニラ　　　　　　　　　香草（口味）
ba.ni.ra.

▷ 抹茶　　　　　　　　　　抹茶（口味）
ma.ccha.

日式甜點

▷ 甘納豆　　　　　　　　　甘納豆
a.ma.na.tto.u.

▷ ようかん　　　　　　　　羊羹
　 yo.u.ka.n.

▷ どら焼^やき　　　　　　　　銅鑼燒
　 do.ra.ya.ki.

▷ たい焼^やき　　　　　　　　鯛魚燒
　 ta.i.ya.ki.

▷ 大学^{だいがく}いも　　　　　　　拔絲地瓜
　 da.i.ga.ku.i.mo.

▷ せんべい　　　　　　　　仙貝
　 se.n.be.i.

▷ ぜんざい　　　　　　　　紅豆湯
　 ze.n.za.i.

▷ 飴^{あめ}　　　　　　　　　　　糖果
　 a.me.

▷ 饅頭^{まんじゅう}　　　　　　　　　日式甜餡餅
　 ma.n.ju.u.

▷ わらびもち　　　　　　　蕨餅
　 wa.ra.bi.mo.chi.

▷ 大福^{だいふく}　　　　　　　　包餡的麻薯
　 da.i.fu.ku.

▷ 団子^{だんご}　　　　　　　　　糯米丸子
　 da.n.go.

▶ もち　　　　　　　　　　麻薯　　　　　　　•track　148
　 mo.chi.

實用例句

1　この店^{みせ}のぜんざいは上品^{じょうひん}な甘^{あま}さでおいしいです。
　 ko.no.mi.se.no.se.n.za.i.wa/jo.u.hi.n.na.a.ma.sa.de.o.i.shi.i.de.su.
　 這家店的年糕紅豆湯具有高雅的甜味，十分好吃。

2 焼き団子屋さんの屋台を発見して、おいしそうだったので
みたらし団子を買ってみました。
ya.ki.da.n.go.ya.sa.n.no.ya.ta.i.o.ha.kke.n.shi.te./o.i.shi.so.u.da.
tta.no.de./mi.ta.ra.shi.da.n.go.o./ka.tte.mi.ma.shi.ta.
看到了一家糯米丸子的攤子，因為看來很好吃於是就買了醬油丸
子。

3 たい焼きを買って帰りました。
ta.i.ya.ki.o./ka.tte.ka.e.ri.ma.shi.ta.
買了鯛魚燒回來。

果汁

▷ アップルジュース　　　蘋果汁
a.ppu.ru.ju.u.su.

▷ パイナップルジュース　鳳梨汁
pa.i.na.ppu.ru.ju.u.su.

▷ 野菜ジュース　　　　　蔬菜汁
ya.sa.i.ju.u.su.

▷ ジュース　　　　　　　果汁
ju.u.su.

▷ レモンジュース　　　　檸檬汁
re.mo.n.ju.u.su.

▷ グレープフルーツジュース　葡萄柚汁
gu.re.e.pu.fu.ru.u.tsu.ju.u.su.

▷ オレンジジュース　　　柳橙汁
o.re.n.ji.ju.u.su.

▷ ミックスジュース　　　混合水果飲料
mi.kku.su.ju.u.su.

實用例句

1 ジュースを頼^{たの}みます。
ju.u.su.o.ta.no.mi.ma.su.
點了果汁。

2 オレンジジュースを一^{ひと}つください。
o.re.n.ji.ju.u.su.o./hi.to.tsu.ku.da.sa.i.
請給我一杯柳橙汁。

3 採^とりたてレモンでレモンジュースを作^{つく}ってみました
to.ri.ta.te.re.mo.n.de./re.mo.n.ju.u.su.o./tsu.ku.tte.mi.ma.shi.ta.
用剛採到的檸檬做了檸檬汁。

• track 149

茶類

▷ 麦茶^{むぎちゃ}　　　　　麥茶
mu.gi.cha.

▷ ウーロン茶^{ちゃ}　　　　烏龍茶
u.u.ro.n.cha.

▷ プーアル茶^{ちゃ}　　　　普洱茶
pu.u.a.ru.cha.

▷ お茶^{ちゃ}　　　　　　茶
o.cha.

▷ 緑茶^{りょくちゃ}　　　　　綠茶
ryo.ku.cha.

▷ 紅茶^{こうちゃ}　　　　　紅茶
ko.u.cha.

▷ ほうじ茶^{ちゃ}　　　　烘焙茶
bo.u.ji.cha.

▷ 煎茶 <ruby>煎茶<rt>せんちゃ</rt></ruby>
se.n.cha.

煎茶

▷ ジャスミンティー
ja.su.mi.n.ti.i.

茉莉花茶

▷ アールグレイ
a.a.ru.gu.re.i.

伯爵茶

▷ ミントティー
mi.n.to.ti.i.

薄荷茶

▷ ラベンダーティー
ra.be.n.da.a.ti.i.

薰衣草茶

▷ 菊茶 <ruby>菊茶<rt>きくちゃ</rt></ruby>
ki.ku.cha.

菊花茶

● track　15

▷ アッサムブラックティー
a.ssa.mu.bu.ra.kku.ti.i.

阿薩姆紅茶

▷ ミルクティー
mi.ru.ku.ti.i.

奶茶

▷ ティーバッグ
ti.i.ba.ggu.

茶袋／茶包

實用例句

1 お<ruby>茶<rt>ちゃ</rt></ruby>をいれます。
o.cha.o.i.re.ma.su.
泡茶。

2 ミルクティーが<ruby>好<rt>す</rt></ruby>きです。
mi.ru.ku.ti.i.ga./su.ki.de.su.
喜歡喝奶茶。

3 最後にジャスミンティーを頂きました。
sa.i.go.ni./ja.su.mi.n.ti.i.o./i.ta.da.ki.ma.shi.ta.
最後喝了茉莉花茶。

咖啡

▷ コーヒー　　　　　　咖啡
ko.o.hi.i.

▷ ラッテ　　　　　　　拿鐵
ra.tte.

▷ エスプレッソ　　　　義式濃縮
e.su.pu.re.sso.

▷ カプチーノ　　　　　卡布奇諾
ka.pu.chi.i.no.

▷ モカコーヒー　　　　摩卡咖啡
mo.ka.ko.o.hi.i.

▷ カフェオレ　　　　　咖啡歐蕾
ka.fe.o.re.

▷ ブラック　　　　　　黑咖啡
bu.ra.kku.

▷ ブレンド　　　　　　招牌咖啡
bu.re.n.do.

▷ インスタントコーヒー　即溶咖啡
i.n.su.ta.n.to.ko.o.hi.i.

▷ コーヒーミルク　　　咖啡牛奶
ko.o.hi.i.mi.ru.ku.

▷ コーヒーミックス　　三合一咖啡
ko.o.hi.i.mi.kku.su.

實用例句

● track 151

1 コーヒーとプリンで元気をもらいました。
ko.o.hi.i.to./pu.ri.n.de./ge.n.ki.o./mo.ra.i.ma.shi.ta.
喝了咖啡吃了布丁，恢復了元氣。

2 コーヒー飲んで一服してました。
ko.o.hi.i.no.n.de./i.ppu.ku.shi.te.ma.shi.ta.
喝杯咖啡抽根煙。

3 朝は必ずパンとコーヒーです。
a.sa.wa./ka.na.ra.zu./pa.n.to.ko.o.hi.i.de.su.
早上一定是麵包和咖啡。

相關單字

▷ デカフェ　　　　　低咖啡因
de.ka.fe.

▷ 低脂肪　　　　　低脂
te.i.shi.bo.u.

▷ 脱脂　　　　　無脂
da.sshi.

▷ ミルク　　　　　奶精／牛奶
mi.ru.ku.

慣用例句

缶コーヒー
ka.n.ko.o.hi.i.
罐裝咖啡

說明 日本的罐裝咖啡種類十分多元，也一直推陳出新，是飲料市場的主要商品。

例 缶コーヒーを飲みながらメロンパンを食べます。
<small>かん</small> <small>の</small> <small>た</small>

ka.n.ko.o.hi.i.o./no.mi.na.ga.ra./me.ro.n.pa.n.o./ta.be.ma.su.

一邊喝罐裝咖啡，一邊吃波蘿麵包。

軟性飲料

• track 152

▷ **ドリンク**　　　　　　飲料
do.ri.n.ku.

▷ **清涼飲料**　　　　　　非酒精軟性飲料
<small>せいりょういんりょう</small>
se.i.ryo.u.i.n.ryo.u.

▷ **ミネラルウォーター**　　礦泉水
mi.ne.ra.ru.o.o.ta.a.

▷ **ホットチョコレート**　　熱巧克力
ho.tto.cho.ko.re.e.to.

▷ **ココア**　　　　　　　可可亞
ko.ko.a.

▷ **乳酸菌飲料**　　　　　乳酸飲料
<small>にゅうさんきんいんりょう</small>
nyu.u.sa.n.ki.n.i.n.ryo.u.

▷ **牛乳**　　　　　　　　牛奶
<small>ぎゅうにゅう</small>
gyu.u.nyu.u.

實用例句

1 お隣の牧場の新鮮な牛乳で作ったソフトクリームが食べ
<small>となり</small> <small>ぼくじょう</small> <small>しんせん</small> <small>ぎゅうにゅう</small> <small>つく</small> <small>た</small>
られるそうです。

o.to.na.ri.no.bo.ku.jo.no./shi.n.se.n.na.gyu.u.nyu.u.de./tsu.ku.tta.
so.fu.to.ku.ri.i.mu.ga./ta.be.ra.re.ru.so.u.de.su.

好像可以吃到用隔壁牧場新鮮牛奶做的霜淇淋。

2 低脂肪牛乳をレンジでチンして飲みます。
て い し ぼ う ぎ ゅ う に ゅ う　　　　　　　　　　　　　　　　　　の

te.i.shi.bo.u.gyu.u.nyu.u.o./re.n.ji.de./chi.n.shi.te./no.mi.ma.su.

把低脂牛奶用微波爐加熱後飲用。

3 ホットチョコレートをつくって、飲みました。
　　　　　　　　　　　　　　　　　　　　　　　　　　　　　　の

ho.tto.cho.ko.re.e.to.o./tsu.ku.tte./no.mi.ma.shi.ta.

泡了熱巧克力喝。

相關單字

▷ **エルサイズ**　　　　大杯
　　e.ru.sa.i.zu.

▷ **エムサイズ**　　　　中杯
　　e.mu.sa.i.zu.

▷ **スモールサイズ**　　小杯
　　su.mo.o.ru.sa.i.zu.

含酒精飲料

● track 153

▷ **ビール**　　　　　　啤酒
　　bi.i.ru.

▷ **ライトビール**　　　淡啤酒
　　ra.i.to.bi.i.ru.

▷ **生ビール**　　　　　生啤酒
　　なま
　　na.ma.bi.i.ru.

▷ **黒ビール**　　　　　黑啤酒
　　くろ
　　ku.ro.bi.i.ru.

▷ **発泡酒**　　　　　　發泡酒
　　はっぽうしゅ
　　ha.ppo.u.shu.

▷ シャンパン　　　　　香檳酒
　 sha.n.pa.n.

▷ チューハイ　　　　　酒精含量較低的調味酒
　 chu.u.ha.i.

▷ ワイン　　　　　　　葡萄酒
　 wa.i.n.

▷ カクテル　　　　　　雞尾酒
　 ka.ku.te.ru.

▷ 焼酎<ruby>しょうちゅう</ruby>　　　　蒸餾酒
　 sho.u.chu.u.

▷ 梅酒<ruby>うめしゅ</ruby>　　　　　梅酒
　 u.me.shu.

▷ 酒<ruby>さけ</ruby>　　　　　　　清酒
　 sa.ke.

實用例句

1 好きなお酒を飲みながら一緒に歌います。
su.ki.na.o.sa.ke.o./no.mi.na.ga.ra./i.ssho.ni.u.ta.i.ma.su.
一邊喝著喜歡的酒一邊一起唱歌。

2 酒を呑みながらアニメ見ている時が至福です。
sa.ke.o.no.mi.na.ta.ra./a.ni.me.mi.te.i.ru.to.ki.ga./shi.fu.ku.de.su.
一邊喝酒一邊看卡通的時候是最幸福的。

3 魚とお酒が美味しいのでもう一度行きたいです。
sa.ka.na.to./o.sa.ke.ga.o.i.shi.i.no.de./mo.u.i.chi.do.i.ki.ta.i.de.su.
魚和酒都很美味，所以還想再去一次。

4 ビールと枝豆の組み合わせが大好きです
bi.i.ru.to./e.ta.ma.me.no.ku.mi.a.wa.se.ga./da.i.su.ki.de.su.
最喜歡喝啤酒配毛豆。

相關單字

▷ シェリー　　　　　　　雪利酒
　 she.ri.i.

▷ マティーニ　　　　　　馬丁尼
　 ma.ti.i.ni.

▷ ベルモット　　　　　　苦艾酒
　 be.ru.mo.tto.

▶ ウイスキー　　　　　　威士忌　　　　　　　　　•track　154
　 u.i.su.ki.i.

▷ ブランデー　　　　　　白蘭地
　 bu.ra.n.de.e.

▷ スコッチウイスキー　　蘇格蘭威士忌
　 su.ko.cchi.u.i.su.ki.i.

▷ ウオッカ　　　　　　　伏特加
　 u.o.kka.

▷ ジン　　　　　　　　　琴酒
　 ji.n.

▷ テキーラ　　　　　　　龍舌蘭酒
　 te.ki.i.ra.

氣泡飲料

▷ 炭酸水 (たんさんすい)　　碳酸飲料
　 ta.n.sa.n.su.i.

▷ ペプシ　　　　　　　　百事可樂
　 pe.pu.shi.

▷ ダイエットペプシ　　　無糖百事可樂
　 da.i.e.tto.pe.pu.shi.

▷ セブンアップ　　　　　七喜
　se.bu.n.a.ppu.

▷ コカコーラゼロ　　　　零卡可樂
　ko.ka.ko.o.ra.ze.ro.

▷ コカコーラ　　　　　　可口可樂
　ko.ka.ko.o.ra.

▷ スプライト　　　　　　雪碧
　su.pu.ra.i.to.

▷ ファンタ　　　　　　　芬達
　fa.n.ta.

▷ サイダー　　　　　　　汽水
　sa.i.da.a.

▷ ソーダ　　　　　　　　蘇打水
　so.o.da.

▷ ラムネ　　　　　　　　彈珠汽水
　ra.mu.ne.

▷ メロンサイダー　　　　哈密瓜汽水
　me.ro.n.sa.i.da.a.

實用例句

1 炭酸水を少し飲んで休憩しました。　　　　•track 155
　ta.n.sa.n.su.i.o./su.ko.shi.no.n.de./kyu.u.ke.i.shi.ma.shi.ta.
　喝點炭酸水休息一下。

2 甘みのない炭酸水が好きです。
　a.ma.mi.no.na.i./ta.n.sa.n.su.i.ga.su.ki.de.su.
　喜歡不甜的炭酸水。

3 コーラと一緒にいかがですか。

ko.o.ra.to.i.ssho.ni./i.ka.ga.de.su.ka.

要不要搭配可樂呢？

烹調方式

▷ 作り方　　　　　　　烹調法
tsu.ku.ri.ka.ta.

▷ ゆでる　　　　　　　水煮
yu.de.ru.

▷ 焼く　　　　　　　　煎
ya.ku.

▷ 揚げる　　　　　　　炸
a.ge.ru.

▷ いためる　　　　　　炒
i.ta.me.ru.

▷ 煮る　　　　　　　　燉的
ni.ru.

▷ ぐつぐつ煮る　　　　文火燉煨
gu.tsu.gu.tsu.ni.ru.

▷ 蒸す　　　　　　　　蒸
mu.su.

▷ 燻製　　　　　　　　燻的
ku.n.se.i.

▷ あぶり　　　　　　　用火稍微烤過
a.bu.ri.

▷ 干す　　　　　　　　晒乾
ho.su.

▷ 冷ます   冰鎮
  sa.ma.su.

▶ つける   醃漬   • track　156
  tsu.ke.ru.

▷ 炊く   煮
  ta.ku.

實用例句

1　味をつける。
  a.ji.o.tsu.ke.ru.
  調味。

2　とろみをかける。
  to.ro.mi.o.ka.ke.ru.
  勾芡。

3　水を切る。
  mi.zu.o.ki.ru.
  瀝乾。

4　湯通しする。
  yu.do.o.shi.su.ru.
  燙煮。

5　耐熱容器に固形のカレールーと水を入れます。
  ta.i.ne.tsu.yo.u.ki.ni./ko.ke.i.no.ka.re.e.ru.u.to./mu.zu.o.i.re.ma.
  su.
  在耐熱容器裡放入咖哩塊和水。

6　加熱してルーを溶かします。
  ka.ne.tsu.shi.te./ru.u.o./to.ka.shi.ma.su.
  加熱後讓咖哩醬融化。

7 フライパンに油を入れ、豚肉を炒めます。

fu.ra.i.pa.n.ni./a.bu.ra.o.i.re./bu.ta.ni.ku.o./i.ta.me.ma.su.

在平底鍋加入油，炒豬肉。

8 焼きソバ麺はお湯で軽く洗って水気を切っておきます。

ya.i.so.ba.me.n.wa./o.yu.de.ka.ru.ku.a.ra.tte./mi.zu.ke.o./ki.tte.o.
ki.ma.su.

炒麵的麵條用熱水稍微洗過後，瀝乾水分。

9 蓋をして3分蒸し焼きにします。

fu.ta.o.shi.te./sa.n.pu.n.mu.shi.ya.ki.ni.shi.ma.su.

蓋上蓋子後，悶煮3分鐘。

10 カレールーが麺とよく絡んだら出来上がりです。

ka.re.e.ru.u.ga./me.n.to.yo.ku.ka.ra.n.da.ra./de.ki.a.ga.ri.de.su.

把咖哩醬和麵充分攪拌後就完成了。

相關單字

▷ 弱火　　　　　　　　小火
　yo.wa.bi.

▷ 中火　　　　　　　　中火
　chu.u.bi.

▶ 強火　　　　　　　　大火　　　　　　　•track 157
　tsu.yo.bi.

▷ 焦げてる　　　　　　烤焦
　ko.ge.te.ru.

▷ 生煮え　　　　　　　半生不熟的
　na.ma.ni.e.

▷ 生　　　　　　　　　生的／未煮的
　na.ma.

食材處理

▷ 剝^むく   剝／剝皮
   mi.ku.

▷ 削^{けず}る   削皮
   ke.zu.ru.

▷ 薄^{うす}切^ぎり   切片
   u.su.gi.ru.

▷ 千^{せん}切^ぎり   切絲
   se.n.gi.ri.

▷ つぶす   搗爛
   tsu.bu.su.

▷ 挽^ひく   絞碎
   hi.ku.

▷ 擂^する   磨
   su.ru.

▷ たたく   打
   ta.ta.ku.

▷ 練^ねる   捏(麵糰／麵糰)
   ne.ru.

▷ みじん切^ぎり   切末
   mi.ji.n.gi.ri.

▷ 洗^{あら}う   洗
   a.ra.u.

實用例句

1 長ネギをみじん切りにします。
na.ga.ne.gi.o./mi.ji.n.gi.ri.ni.shi.ma.su.
將長蔥切末。

● track　158

2 トマトを軽くつぶします。
to.ma.to.o./ka.ru.ku.tsu.bu.shi.ma.su.
輕輕把番茄壓碎。

3 ベーコンを好きな形に厚めに切ります。
be.e.ko.n.o./su.ki.na.ka.ta.chi.ni./a.tsu.me.ni.ki.ri.ma.su.
把培根依喜歡的形狀切成厚片。

相關單字

▷ 包む　　　　　　　　包起來
tsu.tsu.mu.

▷ 混ぜる　　　　　　　攪拌
ma.ze.ru.

▷ 塗る　　　　　　　　塗上
nu.ru.

▷ 溶かす　　　　　　　融化
to.ka.su.

食物新鮮度

▷ 新鮮　　　　　　　　新鮮的
shi.n.se.n.

▷ 腐った　　　　　　　食物壞掉了
ku.sa.tta.

▷ 完熟 ^{かんじゅく}　　　　　(水果)熟了
ka.n.ju.ku.

▷ かびた　　　　　　　發霉的
ka.bi.ta.

實用例句

1 市場の中の魚屋さんが一生懸命新鮮な魚を商売しています。
i.chi.ba.no.na.ka.no.sa.ka.na.ya.sa.n.ga./i.ssho.u.ke.n.me.i/shi.n.
se.n.na.sa.ka.na.o./sho.u.ba.i.shi.te.i.ma.su.
市場裡的魚販很盡力的從事新鮮的漁貨買賣。

2 玉ねぎが腐りました。
ta.ma.ne.gi.ga./ku.sa.ri.ma.shi.ta.
洋蔥壞了。

3 下痢気味なのは今週かびたパンを食べてたせいです。
ge.ri.gi.mi.na.no.wa./ko.n.shu.u./ka.bi.ta.pa.no./ta.be.te.ta.se.i.
de.su.
有點拉肚子是因為這星期吃了發霉麵包的關係。

相關單字

▶ 乾燥 ^{かんそう}　　　　　乾燥　　　　　　　　•track　159
ka.n.so.u.

▷ 酸化 ^{さんか}　　　　　氧化
sa.n.ka.

▷ 冷凍 ^{れいとう}　　　　　冷凍
re.i.to.u.

▷ 冷蔵 ^{れいぞう}　　　　　冷藏
re.i.zo.u.

▷ **解凍** 解凍
^{かいとう}
ka.i.to.u.

▷ **密封** 密封
^{みっぷう}
mi.ppu.u.

▷ **賞味期限** 保存期限
^{しょうみきげん}
sho.u.mi.ki.ge.n.

調味料

▷ **調味料** 調味品
^{ちょうみりょう}
cho.u.mi.ryo.u.

▷ **塩** 鹽
^{しお}
shi.o.

▷ **砂糖** 糖
^{さとう}
sa.to.u.

▷ **黒砂糖** 黑糖
^{くろざとう}
ku.ro.za.to.u.

▷ **粉砂糖** 糖粉／糖霜
^{こなざとう}
ko.na.za.to.u.

▷ **こしょう** 胡椒粉
ko.sho.u.

▷ **スパイス** 香料
su.pa.i.su.

▷ **ケチャップ** 蕃茄醬
ke.cha.ppu.

▷ **片栗粉** 太白粉
^{かたくりこ}
ka.ta.ku.ri.ko.

▷ 山しょう   山椒
  sa.n.sho.u.

▷ サラダ油   沙拉油
  sa.ra.da.yu.

▷ しょうゆ   醬油
  sho.u.yu.

▶ 唐辛子   辣椒   • track 160
  to.u.ga.ra.shi.

▷ マスタード 黄芥末
  ma.su.ta.a.do.

▷ 酢   醋
  su.

▷ シナモン   肉桂
  shi.na.mo.n.

▷ チーズ   起司
  chi.i.zu.

▷ ジャム   果醬
  ja.mu.

▷ バター   奶油
  ba.ta.a.a

▷ キャビア   魚子醬
  kya.bi.a.

▷ しょうが   薑
  sho.u.ga.

▷ ねぎ   蔥
  ne.gi.

▷ たまねぎ   洋蔥
  ta.ma.ne.gi.

▷ にんにく　　　　　　　大蒜
　ni.n.ni.ku.

▷ バジル／バジリコ　　　羅勒
　ba.ji.ru./ba.ji.ri.ko.

▷ パクチー　　　　　　　香菜
　pa.ku.chi.i.

▷ ごま<ruby>油<rt>あぶら</rt></ruby>　　　　　　　　麻油
　go.ma.a.bu.ra.

▷ オイスターソース　　　蠔油
　o.i.su.ta.a.so.o.su.

▷ オリーブ<ruby>油<rt>ゆ</rt></ruby>　　　　　　橄欖油
　o.ri.i.bu.yu.

▷ ごま　　　　　　　　　芝麻
　go.ma.

▷ <ruby>七味<rt>しちみ</rt></ruby>　　　　　　　　七味粉
　shi.chi.mi.

▷ ソース　　　　　　　　醬汁（較濃稠的）
　so.o.su.

▷ たれ　　　　　　　　　醬汁（較稀的）
　ta.re.

實用例句

1 ソースを<ruby>全体<rt>ぜんたい</rt></ruby>に<ruby>混<rt>ま</rt></ruby>ぜ<ruby>合<rt>あ</rt></ruby>わせます。
　so.o.su.o./ze.n.ta.i.ni./ma.ze.a.wa.se.ma.su.
　把醬汁和所有的東西充分拌勻。

2 しょうが、<ruby>醬油<rt>しょうゆ</rt></ruby>、<ruby>酒<rt>さけ</rt></ruby>、みりんでたれを<ruby>作<rt>つく</rt></ruby>ります。
　sho.u.ga./sho.u.yu./sa.ke./mi.ri.n.de./ta.re.o.tsu.ku.ri.ma.su.
　用薑、醬油、酒和味醂製作醬汁。

3 醬油をかけて食べます。

sho.u.yu.o.ka.ke.te./ta.be.ma.su.

淋上醬油後再吃。

•track 161

4 少量のわさびと醬油をつけて食べます。

sho.u.ryo.u.no.wa.sa.bi.to./sho.u.yu.o.tsu.ke.te./ta.be.ma.su.

沾少量的芥末和醬油後再吃。

蔬菜類

▷ 野菜　　　　　　蔬菜
ya.sa.i.

▷ しいたけ　　　　香菇
shi.i.ta.ke.

▷ しめじ　　　　　滑菇
shi.me.ji.

▷ じゃがいも　　　馬鈴薯
ja.ga.i.mo.

▷ にんじん　　　　紅蘿蔔
ni.n.ji.n.

▷ 大根　　　　　　白蘿蔔
da.i.ko.n.

▷ ほうれん草　　　菠菜
ho.u.re.n.so.u.

▷ キャベツ　　　　高麗菜
kya.be.tsu.

▷ きゅうり　　　　小黃瓜
kyu.u.ri.

▷ ブロッコリ　　　　綠色花椰菜
bu.ro.kko.ri.

▷ ピーマン　　　　　青椒
pi.i.ma.n.

▷ なす　　　　　　　茄子
na.su.

▶ セロリ　　　　　　芹菜
se.ro.ri.

● track　162

▷ <ruby>白菜<rt>はくさい</rt></ruby>　　　　　　　大白菜
ha.ku.sa.i.

▷ レタス　　　　　　萵苣
re.ta.su.

▷ とうもろこし／コーン　玉米
to.u.mo.ro.ko.shi./ko.o.n.

▷ <ruby>長<rt>なが</rt></ruby>ねぎ　　　　　　大蔥
na.ga.ne.gi.

▷ かぶ　　　　　　　蕪菁
ka.bu.

▷ おくら　　　　　　秋葵
o.ku.ra.

▷ あずき　　　　　　紅豆
a.zu.ki.

▷ <ruby>黒豆<rt>くろまめ</rt></ruby>　　　　　　　黑豆
ku.ro.ma.me.

▷ グリーンピース　　豌豆
gu.ri.i.n.pi.i.su.

▷ さといも　　　　　小芋頭
sa.to.i.mo.

▷ **たろいも**　　　　大芋頭
　ta.ro.i.mo.

▷ **さつまいも**　　　蕃薯
　sa.tsu.ma.i.mo.

▷ **トマト**　　　　　蕃茄
　to.ma.to.

▷ **カボチャ**　　　　南瓜
　ka.bo.cha.

▷ **ゴーヤ**　　　　　苦瓜
　go.o.ya.

水果類

•track　163

▷ **レモン**　　　　　檸檬
　re.mo.n.

▷ **もも**　　　　　　桃子
　mo.mo.

▷ **オレンジ**　　　　橙
　o.re.n.ji.

▷ **みかん**　　　　　柑橘
　mi.ka.n.

▷ **さくらんぼ**　　　櫻桃
　sa.ku.ra.n.bo.

▷ **青^{あお}りんご**　　　黃綠蘋果
　a.o.ri.n.go.

▷ **りんご**　　　　　蘋果
　ri.n.go.

▷ **なし**　　　　　　梨子
　na.shi.

▷ バナナ　　　　　　香蕉
ba.na.na.

▷ ぶどう　　　　　　葡萄
bu.do.u.

▷ メロン　　　　　　蜜瓜
me.ro.n.

▷ キウイ　　　　　　奇異果
ki.u.i.

▷ パイナップル　　　鳳梨
pa.i.na.ppu.ru.

▷ グレープフルーツ　葡萄柚
gu.re.e.pu.fu.ru.u.tsu.

▷ ココナッツ　　　　椰子
ko.ko.na.ttsu.

▷ イチジク　　　　　無花果
i.chi.ji.ku.

▷ いちご　　　　　　草莓
i.chi.go.

▷ マンゴー　　　　　芒果
ma.n.go.o.

肉類

● track 164

▷ 肉（にく）　　　　肉類
ni.ku.

▷ 豚肉（ぶたにく）　豬肉
bu.ta.ni.ku.

▷ ラード　　　　　　豬油
ra.a.do.

▷ ロース   里肌肉
　ro.o.su.

▷ ヒレ   腰內肉
　hi.re.

▷ ばら肉   五花肉
　ba.ra.ni.ku.

▷ ひき肉   絞肉
　hi.ki.ni.ku.

▷ レバー   豬肝
　re.ba.a.

▷ ベーコン   培根
　be.e.ko.n.

▷ ソーセージ   香腸
　so.o.se.e.ji.

▷ カルビ   牛（豬）小排
　ka.ru.bi.

▷ ビーフ   牛肉
　bi.i.fu.

▷ 牛タン   牛舌
　gyu.u.ta.n.

▷ 牛筋   牛筋
　gy.u.su.ji.

▷ 玉子   蛋
　ta.ma.go.

▷ 鶏肉   雞肉
　to.ri.ni.ku.

▷ ラム   羊肉
　ra.mu.

海鮮

▷ 魚介類 <small>ぎょかいるい</small>　　　海鮮
gyo.ka.i.ru.i.

▷ いせえび　　　龍蝦
i.se.e.bi.

▷ えび　　　蝦
e.bi.

▷ あまえび　　　甜蝦
a.ma.e.bi.

▷ むきえび　　　蝦仁
mu.ki.e.bi.

▷ 車えび <small>くるま</small>　　　大蝦
ku.ru.ma.e.bi.

▷ 干しえび <small>ほ</small>　　　蝦米
ho.shi.e.bi.

▷ しらす　　　鮻仔魚
shi.ra.su.

▷ かに　　　螃蟹
ka.ni.

▷ かまぼこ　　　魚板
ka.ma.bo.ko.

▷ かき　　　牡蠣
ka.ki.

▷ ほたて　　　帆立貝
ho.ta.te.

▷ **たら**　　　　　　　鱈魚
ta.ra.

▷ **たらこ**　　　　　　鱈魚子
ta.ra.ko.

▷ **明太子**　　　　　　明太子
<ruby>めんたいこ</ruby>
me.n.ta.i.ko.

▷ **いくら**　　　　　　鮭魚子
i.ku.ra.

▷ **マグロ**　　　　　　鮪魚
ma.gu.ro.

▷ **たい**　　　　　　　鯛魚
ta.i.

▷ **こい**　　　　　　　鯉魚
ko.i.

▷ **ひらめ**　　　　　　比目魚
hi.ra.me.

▷ **さば**　　　　　　　鯖
sa.ba.

▷ **さけ**　　　　　　　鮭
sa.ke.

▷ **うなぎ**　　　　　　鰻
u.na.gi.

▷ **たこ**　　　　　　　章魚
ta.ko.

▷ **いか**　　　　　　　花枝
i.ka.

▶ **スモークサーモン**　燻鮭魚　　　　　　• track　166
su.mo.o.ku.sa.a.mo.n.

▷ 干し魚　　　　　　魚乾
ho.shi.u.o.

▷ 昆布　　　　　　　海帶
ko.n.bu.

▷ のり　　　　　　　海苔
no.ri.

▷ ふぐ　　　　　　　河豚
fu.gu.

▷ かつおぶし　　　　柴魚片
ka.tsu.o.bu.shi.

▷ あゆ　　　　　　　香魚
a.yu.

▷ はまぐり　　　　　蛤蜊
ha.ma.gu.ri.

▷ あさり　　　　　　蜆
a.sa.ri.

主食

▷ ごはん　　　　　　米飯
go.ha.n.

▷ めん　　　　　　　麵條
me.n.

▷ カップラーメン　　速食麵
ka.ppu.ra.a.me.n.

▷ 春雨　　　　　　　冬粉
ha.ru.sa.me.

▷ すし　　　　　　　壽司
su.shi.

▷ 肉まん　　　　　　　肉包子
　ni.ku.ma.n.

▷ おにぎり　　　　　　飯糰
　o.ni.gi.ri.

▷ 焼き鳥　　　　　　　烤雞肉
　ya.ki.to.ri.

▷ 唐揚げ　　　　　　　炸雞
　ka.ra.a.ge.

▷ すき焼き　　　　　　壽喜燒
　su.ki.ya.ki.

▷ カツ丼　　　　　　　豬排飯
　ka.tsu.do.n.

▷ 丼もの　　　　　　　丼飯
　do.n.mo.no.

▶ ラーメン　　　　　　拉麵　　　　　　　• track　167
　ra.a.me.n.

▷ 餃子　　　　　　　　煎餃
　gyo.u.za.

▷ うどん　　　　　　　烏龍麵
　u.do.n.

▷ そば　　　　　　　　蕎麥麵
　so.ba.

▷ カレー　　　　　　　咖哩
　ka.re.e.

▷ オムライス　　　　　蛋包飯
　o.mu.ra.i.su.

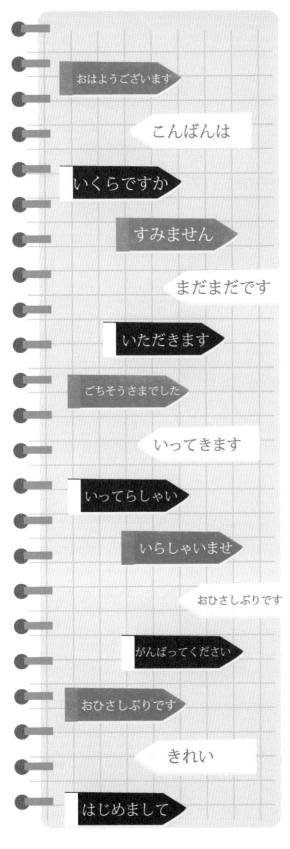

おはようございます

こんばんは

いくらですか

すみません

まだまだです

いただきます

ごちそうさまでした

いってきます

いってらしゃい

いらしゃいませ

おひさしぶりです

がんばってください

おひさしぶりです

きれい

はじめまして

Part

大自然篇

氣候

▷ 春 　　　　　春
　は.る
　ha.ru.

▷ 夏 　　　　　夏
　な.つ
　na.tsu.

▷ 秋 　　　　　秋
　あ.き
　a.ki.

▷ 冬 　　　　　冬
　ふ.ゆ
　fu.yu.

▷ 熱帯 　　　　熱帯
　ねったい
　ne.tta.i.

▷ 亜熱帯 　　　亞熱帶
　あねったい
　a.ne.tta.i.

▷ 温帯 　　　　温帯
　おんたい
　o.n.ta.i.

▷ 寒帯 　　　　寒帯
　かんたい
　ka.n.ta.i.

▷ 乾燥帯 　　　乾帶
　かんそうたい
　ka.n.so.u.ta.i.

實用例句

1 小春日和。
　こ.は.る.び.よ.り
　ko.ha.ru.bi.yo.ri.
　(秋、冬時)天氣很舒爽。

2 からりとしたよい天気。
　てんき
　ka.ra.ri.to.shi.ta./yo.i.te.n.ki.
　乾爽的好天氣。

3 うららかな天気。
u.ra.ra.ka.na.te.n.ki.
晴朗的天氣。

相關單字

▷ 海洋性気候　　　　海洋性氣候
ka.i.yo.u.se.i./ki.ko.u.

▷ 大陸性気候　　　　大陸性氣候
ta.i.ri.ku.se.i./ki.ko.u.

▷ 地中海性気候　　　地中海型氣候
chi.chu.u.ka.i.se.i./ki.ko.u.

慣用例句

クールビズ
ku.u.ru.bi.zu.
輕裝

説明　「クールビズ」是和製英語，是將英文單字「cool」「biz」組合後產生的單字。意思是在夏天不穿厚重的西裝、不打領帶，而是以輕便的短袖襯衫上班，以提高工作效能、節省能源、經費。

例 うちの会社では来週からクールビズが始まります。

u.chi.no.ka.i.sha.de.wa./ra.i.shu.u.ka.ra./ku.u.ru.bizu.ga./ha.ji.ma.ri.ma.su.
我們公司下星期開始實施夏日輕裝政策。

好天氣

▷ 蒸し暑い　　　　不通風的／悶熱的
mu.shi.a.tsu.i.

▷ 桜前線
さくらぜんせん
sa.ku.ra.ze.n.se.n.
櫻花開花預測

▷ 晴れ時々曇り
は ときどきくも
ha.re./to.ki.do.ki./ku.mo.ri.
多雲時晴

▷ 晴れから曇り
は くも
ha.re.ka.ra./ku.mo.ri.
晴轉多雲

▷ 晴れ
は
ha.re.
晴朗

▷ 暖かい
あたた
a.ta.ta.ka.i.
温暖

▷ 涼しい
すず
su.zu.shi.i.
涼爽

▷ あつい
a.tsu.i.
炎熱

▷ 曇り
くも
ku.mo.ri.
多雲

實用例句

1 雨が上がりました。
あめ あ
a.me.ga./a.ga.ri.ma.shi.ta.
雨停了。

2 晴れます。
は
ha.re.ma.su.
天晴。

3 ぽかぽか陽気です。
ようき
po.ka.po.ka./yo.u.ki.de.su.
很暖和。

4 太陽ががんがんと照りつける。
ta.i.yo.u.ga./ga.n.ga.n.to./te.ri.tsu.ke.ru.
太陽猛烈的照射。

5 強い日差しです。
tsu.yo.i./hi.za.shi.de.su.
陽光很強。

6 洗濯日和です。
se.n.ta.ku.bi.yo.ri.de.su.
適合洗衣服的好天氣。

相關單字

▷ 最低気温　　　　　最低氣温
sa.i.te.i.ki.o.n.

▷ 最高気温　　　　　最高氣温
sa.i.ko.u.ki.o.n.

▷ 降水確率　　　　　降雨率
ko.u.su.i.ka.ku.ri.tsu.

壞天氣

•track　170

▷ 雪　　　　　　　下雪
yu.ki.

▷ 曇りから雨　　　　陰轉雨
ku.mo.ri.ka.ra./a.me.

▷ 雨から曇り　　　　雨轉多雲
a.me.ka.ra./ku.mo.ri.

▷ 雨から雪　　　　　雨轉下雪
a.me.ka.ra./yu.ki.

▷ 雨 （あめ）　　　　　　雨天
a.me.

▷ 雫 （しずく）　　　　　露水
shi.zu.ku.

▷ きりさめ　　　　　　　毛毛雨／小雨
ki.ri.sa.me.

▷ にわか雨 （あめ）　　　陣雨
ni.wa.ka.a.me.

▷ 大雨 （おおあめ）　　　大雨
o.o.a.me.

▷ 暴雨 （ぼうう）　　　　暴風雨
bo.u.u.

▷ 雷雨 （らいう）　　　　雷雨
ra.i.u.

▷ 梅雨 （つゆ）　　　　　梅雨
tsu.yu.

▷ かみなり　　　　　　　雷
ka.mi.na.ri.

▷ いなずま　　　　　　　閃電
i.na.zu.na.

▷ 大雪 （おおゆき）　　　大雪
o.o.yu.ki.

▷ 吹雪 （ふぶき）　　　　暴風雪
fu.bu.ki.

▷ なだれ　　　　　　　　雪崩
na.da.re.

▷ 融雪 （ゆうせつ）　　　融雪
yu.u.se.tsu.

▷ ひょう　　　　　　　冰雹
　　hyo.u.

▷ <ruby>寒<rt>さむ</rt></ruby>い　　　　　　　冷
　　sa.mu.i.

實用例句

1 <ruby>寒<rt>さむ</rt></ruby>いです。
　　sa.mu.i.de.su.
　　天氣很冷。

2 <ruby>蒸<rt>む</rt></ruby>し<ruby>暑<rt>あつ</rt></ruby>いです。
　　mu.shi.a.tsu.i.de.su.
　　悶熱。

3 <ruby>曇<rt>くも</rt></ruby>りです。
　　ku.mo.ri.de.su.
　　陰天。

4 <ruby>雨<rt>あめ</rt></ruby>が<ruby>降<rt>ふ</rt></ruby>りそうです。
　　a.me.ga./fu.ri.so.u.de.su.
　　快下雨了。

track　171

5 <ruby>雨<rt>あめ</rt></ruby>ばっかりだ。
　　a.me.ba.kka.ri.da.
　　陰雨綿綿。

6 <ruby>天気<rt>てんき</rt></ruby>が<ruby>荒<rt>あ</rt></ruby>れるようだ。
　　te.n.ki.ga./a.re.ru.yo.u.da.
　　好像會變天。

7 <ruby>雨<rt>あめ</rt></ruby>がざあざあ<ruby>降<rt>ふ</rt></ruby>ってきました。
　　a.me.ga./za.a.za.a./fu.tte.ki.ma.shi.ta.

剛剛突然下了大雨。

8 ぽつぽつ降っている。
po.tsu.po.tsu./fu.tte.i.ru.
雨一滴一滴下得很小。

9 しょぼしょぼ降っている。
sho.bo.sho.bo./fu.tte.i.ru.
下著毛毛雨。

相關單字

▷ 風　　　　　　風
ka.ze.

▷ 霧　　　　　　霧
ki.ri.

▷ 乾燥　　　　　乾燥的
ka.n.so.u.

▷ 湿り　　　　　潮濕的／有濕氣的
shi.me.ri.

● track 172

氣候現象

▷ 地球温暖化　　全球暖化
chi.kyu.u.o.n.da.n.ka.

▷ 温室効果　　　温室效應
o.n.shi.tsu.ko.u.ka.

▷ エルニーニョ現象　聖嬰現象
e.ru.ni.i.nyo./ge.n.sho.u.

▷ 二酸化炭素　　二氧化碳
ni.sa.n.ka.ta.n.so.

▷ 環境対策　　　　　環境保護方法
かんきょうたいさく
ka.n.kyo.u.ta.i.sa.ku.

▷ エコ　　　　　　　環保
e.ko.

▷ 梅雨前線　　　　　梅雨預測線
ばいうぜんせん
ba.i.u.ze.n.se.n.

▷ 梅雨入り　　　　　進入梅雨季
つ ゆ い
tsu.yu.i.ri.

▷ 梅雨明け　　　　　梅雨季結束
つ ゆ あ
tsu.yu.a.ke.

▷ 季節風　　　　　　季風
きせつふう
ki.se.tsu.fu.u.

實用例句

1 地震があった。
じ しん
ji.shi.n.ga./a.tta.
發生了地震。

2 台風が近づいてるらしい。
たいふう　ちか
ta.i.fu.u.ga./chi.ka.zu.i.te.ru./ra.shi.i.
好像有颱風。

3 雪が降る。
ゆき　ふ
yu.ki.ga./fu.ru.
會下雪。

4 寒くなる。
さむ
sa.mu.ku.na.ru.
會變冷。

5 地球温暖化は今も刻々と進行しています。
chi.kyu.u.o.n.da.n.ka.wa./i.ma.mo./ko.ku.ko.ku.to./shi.n.ko.u.shi.
te.i.ma.su.
地球暖化正進行中。

天然災害

▷ さじんあらし   沙塵暴
sa.ji.n.a.ra.shi.

▷ つなみ   海嘯
tsu.na.mi.

▷ 台風   颱風
ta.i.fu.u.

▷ ハリケーン   颶風
ha.ri.ke.e.n.

▷ たつまき   龍捲風
ta.tsu.ma.ki.

▷ 洪水   洪水
ko.u.zu.i.

▷ あらし   暴風雨
a.ra.shi.

▷ 干ばつ   旱災
ka.n.ba.tsu.

▷ 地震   地震
ji.shi.n.

▷ 山崩れ   山崩
ya.ma.ku.zu.re.

▷ 土砂崩れ　　　　　　土石流
do.sha.ku.zu.re.

▷ 噴火　　　　　　　　火山爆發
fu.n.ka.

▷ 天然災害　　　　　　天然災害
te.n.ne.n.sa.i.ga.i.

實用例句

1 伐採直後の土砂崩れが心配です。
ba.ssa.i.sho.ku.go.no./do.sha.ku.zu.re.ga./shi.n.pa.i.de.su.
採伐之後令人擔心發生土石流。

2 地震が新潟で起こりました。
ji.shi.n.ga.ni.i.ga.ta.de./o.ko.ri.ma.shi.ta.
新潟發生了地震。

3 火山噴火の前にしっかり予防するべきです。
ka.za.n.fu.n.ka.no.ma.e.ni./shi.kka.ri.yo.bo.u.su.ru.be.ki.de.su.
在火山噴發前就需要確實防範。

相關單字

▷ 災難　　　　　　　　災難
sa.i.na.n.

▷ 被災地域　　　　　　災區
hi.sa.i.chi.i.ki.

▷ 死者　　　　　　　　遇難者
shi.sha.

▷ 死傷者　　　　　　　傷亡人員
shi.sho.u.sha.

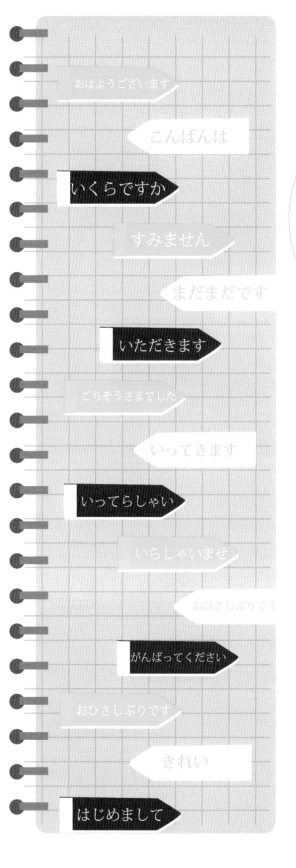

おはようございます

こんばんは

いくらですか

すみません

まだまだです

いただきます

ごちそうさまでした

いってきます

いってらしゃい

いらしゃいませ

おひさしぶりです

がんばってください

おひさしぶりです

きれい

はじめまして

Part

時間篇

時間

▷ 今日
きょう
kyo.u.

今天

▷ 昨日
きのう
ki.no.u.

昨天

▷ 一昨日
おととい
o.to.to.i.

前天

▷ 明日
あした
a.shi.ta.

明天

▷ あさって
a.ssa.te.

後天

▷ 去年
きょねん
kyo.ne.n.

去年

▷ 今年
ことし
ko.to.shi.

今年

▷ 来年
らいねん
ra.i.ne.n.

明年

▷ 先月
せんげつ
se.n.ge.tsu.

上個月

▷ 今月
こんげつ
ko.n.ge.tsu.

這個月

▷ 来月
らいげつ
ra.i.ge.tsu.

下個月

▷ 先週
せんしゅう
se.n.shu.u.

上週

▷ 今週
こんしゅう
ko.n.shu.u.

這週

▷ 来週 （らいしゅう）　下週
ra.i.shu.u.

▷ 毎日 （まいにち）　每天
ma.i.ni.chi.

▷ 毎週 （まいしゅう）　每週
ma.i.shu.u.

▷ 毎月 （まいつき）　每個月
ma.i.tsu.ki.

▷ 毎年 （まいとし）　每年
ma.i.to.shi.

實用例句

1 今日（きょう）はいい天気（てんき）だね。
kyo.u.wa./i.i.te.n.ki.da.ne.
今天真是好天氣。

2 昨日（きのう）の天気予報（てんきよほう）がそう言（い）っていた。
ki.no.u.no.te.n.ki.yo.ho.u.ga./so.u.i.tte.i.ta.
昨天氣象預報這麼說。

3 最近毎日（さいきんまいにち）雨（あめ）が降（ふ）っているから、洗濯物（せんたくもの）が乾（かわ）かないのよ。
sa.i.ki.n./ma.i.ni.chi./a.me.ga.fu.tte.i.ru./ka.ra./se.n.ta.ku.mo.no.
ga./ka.wa.ka.na.i.no.yo.
最近天天下雨，衣服都還乾不了。

4 発表会（はっぴょうかい）は来週（らいしゅう）です。
ha.ppyo.u.ka.i.wa./ra.i.shu.u.de.su.
發表會是下個星期。

●track 175

相關單字

▷ 今
_{いま}
i.ma.
現在

▷ 今晩
_{こんばん}
ko.n.ba.n.
今晚

▷ 朝
_{あさ}
a.sa.
早晨

▷ 午前
_{ごぜん}
go.ze.n.
上午

▷ 昼
_{ひる}
hi.ru.
中午

▷ 午後
_{ごご}
go.go.
下午

▷ 夕方
_{ゆうがた}
yu.u.ga.ta.
傍晚

▷ 夜
_{よる}
yo.ru.
夜晚

▷ 真夜中
_{まよなか}
ma.yo.na.ka.
午夜

▷ 未来
_{みらい}
mi.ra.i.
未來

時間單位

▷ 一秒
_{いちびょう}
i.chi.byo.u.
一秒

▷ 一分
_{いっぷん}
i.bbu.n.
一分鐘

▷ 半時間　　　　　　半小時
ha.n.ji.ka.n.

▷ 一時間　　　　　　一個小時
i.chi.ji.ka.n.

▷ 一日　　　　　　　一天
i.chi.ni.chi.

▷ 一週　　　　　　　一個星期
i.sshu.u.

▷ 一ヶ月　　　　　　一個月
i.kka.ge.tsu.

▷ 一年　　　　　　　一年
i.chi.ne.n.

實用例句

1　６０分で１時間です。
ro.ku.ju.ppu.n.de.i.chi.ji.ka.n.de.su.
６０分鐘是１小時。

2　一時間は三千六百秒です。
i.chi.ji.ka.n.wa./sa.n.ze.n.ro.ppya.ku.byo.u.de.su.
一小時是三千六百秒。

3　１日は24時間です。
i.chi.ni.chi.wa./ni.ju.u.yo.ji.ka.n.de.su.
１天是２４小時。

•track　176

相關單字

▷ 時　　　　　　　　小時
ji.

▷ 分　　　　　　　　　分鐘
　fu.n.

▷ 秒　　　　　　　　　秒
　byo.u.

▷ とき　　　　　　　　片刻
　to.ki.

▷ 期日　　　　　　　　日期
　ki.ji.tsu.

▷ 月　　　　　　　　　月份
　ge.tsu.

▷ 季節　　　　　　　　季節
　ki.se.tsu.

▷ 年　　　　　　　　　年
　to.shi.

慣用例句

一週間
i.sshu.ka.n.
一個星期

說明　日文中，要表示「期間」、「花了多少時間」時，就會用「間」這個字。比如說，要說花了一個小時寫功課，此時的一小時，就要用「一時間」來表示。

例　最低 2 週間以上かかります。

sa.i.te.i.ni.shu.u.ka.n.i.jo.u.ka.ka.ri.ma.su.

最少需要花兩星期以上。

小時

▷ 一時
i.chi.ji.

一點

▷ 二時
ni.ji.

兩點

▷ 三時
sa.n.ji.

三點

▷ 四時
yo.ji.

四點

▷ 五時
go.ji.

五點

▷ 六時
ro.ku.ji.

六點

▷ 七時
shi.chi.ji.

七點

▷ 八時
ha.chi.ji.

八點

▷ 九時
ku.ji.

九點

▷ 十時
ju.u.ji.

十點

▷ 十一時
ju.u.i.chi.ji.

十一點

▷ 十二時
ju.u.ni.ji.

十二點

▷ 五分　　　　　　五分
go.fu.n.

▷ 十分　　　　　　十分
ju.ppu.n.

▷ 半　　　　　　　半
ha.n.

日期

•track　178

▷ 一月　　　　　　一月
i.chi.ga.tsu.

▷ 二月　　　　　　二月
ni.ga.tsu.

▷ 三月　　　　　　三月
sa.n.ga.tsu.

▷ 四月　　　　　　四月
shi.ga.tsu.

▷ 五月　　　　　　五月
go.ga.tsu.

▷ 六月　　　　　　六月
ro.ku.ga.tsu.

▷ 七月　　　　　　七月
shi.chi.ga.tsu.

▷ 八月　　　　　　八月
ha.chi.ga.tsu.

▷ 九月　　　　　　九月
ku.ga.tsu.

▷ 十月 _{じゅうがつ}　十月
ju.u.ga.tsu.

▷ 十一月 _{じゅういちがつ}　十一月
ju.u.i.chi.ga.tsu.

▷ 十二月 _{じゅうにがつ}　十二月
ju.u.ni.ji.ga.tsu.

▷ 一日 _{ついたち}　一號
tsu.i.ta.chi.

▷ 二日 _{ふつか}　二號
fu.tsu.ka.

▷ 三日 _{みっか}　三號
mi.kka.

▷ 四日 _{よっか}　四號
yo.kka.

▷ 五日 _{いつか}　五號
i.tsu.ka.

▷ 六日 _{むいか}　六號
mu.i.ka.

▷ 七日 _{なのか}　七號
na.no.ka.

▷ 八日 _{ようか}　八號
yo.u.ka.

▷ 九日 _{ここのか}　九號
ko.ko.no.ka.

▷ 十日 _{とおか}　十號
to.o.ka.

▷ 二十日 _{はつか}　二十號
ha.tsu.ka.

▷ 日曜日　　　　　　　星期日
ni.chi.yo.u.bi.

▷ 月曜日　　　　　　　星期一
ge.tsu.yo.u.bi.

▶ 火曜日　　　　　　　星期二
ka.yo.u.bi.

● track　179

▷ 水曜日　　　　　　　星期三
su.i.yo.u.bi.

▷ 木曜日　　　　　　　星期四
mo.ku.yo.u.bi.

▷ 金曜日　　　　　　　星期五
ki.n.yo.u.bi.

▷ 土曜日　　　　　　　星期六
do.yo.u.bi.

假日／節慶

▷ 祝日　　　　　　　　國定假日
shu.ku.ji.tsu.

▷ 休み　　　　　　　　假日
ya.su.mi.

▷ バカンス　　　　　　長假
ba.ka.n.su.

▷ ゴールデンウイーク／ GW　　黃金週
go.o.ru.de.n.u.i.i.ku.

▷ 行事　　　　　　　　節慶／喜慶日
gyo.u.ji.

▷ お盆　　　　　　　　盆盂蘭節
o.bo.n.

▷ お中元　　　　　　　　中元節
ちゅうげん
o.chu.u.ge.n.

▷ 御歳暮　　　　　　　　年終
おせいぼ
o.se.i.bo.

▷ 歳末　　　　　　　　　過年
さいまつ
o.sa.i.ma.tsu.

▷ 旧正月　　　　　　　　農曆年
きゅうしょうがつ
kyu.u.sho.u.ga.tsu.

▷ クリスマス　　　　　　聖誕節
ku.ri.su.ma.su.

▷ バレンタインデー　　　情人節
ba.re.n.ta.i.n.de.e.

▶ こどもの日　　　　　　兒童節
ひ
ko.do.mo.no.hi.

track　180

▷ ひな祭り　　　　　　　女兒節
まつ
hi.na.ma.tsu.ri.

▷ 七夕　　　　　　　　　七夕
たなばた
ta.na.ba.ta.

實用例句

1 明日はバレンタインデーです。
あした
a.shi.ta.wa./ba.re.n.ta.i.n.de.e.de.su.
明天是情人節。

2 今日はクリスマス当日で、街全体がクリスマスムードの
きょう　　　　　　　　とうじつ　　まちぜんたい
状況です。
じょうきょう
kyo.u.wa./ku.ri.su.ma.su.to.u.ji.tsu.de./ma.chi.ze.n.ta.i.ga./ku.ri.
su.ma.su.mu.u.do.no./jo.u.kyo.u.de.su.
今天是聖誕節，街上都籠罩在聖誕過節氣氛裡。

3 社長にお中元を贈ります。

sha.cho.u.ni./o.chu.u.ge.n.o./o.ku.ri.ma.su.

送社長中元節禮物。

相關單字

▷ 周年　　　　　　　　週年
shu.u.ne.n.

▷ 記念日　　　　　　　紀念日
ki.ne.n.bi.

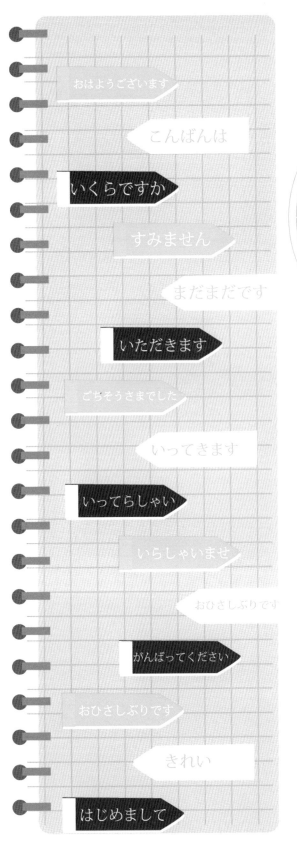

おはようございます

こんばんは

いくらですか

すみません

まだまだです

いただきます

ごちそうさまでした

いってきます

いってらしゃい

いらしゃいませ

おひさしぶりです

がんばってください

おひさしぶりです

きれい

はじめまして

Part

生活用品篇

紙類

• track 181

▷ 紙
かみ
ka.mi.
紙

▷ コピー用紙
ようし
ko.pi.i.yo.u.shi.
影印紙

▷ ノート
no.o.to.
筆記簿

▷ ルーズリーフ
ru.u.zu.ri.i.fu.
活頁簿

▷ 替え紙
か　がみ
ka.e.ga.mi.
（可換的）內頁

▷ 手帳
てちょう
te.cho.u.
手札

▷ メモ
me.mo.
便條紙

▷ 付箋
ふせん
fu.se.n.
便條紙

▷ 原稿用紙
げんこうようし
ge.n.ko.u.yo.u.shi.
稿紙／畫稿紙

▷ マスキングテープ
ma.su.ki.n.gu./te.e.pu.
紙膠帶

▷ ポストイット
po.su.to./i.tto.
浮貼便條紙

▷ 便箋
びんせん
bi.n.se.n.
信紙

▷ 封筒
ふうとう
fu.u.to.u.
紙封

實用例句

1 来年の手帳を購入しました。
ra.i.ne.n.no.te.cho.u.o./ko.u.nyu.u.shi.ma.shi.ta.
買了明年的記事本。

2 ボストイットに彼女の言葉を書きました。
po.su.to.i.tto.ni./ka.no.jo.no.ko.to.ba.o./ka.ki.ma.shi.ta.
在便利貼寫上她講的話。

3 頑張ってまとめルーズリーフを作った甲斐がありました。
ga.n.ba.tte.ma.to.me./ru.u.zu.ri.i.fu.o.tsu.ku.tta.ka.i.ga./a.ri.ma.
shi.ta.
努力整理做了活頁筆記，總算是有了價值。

相關單字

▷ 再生紙　　　　　　　再生紙
sa.i.se.i.shi.

▷ クラフト紙　　　　　牛皮紙
ku.ra.fu.to.shi.

▷ カーボン紙　　　　　複寫紙
ka.a.bo.n.shi.

▷ ボール紙　　　　　　厚紙板
bo.o.ru.ga.mi.

▷ 包み紙　　　　　　　包裝紙
tsu.tsu.mi.ga.mi.

●track 182

黏著工具

▷ セロハンテープ　　　透明膠帶
se.ro.ha.n./te.e.pu.

▷ ガムテープ　　　　　膠帶
ga.mu.te.e.pu.

▷ ビニールテープ　　　防水膠帶
bi.ni.i.ru./te.e.pu.

▷ <ruby>両面<rt>りょうめん</rt></ruby>テープ　　　雙面膠
ryo.u.me.n./te.e.pu.

▷ のり　　　　　　　　膠水
no.ri.

▷ スティックのり　　　口紅膠
su.ti.kku.no.ri.

▷ <ruby>瞬間接着剤<rt>しゅんかんせっちゃくざい</rt></ruby>　　三秒膠
shu.n.ka.n./se.ccha.ku.za.i.

▷ コロコロ　　　　　　清潔黏著捲筒
ko.ro.ko.ro.

▷ テープカッター　　　膠帶台
te.e.pu./ka.tta.a.

實用例句

1 セロテープで<ruby>内側<rt>うちがわ</rt></ruby>から<ruby>止<rt>と</rt></ruby>めます。
se.ro.te.e.pu.de./u.chi.ga.wa.ka.ra./to.me.ma.su.
用透明膠帶從裡面貼住。

2 スティックのりで<ruby>厚紙<rt>あつがみ</rt></ruby>に<ruby>貼<rt>は</rt></ruby>り<ruby>付<rt>つ</rt></ruby>けました。
su.ti.kku.no.ri.de./a.tsu.ga.mi.ni.ha.ri.tsu.ke.ma.shi.ta.
用口紅膠貼在厚紙上。

3 <ruby>位置<rt>いち</rt></ruby>がずれないようにマグネットを<ruby>両面<rt>りょうめん</rt></ruby>
テープで<ruby>台座<rt>だいざ</rt></ruby>に<ruby>貼<rt>は</rt></ruby>り<ruby>付<rt>つ</rt></ruby>けました。
i.chi./ga.zu.re.na.i.yo.u.ni./ma.gu.ne.tto.o./ryo.u.me.n.te.e.pu.de./
da.i.za.ni./ha.ri.tsu.ke.ma.shi.ta.
為了不讓位置跑掉，把磁鐵用雙面膠貼在底座上。

筆

track 183

▷ 鉛筆
えんぴつ
e.n.pi.tsu.
鉛筆

▷ チョーク
cho.u.ku.
粉筆

▷ シャープペンシル
cha.a.pu.pe.n.shi.ru.
自動鉛筆

▷ ペン
pe.n.
筆

▷ 万年筆
まんねんひつ
ma.n.ne.n.hi.tsu.
鋼筆

▷ ボールペン
bo.o.ru.pe.n.
原子筆

▷ 蛍光ペン
けいこう
ke.i.ko.u.pe.n.
螢光筆

▷ マーカー
ma.a.ka.a.
麥克筆／螢光筆

▷ 筆
ふで
fu.de.
毛筆

▷ カラーペン
ka.ra.a.pe.n.
彩色筆

▷ クレヨン
ku.re.yo.n.
蠟筆

▷ 色鉛筆
いろえんぴつ
i.ro.e.n.bi.tsu.
色鉛筆

實用例句

1　２４０色の色鉛筆がほしいです。
ni.hya.ku.yo.n.ju.u.sho.ku.no.i.ro.e.n.pi.tsu.ga.ho.shi.i.de.su.
想要２４０色的色鉛筆。

2　シャーペンでメモします。
sha.a.pe.n.de./me.mo.shi.ma.su.
用自動筆記筆記。

相關單字

▷ 油性　　　　　　　　　油性
yu.se.i.

▷ 水性　　　　　　　　　水性
su.i.se.i.

常用文具

● track　184

▷ 文具／文房具　　　　　文具
bu.n.gu./bu.n.bo.u.gu.

▷ ペンケース／筆入れ　　鉛筆盒／筆袋
pe.n.ke.e.su./fu.de.i.re.

▷ インク　　　　　　　　墨水
i.n.ku.

▷ スタンプ　　　　　　　印章
su.ta.n.pu.

▷ 消しゴム　　　　　　　板擦／橡皮擦
ke.shi.go.mu.

▷ 修正液　　　　　　　　修正液
shu.u.se.i.e.ki.

▷ 修正テープ　　　　　修正帶
しゅうせい
shu.u.se.i.te.e.pu.

▷ 下敷き　　　　　　　塾板
したじ
shi.ta.ji.ki.

▷ 磁石　　　　　　　　磁鐵
じしゃく
ji.sha.ku.

▷ 定規　　　　　　　　尺
じょうぎ
jo.u.gi.

▷ はさみ　　　　　　　剪刀
ha.sa.mi.

▷ カッター　　　　　　美工刀
ka.tta.a.

▷ 画鋲　　　　　　　　圖釘
がびょう
ga.byo.u.

▷ ピン　　　　　　　　大頭針
pi.n.

▷ 鉛筆立て　　　　　　筆筒
えんぴつた
e.n.pi.tsu.ta.te.

▷ ホッチキス　　　　　釘書機
ho.cchi.ki.su.

▷ ホッチキス針　　　　釘書針
はり
ho.cchi.ki.su.ba.ri.

▷ クリップ　　　　　　夾子／迴紋針
ku.ri.ppu.

▷ 鉛筆削り　　　　　　削鉛筆機
えんぴつけず
e.n.pi.tsu.ke.zu.ri.

▷ コンパス　　　　　　圓規
ko.n.pa.su.

▷ ^{でんたく}電卓　　　　　　　計算機
de.n.ta.ku.

▷ シュレッダー　　　　碎紙機
shu.re.dda.a.

餐具

▷ フォーク　　　　　　叉子
fo.o.ku.

▷ ^{はし}箸　　　　　　　　　筷子
ha.shi.

▷ ^わ割り^{ばし}箸　　　　　　　　免洗筷
wa.ri.ba.shi.

▷ マイ^{はし}箸　　　　　　　　（自備）環保筷
ma.i.ha.shi.

▷ ^{はし}箸^お置き　　　　　　　筷架
ha.shi.o.ki.

▷ スプーン／さじ　　　湯匙
su.pu.u.n./sa.ji.

▷ ティースプーン　　　茶匙
ti.i.su.pu.u.n.

▷ ナイフ　　　　　　　刀子
na.i.fu.

▷ バターナイフ　　　　抹刀
ba.ta.a./na.i.fu.

▷ ディナーナイフ　　　餐刀
di.na.a./na.i.fu.

▷ ディナーフォーク　　餐叉
de.na.a./fo.o.ku.

▷ ディナースプーン　　　餐匙
di.na.a./su.pu.u.n.

▷ ケーキフォーク　　　　蛋糕叉
ke.e.ki.fo.o.ku.

▷ れんげ　　　　　　　　喝湯用較深的湯匙
re.n.ge.

實用例句

1 すみません、スプーンをください。
su.mi.ma.se.n./su.pu.u.n.o./ku.da.sa.i.
不好意思，請給我湯匙。

2 フォークでパスタを食べます。
fo.o.ku.de./pa.su.ta.o.ta.be.ma.su.
用叉子吃義大利麵。

3 子供がまだお箸が握れなくて困っています。
ko.do.mo.ga./ma.da.o.ha.shi.ga./ni.gi.ra.re.na.ku.te./ko.ma.tte.i.
ma.su.
孩子不會拿筷子讓我覺得煩惱。

盤子

● track　186

▷ 和皿　　　　　　　　　日式盤子
wa.za.ra.

▷ 小皿　　　　　　　　　小盤子
ko.za.ra.

▷ 焼き物皿　　　　　　　放魚等燒烤食物的盤子
ya.ki.mo.no./za.ra.

▷ 楕円皿　だえんざら
楕圓形的盤子
da.e.n.za.ra.

▷ 小鉢　こばち
小缽
ko.ba.chi.

▷ ブレッドプレート
裝麵包的盤子
bu.re.ddo./pu.re.e.to.

▷ デザートプレート
甜點的盤子
de.za.a.to./pu.re.e.to.

▷ スープボール
湯碗
su.u.pu./bo.o.ru.

▷ 受け皿　うざら
醬碟
u.ke.za.ra.

▷ トレー
裝托盤
to.re.e.

實用例句

1 焼肉を小皿に取り分けて頂きます。
ya.ki.ni.ku.o./ko.za.ra.ni.to.ri.wa.ke.te./i.ta.da.ki.ma.su.
把烤肉放在小盤子裡分食。

2 パンを次から次へとトレーに乗せます。
pa.n.o./tsu.gi.ka.ra.tsu.gi.e.to./to.re.e.ni./no.se.ma.su.
不停的把麵包放到托盤上。

3 夕食の皿を洗いました。
yu.u.sho.ku.no.sa.re.o./a.ra.i.ma.shi.ta.
洗了晚餐的盤子。

相關單字

▷ 薬味醤油皿　　　　　醬油碟子
　<ruby>薬<rt>や</rt></ruby><ruby>味<rt>く</rt></ruby><ruby>醤<rt>み</rt></ruby><ruby>油<rt>じょうゆ</rt></ruby><ruby>皿<rt>ざら</rt></ruby>
　ya.ku.mi./jo.u.yu./za.ra.

▷ グレイビーボート　　裝咖哩的杯子
　gu.re.i.bi.i.bo.o.to.

杯子／水壺　　　　　•track　187

▷ 紙コップ　　　　　　紙杯
　<ruby>紙<rt>かみ</rt></ruby>コップ
　ka.mi.ko.ppu.

▷ コーヒーカップ　　　咖啡杯
　ko.o.hi.i.ka.ppu.

▷ グラス　　　　　　　玻璃杯
　gu.ra.su.

▷ マグ　　　　　　　　馬克杯
　ma.gu.

▷ 魔法瓶　　　　　　　保温瓶
　<ruby>魔<rt>ま</rt></ruby><ruby>法<rt>ほう</rt></ruby><ruby>瓶<rt>びん</rt></ruby>
　ma.ho.u.bi.n.

▷ ワイングラス　　　　酒杯
　wa.i.n.gu.ra.su.

▷ コップ　　　　　　　茶杯
　ko.ppu.

▷ ロックグラス　　　　威士忌杯
　ro.kku.gu.ra.su.

▷ ブランデーグラス　　白蘭地杯
　bu.ra.n.de.e.gu.ra.su.

▷ ジョッキー　　　　　啤酒杯
　jo.kki.i.

▷ シャンパングラス　　香檳杯
sha.n.pa.n.gu.ra.su.

▷ やかん　　水壺
ya.ka.n.

▷ 水差し　　涼水壺
mu.zu.sa.shi.

▷ ティーポット　　茶壺
ti.i.po.tto.

▷ コーヒーポット　　咖啡壺
ko.o.hi.i.po.tto.

▷ トング　　裝冰塊的小桶
to.n.gu.

▷ タンブラー　　隨行杯

實用例句

1　スタバの新作タンブラーを見ると、つい買ってしまった。
su.ta.ba.no.shi.n.sa.ku.ta.n.bu.ra.a.o.mi.ru.to./tsu.i.ka.tte.shi.ma.
tta.
看到星巴克新出的隨行杯，忍不住就買了。

2　私のコップが割れてしまった。
wa.ta.shi.no.ko.ppu.ga./wa.re.te.shi.ma.tta.
我的杯子破了。

3　この店はマグカップで飲み物を出します。
ko.no.mi.se.wa./ma.gu.ka.ppu.de./no.mi.no.no.o./da.shi.ma.su.
這家店是用馬克杯裝飲料。

鍋具

▷ フライパン　　　　平底鍋
　fu.ra.i.pa.n.

▷ 鍋（なべ）　　　　鍋子
　na.be.

▷ 中華鍋（ちゅうかなべ）　　　中式炒鍋
　chu.u.ka.na.be.

▷ 圧力鍋（あつりょくなべ）　　　壓力鍋
　a.tsu.ryo.ku.na.be.

▷ 鉄板（てっぱん）　　　　鐵板
　te.ppa.n.

▷ 土鍋（どなべ）　　　　砂鍋
　do.na.be.

▷ グリル　　　　燒烤用具
　gu.ri.ru.

▷ 片手鍋（かたてなべ）　　　單柄鍋
　ka.ta.te.na.be.

▷ 両手鍋（りょうてなべ）　　　雙柄鍋
　ryo.u.te.na.be.

▷ てんぷら鍋（なべ）　　　炸鍋
　te.n.pu.ra.na.be.

實用例句

1 深（ふか）めの鍋（なべ）にだしを入（い）れます。
　fu.ka.me.no.na.be.ni./da.shi.o.i.re.ma.su.
　在較深的鍋子裡加入高湯。

2 鍋が温まったら弱火にして蒸す。
na.be.ga.a.ta.ta.ma.tta.ra./yo.wa.bi.ni.shi.te./mu.su.

鍋子熱了之後轉小火悶煮。

3 蓋のある鍋にキャベツを敷き牛肉をのせます。
fu.ta.no.a.ru.na.be.ni./kya.be.tsu.o.shi.ki./gyu.u.ni.ku.o.no.se.ma.
su.

在有蓋子的鍋子裡鋪上高麗菜後再放上牛肉。

4 土鍋でおいしいご飯を炊きます。
do.na.be.de./o.i.shi.i.go.ha.n.o./ta.ki.ma.su.

用砂鍋煮好吃的飯。

• track 189

廚房用具

▷ 皮むき　　　　　　　削皮刀
ka.wa.mu.ki.

▷ 刺身包丁　　　　　　生魚片刀
sa.shi.mi./bo.u.cho.u.

▷ 包丁　　　　　　　　菜刀
ho.u.cho.u.

▷ ピザカッター　　　　比薩刀
pi.za.ka.tta.a.

▷ まないた　　　　　　砧板
ma.na.i.ta.

▷ 研ぎ器　　　　　　　磨刀器
to.gi.ki.

▷ ざる　　　　　　　　篩子／可濾水的容器
za.ru.

▷ 粉ふるい　　　　　　　濾篩（較細的）
こな
ko.na.fu.ru.i.

▷ じょうご　　　　　　　漏斗
jo.u.go.

▷ フライ返し　　　　　　鍋鏟
がえ
fu.ra.i.ga.e.shi.

▷ ゴムベラ　　　　　　　刮刀
go.mu.be.ra.

▷ ひしゃく　　　　　　　長柄杓
hi.sha.ku.

▷ スクープ　　　　　　　挖冰淇淋器具
su.ku.u.pu.

▷ しゃくし　　　　　　　飯杓
sha.ku.shi.

塑膠袋／鋁箔紙

•track　190

▷ ビニール袋　　　　　　塑膠袋
ぶくろ
bi.ni.i.ru.bu.ku.ro.

▷ 紙袋　　　　　　　　　紙袋
かみぶくろ
ka.mi.bu.ku.ro.

▷ ゴミ袋　　　　　　　　垃圾袋
ぶくろ
go.mi.bu.ku.ro.

▷ アルミ箔　　　　　　　鋁箔紙
はく
a.ru.mi.ha.ku.

▷ ラップ　　　　　　　　保鮮膜
ra.ppu.

▷ **ワックスペーパー**　　　　烤盤紙
wa.kku.su./pe.e.pa.a.

▷ **フリーザーバッグ**　　　　保鮮袋
fu.ri.i.za.a./ba.ggu.

▷ **保存容器**　　　　保鮮盒
<ruby>ほ<rt></rt></ruby>ぞんようき
ho.zo.n.yo.u.ki.

實用例句

1 ビニール<ruby>袋<rt>ぶくろ</rt></ruby>がいりません。
bi.ni.i.ru.bu.ku.ro.ga./i.ri.ma.se.n.
不需要塑膠袋。

2 キャベツを<ruby>耐熱皿<rt>たいねつざら</rt></ruby>に<ruby>盛<rt>も</rt></ruby>り、ラップしてレンジで<ruby>加熱<rt>かねつ</rt></ruby>します。
kya.be.tsu.o./ta.i.ne.tsu.za.ra.ni.mo.ri./ra.ppu.shi.te./re.n.ji.de.ka.ne.tsu.shi.ma.su.
把高麗菜盛到耐熱盤子上，封上保鮮膜後用微波爐加熱。

相關單字

▷ **ストロー**　　　　吸管
su.to.ro.o.

▷ **ボウル**　　　　碗
bo.u.ru.

▷ **シリアルボール**　　　　吃殼片用的大碗
shi.ri.a.ru./bo.o.ru.

▷ **パスタボール**　　　　裝意大利麵的大碗
pa.su.ta./bo.o.ru.

▷ **計量カップ**　　　　量杯
<ruby>けいりょう<rt></rt></ruby>
ke.i.ryo.u./ka.ppu.

▷ 計量スプーン　　　　計量匙
けいりょう
　ke.i.ryo.u.su.pu.u.n.

▷ キッチンスケール　　廚房小磅秤
　ki.cchi.n./su.ke.e.ru.

▷ 栓抜き　　　　　　　開瓶器
せんぬ
　se.n.nu.ki.

▷ コルク栓抜き　　　　軟木塞拔／開酒器
せんぬ
　ko.ru.ku.se.n.nu.ki.

▷ 缶切り　　　　　　　開罐器
かんき
　ka.n.ki.ri.

▷ めん棒　　　　　　　桿麵棍
ぼう
　me.n.bo.u.

▷ すり鉢　　　　　　　磨東西的缽
ばち
　su.ri.ba.chi.

衣物整理

• track　191

▷ 洗濯　　　　　　　　洗衣
せんたく
　se.n.ta.ku.

▷ 洗濯機　　　　　　　洗衣機
せんたくき
　se.n.ta.ku.ki.

▷ 乾燥機　　　　　　　乾衣機
かんそうき
　ka.n.so.u.ki.

▷ 洗濯物　　　　　　　要洗的衣服
せんたくもの
　se.n.ta.ku.mo.no.

▷ 洗濯物カゴ　　　　　洗衣籃
せんたくもの
　se.n.ta.ku.mo.no./ka.go.

▷ 洗剤 _{せんざい}　　　　　洗衣粉
se.n.za.i.

▷ 柔軟剤／ソフナー_{じゅうなんざい}　　柔軟精
ju.u.na.n.za.i./so.fu.na.a.

▷ 漂白剤 _{ひょうはくざい}　　　　漂白水
hyo.u.ha.ku.za.i.

▷ 洗い _{あら}　　　　　洗衣
a.ra.i.

▷ すすぎ　　　　　沖滌
zu.zu.gi.

▷ 脱水 _{だっすい}　　　　　脱水
da.ssu.i.

▷ 干す _ほ　　　　　晾衣服
ho.su.

▶ ピン　　　　　衣夾　　　　　• track 192
pi.n.

▷ 洋服掛け _{ようふくが}　　　衣架
yo.u.fu.ku.ga.ke.

實用例句

1 柔軟剤を使います。
ju.u.na.n.za.i.o./tsu.ka.i.ma.su.
用柔軟精。

2 洗濯物を干すスペースが足りないです。
se.n.ta.ku.mo.no.o./ho.su.su.pe.e.su.ga./ta.ri.na.i.de.su.
晒衣服的空間不夠。

相關單字

▷ **クロゼット**　　　　　衣櫥
　ku.ro.ze.tto.

▷ **たたむ**　　　　　　　摺／疊(衣服)
　ta.ta.mu.

▷ **ドライクリーニング**　　乾洗
　do.ra.i./ku.ri.i.ni.n.gu.

▷ **クリーニング**　　　　洗衣店
　ku.ri.i.ni.n.gu.

▷ **ぐちゃぐちゃ**　　　　(衣服)皺
　gu.cha.gu.cha.

▷ **アイロンをかける**　　燙(衣服)
　a.i.ro.n.o./ka.ke.ru.

▷ **アイロン**　　　　　　熨斗
　a.i.ro.n.

▷ **アイロン台**　　　　　燙衣板
　a.i.ro.n.da.i.

寝具

▷ **まくら**　　　　　　　枕頭
　ma.ku.ra.

▷ **シート**　　　　　　　床單
　shi.i.to.

▷ **ベットカバー**　　　　床罩
　be.ddo.ka.ba.a.

▷ **毛布**　　　　　　　　毛毯
　mo.u.fu.

▷ <ruby>布団<rt>ふとん</rt></ruby>　　　　　　　厚被
　　fu.to.n.

▷ マットレスベッド　　　彈簧床
　　ma.tto.re.su./be.ddo.

▷ <ruby>低反発<rt>ていはんぱつ</rt></ruby>ベッド　　　記憶床
　　te.i.ha.n.pa.tsu./be.ddo.

▷ シングルベッド　　　　單人床
　　shi.n.gu.ru./be.ddo.

▷ キングサイズ　　　　　大床
　　ki.n.gu.sa.i.zu.

▷ セミダブルベッド　　　雙人床（較小）
　　se.mi.da.bu.ru./be.ddo.

▷ ダブルベッド　　　　　雙人床
　　da.bu.ru.be.ddo.

▷ <ruby>二段<rt>にだん</rt></ruby>ベッド　　　　　雙層床
　　ni.da.n.be.ddo.

▷ ナイトテーブル　　　　床頭櫃
　　na.i.to./te.e.bu.ru.

實用例句

1　<ruby>子供<rt>こども</rt></ruby>たちに<ruby>二段<rt>にだん</rt></ruby>ベッドを<ruby>購入<rt>こうにゅう</rt></ruby>します。
　　ko.do.mo.ta.chi.ni./ni.da.n.be.ddo.o./ko.u.nyu.u.shi.ma.su.
　　幫小朋友買了雙層床。

2　キングサイズのベッドで<ruby>寝<rt>ね</rt></ruby>たいなあ。
　　ki.n.gu.sa.i.zu.no.be.ddo.de./ne.ta.i.na.a.
　　好想在特大的床上睡覺喔。

浴室設備

•track 194

▷ シャワーヘッド　　　　蓮蓬頭
　sha.wa.a./he.ddo.

▷ 節水シャワーヘッド　　省水蓮蓬頭
　se.ssu.i./sha.wa.a./he.ddo.

▷ 蛇口　　　　　　　　　水龍頭
　ja.gu.chi.

▷ バスタブ　　　　　　　浴缸
　ba.su.ta.bu.

▷ タオル掛け　　　　　　毛巾架
　ta.o.ru.ga.ke.

▷ かがみ　　　　　　　　鏡子
　ka.ga.mi.

▷ 便器　　　　　　　　　馬桶
　be.n.ki.

▷ ウォシュレット　　　　免治馬桶
　wo.shu.re.tto.

▷ タンク　　　　　　　　馬桶水箱
　ta.n.ku.

▷ 手洗い付きタンク　　　附洗手台的馬桶水箱
　te.a.ra.i.tsu.ki./ta.n.ku.

▷ シャワーカーテン　　　浴簾
　sha.wa.a./ka.a.te.n.

▷ ドライヤー　　　　　　吹風機
　do.ra.i.ya.

▷ **換気扇**　　　　　　　抽風機
　ka.n.ki.se.n.

▷ **ティッシュペーパー**　　面紙／衛生紙
　ti.sshu.pe.e.pa.a.

▷ **トイレットペーパー**　　衛生紙
　to.i.re.tto./pe.e.pa.a.

▷ **ゴミ箱**　　　　　　　垃圾桶
　go.mi.ba.ko.

▷ **タオル**　　　　　　　毛巾
　ta.o.ru.

▷ **シャワーキャップ**　　浴帽
　sha.wa.a./kya.ppu.

▷ **風呂ふた**　　　　　　蓋在浴缸上的蓋子
　fu.ro.fu.ta.

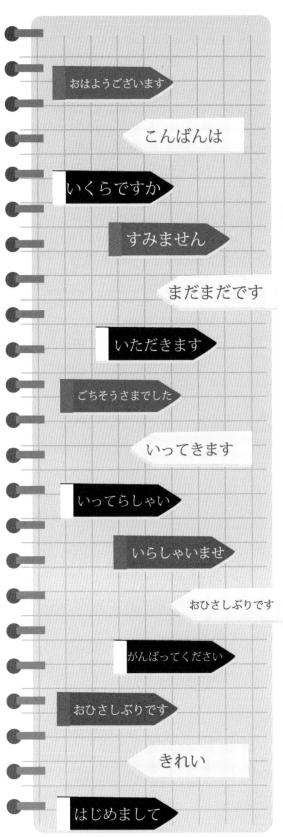

おはようございます

こんばんは

いくらですか

すみません

まだまだです

いただきます

ごちそうさまでした

いってきます

いってらしゃい

いらしゃいませ

おひさしぶりです

がんばってください

おひさしぶりです

きれい

はじめまして

Part

國際世界篇

世界各國名、首都

• track 195

▷ **アフガニスタン、カブール**
阿富汗、喀布爾
a.fu.ga.ni.su.ta.n./ka.bu.u.ru.

▷ **アルバニア、ティラナ**
阿爾巴尼亞、地拉那
a.ru.ba.ni.a./ti.ra.na.

▷ **アルジェリア、アルジェ**
阿爾及利亞、阿爾及爾
a.ru.je.ri.a./a.ru.je.

▷ **アメリカ合衆国、ワシントン DC**
　　　　がっしゅうこく
美國、華盛頓
a.me.ri.ka.ka.sshu.u.ko.ku./wa.shi.n.to.n.d.c.

▷ **アンゴラ、ルアンダ**
安哥拉、魯安達
a.n.go.ra./ru.a.n.da.

▷ **アルゼンチン、ブエノスアイレス**
阿根廷、布宜諾斯艾利斯
a.ru.ze.n.chi.n./bu.e.no.su.a.i.re.su.

▷ **アルメニア、エレバン**
亞美尼亞、葉里温
a.ru.me.ri.a./e.re.ba.n.

▷ **オーストラリア、キャンベラ**
澳大利亞、坎培拉
o.o.su.to.ra.ri.a./kya.n.be.ra.

▷ **オーストリア、ウィーン**
奧地利、維也納
o.o.su.to.ri.a./ui.i.n.

▷ アゼルバイジャン、バクー
亞塞拜然、巴庫
a.ze.ru.ba.i.ja.n./ba.ku.u.

▷ バハマ、ナッソー
巴哈馬、拿騷
ba.ha.na./na.sso.u.

▷ ベラルーシ、ミンスク
白俄羅斯、明斯克
be.ra.ru.u.shi./mi.n.ku.su.

▷ ベルギー、ブリュッセル
比利時、布魯塞爾
be.ru.gi.i./bu.ryu.sse.ru.

▷ ベリーズ、ベルモパン
貝里斯、貝爾墨邦
be.ri.i.zu./be.ru.mo.n.pa.n.

▷ ブータン、ティンプー
不丹、辛布
bu.u.ta.n./ti.n.pu.u.

▷ ボリビア、ラパス
玻利維亞、拉巴斯
bo.ri.bi.a./ra.pa.su.

▷ ブラジル、ブラジリア
巴西、巴西利亞
bu.ra.ji.ru./bu.ra.ji.ri.a.

▷ ブルネイ、バンダルスリブガワン
汶萊、斯里貝加萬市
bu.ru.ne.i./ba.n.da.ru.su.ri.bu.ga.wa.n.

▶ ブルガリア、ソフィア
保加利亞、索菲亞
bu.ru.ga.ri.a./so.fi.a.

•track 196

▷ カンボジア、プノンペン
　柬埔寨、金邊
　ka.n.bo.ji.a./pu.no.n.pe.n.

▷ カナダ、オタワ
　加拿大、渥太華
　ka.na.da./o.ta.wa.

▷ 中央アフリカ共和国、バンギ
　中非、班基
　chu.u.o.u.a.fu.ri.ka.kyo.u.wa.ko.ku./ba.n.gi.

▷ 中国、北京
　中華人民共和國、北京
　chu.u.go.ku./pe.ki.n.

▷ コロンビア、ボゴタ
　哥倫比亞、波哥大
　ko.ro.n.bi.a./bo.go.ta.

▷ クロアチア、ザグレブ
　克羅埃西亞、札格拉布
　ku.ro.a.chi.a./za.gu.re.bu.

▷ キューバ、ハバナ
　古巴、哈瓦那
　kyu.u.ba./ha.ba.na.

▷ キプロス共和国、ニコシア
　賽普勒斯、尼古西亞
　ki.pu.ro.su.kyo.u.wa.ko.ku./ni.ko.shi.a.

▷ チェコ共和国、プラハ
　捷克、布拉格
　che.ko.kyo.u.wa.ko.ku./pu.ra.ha.

▷ デンマーク、コペンハーゲン
　丹麥、哥本哈根
　de.n.ma.a.ku./ko.pe.n.ha.a.ge.n.

▷ ドミニカ国<ruby>こく</ruby>、ロゾー

多米尼克、羅梭

do.mi.ni.ka.ko.ku./ro.zo.o.

▷ ドミニカ共和国<ruby>きょうわこく</ruby>、サントドミンゴ

多明尼加、聖多明哥

do.mi.ni.ka.kyo.u.wa.ko.ku./sa.n.to.do.mi.n.go.

▷ エクアドル、キト

厄瓜多、基多

e.ku.a.do.ru./ki.to.

▷ エジプト、カイロ

埃及、開羅

e.ji.pu.to./ka.i.ro.

▷ エルサルバドル、サンサルバドル

薩爾瓦多、聖薩爾瓦多

e.ru.sa.ru.ba.do.ru./sa.n.sa.ru.ba.do.ru.

▷ 赤道<ruby>せきどう</ruby>ギニア、マラボ

赤道幾內亞、馬拉波

se.ki.do.u.gi.ni.a./ma.ra.bo.

▷ エストニア、タリン

愛沙尼亞、塔林

e.su.to.ni.a./ta.ri.n.

▶ フィジー、スバ

斐濟、蘇瓦

fi.ji.i./su.ba.

•track 197

▷ フィンランド、ヘルシンキ

芬蘭、赫爾辛基

fi.n.ra.n.do./he.ru.shi.n.ki.

▷ フランス、パリ

法國、巴黎

fu.ra.n.su./pa.ri.

▷ **ガンビア、バンジュル**
甘比亞、班竹市
ga.n.bi.a./ba.n.ju.ru.

▷ **グルジア、トビリシ**
喬治亞、提比利西
gu.ru.ji.a./to.bi.ri.shi.

▷ **ドイツ、ベルリン**
德國、柏林
do.i.tsu./be.ru.ri.n.

▷ **ギリシャ、アテネ**
希臘、雅典
gi.ri.sha./a.te.ne.

▷ **グアテマラ、グアテマラ市**
瓜地馬拉、瓜地馬拉市
gu.a.te.ma.ra./gu.a.te.ma.ra.shi.

▷ **バチカン市国、バチカン**
梵蒂岡、梵蒂岡城
ba.chi.ka.n.shi.ko.ku./ba.chi.ka.n.

▷ **ホンジュラス、テグシガルパ**
宏都拉斯、德古斯加巴
ho.n.ju.ra.su./te.gu.shi.ga.ru.ba.

▷ **ハンガリー、ブダペスト**
匈牙利、布達佩斯
ha.n.ga.ri.i./bu.da.pe.su.to.

▷ **アイスランド、レイキャビク**
冰島、雷克雅維克
a.i.su.ra.n.do./re.i.kya.bi.ku.

▷ **インド、ニューデリー**
印度、新德里
i.n.do./nyu.u.de.ri.i.

▷ **インドネシア、ジャカルタ**
印尼、雅加達
i.n.do.ne.sh.a./ja.ka.ru.ta.

▷ **イラン、テヘラン**
伊朗、德黑蘭
i.ra.n./te.he.ra.n.

▷ **イラク、バグダッド**
伊拉克、巴格達
i.ra.ku./ba.gu.da.ddo.

▷ **アイルランド、ダブリン**
愛爾蘭、都柏林
a.i.ru.ra.n.do./da.bu.ri.n.

▷ **イスラエル、エルサレム**
以色列、耶路撒冷
i.su.ra.e.ru./e.ru.sa.re.mu.

▷ **イタリア、ローマ**
義大利、羅馬
i.ta.ri.a./ro.o.ma.

▶ **ジャマイカ、キングストン** • track 198
牙買加、京斯敦
ja.ma.i.ka./ki.n.gu.su.to.n.

▷ **日本、東京**
にほん とうきょう
日本、東京
ni.ho.n./to.u.kyo.u.

▷ **ヨルダン、アンマン**
約旦、安曼
yo.ru.da.n./a.n.ma.n.

▷ **カザフスタン、アスタナ**
哈薩克、阿斯塔納
ka.za.fu.su.ta.n./a.su.ta.na.

▷ **ケニア、ナイロビ**
肯亞、奈洛比
ke.ni.a./na.i.ro.bi.

▷ **北<ruby>朝鮮<rt>きたちょうせん</rt></ruby>、<ruby>平壤<rt>ぴょんやん</rt></ruby>**
北韓、平壤
ki.ta.cho.u.se.n./pyo.n.ya.n.

▷ **<ruby>韓国<rt>かんこく</rt></ruby>、ソウル**
韓國、首爾
ka.n.ko.ku./so.u.ru.

▷ **クウェート、クウェート**
科威特、科威特市
ku.we.e.to./ku.we.e.to.

▷ **ラオス、ビエンチャン**
寮國、永珍
ra.o.su./bi.e.n.cha.n.

▷ **ラトビア、リガ**
拉脫維亞、里加
ra.to.bi.a./ri.ga.

▷ **レバノン、ベイルート**
黎巴嫩、貝魯特
re.ba.no.n./be.i.ru.u.to.

▷ **リベリア、モンロビア**
賴比瑞亞、蒙羅維亞
ri.be.ri.a./mo.n.ro.bi.a.

▷ **リビア、トリポリ**
利比亞、的黎波里
ri.bi.a./to.ri.bo.ri.

▷ **リトアニア、ビリニュス**
立陶宛、維爾紐斯
ri.to.a.ni.a./bi.ri.nyu.su.

▷ ルクセンブルク、ルクセンブルク市<ruby>市<rt>し</rt></ruby>
盧森堡、盧森堡城
ru.ku.se.n.bu.ru.ku./ru.ku.se.n.bu.ru.ku.shi.

▷ マダガスカル、アンタナナリボ
馬達加斯加、安塔那那利佛
ma.da.ga.su.ka.ru./a.n.ta.na.na.ri.bo.

▷ マレーシア、クアラルンプール
馬來西亞、吉隆坡
ma.re.e.shi.a./ku.a.ra.ru.n.pu.u.ru.

▷ モルディブ、マレ
馬爾地夫、馬列
mo.ru.di.bu./me.re.

▶ マルタ、バレッタ
馬爾他、瓦勒他
ma.ru.ta./ba.re.tta.

•track 199

▷ モーリシャス、ポートルイス
模里西斯、路易士港
mo.o.ri.sha.su./po.o.to.ru.i.su.

▷ メキシコ、メキシコシティ
墨西哥、墨西哥城
me.ki.shi.ko./me.ki.shi.ko.shi.ti.

▷ マケドニア<ruby>共和国<rt>きょうわこく</rt></ruby>、スコピエ
馬其頓、史可普列
me.ke.do.ni.a.kyo.u.wa.ko.ku./su.ko.pi.e.

▷ マーシャル<ruby>諸島<rt>しょとう</rt></ruby>、マジュロ
馬紹爾群島、馬久羅
ma.a.sha.ru.sho.to.u./ma.ju.ro.

▷ モナコ、モナコ
摩納哥、摩納哥城
mo.na.ko./mo.na.ko.

▷ **モンゴル、ウランバートル**
蒙古、烏蘭巴托
mo.n.go.ru./u.ra.n.ba.a.to.ru.

▷ **モロッコ、ラバト**
摩洛哥、拉巴特
mo.ro.kko./ra.ba.to.

▷ **モザンビーク、マプト**
莫三比克、馬布多
mo.za.n.bi.i.ku./ma.pu.to.

▷ **ミャンマー、ネーピードー**
緬甸、內比都
mya.n.ma.a./ne.e.pi.i.do.o.

▷ **ネパール、カトマンズ**
尼泊爾、加德滿都
ne.pa.a.ru./ka.to.ma.n.zu.

▷ **オランダ、アムステルダム**
荷蘭、阿姆斯特丹
o.ra.n.da./a.mu.su.te.ru.da.mu.

▷ **ニュージーランド、ウェリントン**
紐西蘭、威靈頓
nyu.u.ji.i.ra.n.do./we.ri.n.to.n.

▷ **ニカラグア、マナグア**
尼加拉瓜、馬拿瓜
ni.ka.ra.gu.a./ma.na.gu.a.

▷ **ナイジェリア、アブジャ**
奈及利亞、阿布札
na.i.je.ri.a./a.bu.ja.

▷ **ノルウェー、オスロ**
挪威、奧斯陸
no.ru.we.e./o.su.ro.

▷ オマーン、マスカット
阿曼、馬斯喀特
o.ma.a.n./ma.su.ka.tto.

▷ パキスタン、イスラマバード
巴基斯坦、伊斯蘭瑪巴德
ba.ki.su.ta.n./i.su.ra.ma.ba.a.do.

▶ パラオ、コロール
帛琉、科羅爾
ba.ra.o./ko.ro.o.ru.

• track 200

▷ パレスチナ、エルサレム
巴勒斯坦、耶路撒冷
ba.re.su.ch.na./e.ru.sa.re.mu.

▷ パナマ、パナマシティ
巴拿馬、巴拿馬城
pa.na.ma./pa.na.ma.shi.ti.

▷ パラグアイ、アスンシオン
巴拉圭、亞松森
pa.ra.gu.a.i./a.su.n.shi.o.n.

▷ ペルー、リマ
秘魯、利馬
pe.ru.u./ri.ma.

▷ フィリピン、マニラ
菲律賓、馬尼拉
fi.ri.pi.n./ma.ni.ra.

▷ ポーランド、ワルシャワ
波蘭、華沙
po.o.ra.n.do./wa.ru.sha.wa.

▷ ポルトガル、リスボン
葡萄牙、里斯本
po.ru.to.ga.ru./ri.su.bo.n.

▷ **プエルトリコ、サンフアン**
波多黎各、聖胡安
pu.e.ru.to.ri.ko./sa.n.fu.a.n.

▷ **コンゴ共和国、ブラザビル**
剛果共和國、布拉薩
ko.n.go.kyo.u.wa.ko.ku./bu.ra.za.bi.ri.

▷ **ルーマニア、ブカレスト**
羅馬尼亞、布加勒斯特
ru.u.ma.ni.a./bu.ka.re.su.to.

▷ **ロシア、モスクワ**
俄羅斯、莫斯科
ro.shi.a./mo.su.ku.wa.

▷ **サウジアラビア、リヤド**
沙烏地阿拉伯、利雅德
sa.u.ji.a.ra.bi.a./ri.ya.do.

▷ **シンガポール、シンガポール市**
新加坡、新加坡
shi.n.ga.po.o.ru./shi.n.ga.po.o.ru.shi.

▷ **スロバキア、ブラチスラバ**
斯洛伐克、布拉提斯拉瓦
su.ro.ba.ki.a./bu.ra.chi.su.ra.ba.

▷ **南アフリカ共和国、プレトリア**
南非、普利托里亞(行政首都)
mi.na.mi.a.fu.ri.ka.kyo.u.wa.ko.ku./pu.re.to.ri.a.

▷ **南アフリカ共和国、ケープタウン**
南非、開普敦(立法首都)
mi.na.mi.a.fu.ri.ka.kyo.u.wa.ko.ku./ke.e.pu.ta.u.n.

▷ **南アフリカ共和国、ブルームフォンテーン**
南非、布隆泉(司法首都)
mi.na.mi.a.fu.ri.ka.kyo.u.wa.ko.ku./bu.ru.u.mu.fo.n.te.n.

▶ スペイン、マドリッド
西班牙、馬德里
su.pe.i.n./ma.do.ri.ddo.

▷ スリランカ、コッテ
斯里蘭卡、科特
su.ri.ra.n.ka./ko.tte.

▷ スーダン、ハルツーム
蘇丹、喀土穆
su.u.da.n./ha.ru.tu.u.mu.

▷ スウェーデン、ストックホルム
瑞典、斯德哥爾摩
su.we.e.de.n./su.to.kku.ho.ru.mu.

▷ スイス、ベルン
瑞士、伯恩
su.i.su./be.ru.n.

▷ シリア、ダマスカス
敘利亞、大馬士革
shi.ri.a./da.ma.su.ka.su.

▷ 台湾、台北
臺灣、台北
ta.i.wa.n./ta.i.pe.i.

▷ タイ、バンコク
泰國、曼谷
ta.i./ba.n.ko.ku.

▷ トリニダードトバゴ、ポートオブスペイン
千里達及托巴哥、西班牙港
to.ri.ni.da.a.do.to.ba.go./po.o.to.o.bu.su.pe.i.n.

▷ チュニジア、チュニス
突尼西亞、突尼斯
chu.ni.ji.a./chu.ni.su.

▷ **トルコ、アンカラ**
土耳其、安卡拉
to.ru.ko./a.n.ka.ra.

▷ **ツバル、フナフチ**
吐瓦魯、福納佛提
tsu.ba.ru./fu.na.fu.chi.

▷ **ウクライナ、キエフ**
烏克蘭、基輔
u.ku.ra.i.na./ki.e.fu.

▷ **アラブ首長国連邦、アブダビ**
しゅちょうこくれんぼう
阿拉伯聯合大公國、阿布達比
a.ra.bu.shu.cho.u.ko.ku.re.n.bo.u./a.bu.da.bi.

▷ **イギリス、ロンドン**
英國、倫敦
i.gi.ri.su./ro.n.do.n.

▷ **ウルグアイ、モンテビデオ**
烏拉圭、蒙特維多
u.ru.gu.a.i./mo.n.te.bi.de.o.

▷ **ウズベキスタン、タシケント**
烏茲別克、塔什干
u.zu.be.ki.su.ta.n./ta.shi.ke.n.to.

▷ **ベネズエラ、カラカス**
委內瑞拉、卡拉卡斯
be.ne.zu.e.ra./ka.ra.ka.su.

▶ **ベトナム、ハノイ**
越南、河內
be.to.na.mu./ha.no.i.

•track 202

世界地理

▷ **アジア州**
<ruby>州<rt>しゅう</rt></ruby>
a.ji.a.shu.u.
亞洲

▷ **ヨーロッパ州**
<ruby>州<rt>しゅう</rt></ruby>
yo.o.ro.ppa.shu.u.
歐洲

▷ **アフリカ州**
<ruby>州<rt>しゅう</rt></ruby>
a.fu.ri.ka.shu.u.
非洲

▷ **オセアニア州**
<ruby>州<rt>しゅう</rt></ruby>
o.se.a.ni.a.shu.u.
大洋洲

▷ **アメリカ州**
<ruby>州<rt>しゅう</rt></ruby>
a.me.ri.ka.shu.u.
美洲

▷ **北極**
<ruby>北極<rt>ほっきょく</rt></ruby>
ho.kkyo.ku.
北極

▷ **南極**
<ruby>南極<rt>なんきょく</rt></ruby>
na.n.kyo.ku.
南極

▷ **赤道**
<ruby>赤道<rt>せきどう</rt></ruby>
se.ki.do.u.
赤道

▷ **太平洋**
<ruby>太平洋<rt>たいへいよう</rt></ruby>
ta.i.he.i.yo.u.
太平洋

▷ **大西洋**
<ruby>大西洋<rt>たいせいよう</rt></ruby>
ta.i.se.i.yo.u.
大西洋

▷ **インド洋**
<ruby>洋<rt>よう</rt></ruby>
i.n.do.yo.u.
印度洋

永續圖書
線上購物網

www.foreverbooks.com.tw

◆ 加入會員即享活動及會員折扣。

◆ 每月均有優惠活動，期期不同。

◆ 新加入會員三天內訂購書籍不限本數金額，
即贈送精選書籍一本。（依網站標示為主）

專業圖書發行、書局經銷、圖書出版

永續圖書總代理：
五觀藝術出版社、培育文化、棋茵出版社、大拓文化、讀
品文化、雅典文化、知音人文化、手藝家出版社、璞申文
化、智學堂文化、語言鳥文化

活動期內，永續圖書將保留變更或終止該活動之權利及最終決定權。

日文單字萬用手冊

雅致風靡　典藏文化

親愛的顧客您好，感謝您購買這本書。

為了提供您更好的服務品質，煩請填寫下列回函資料，您的支持是我們最大的動力。

您可以選擇傳真、掃描或用本公司準備的免郵回函寄回，謝謝。

姓名：		性別：	□男　□女
出生日期：　年　　月　　日		電話：	
學歷：		職業：	□男　□女
E-mail：			
地址：□□□			
從何得知本書消息：□逛書店 □朋友推薦 □DM廣告 □網路雜誌			
購買本書動機：□封面 □書名 □排版 □內容 □價格便宜			
你對本書的意見： 內容：□滿意□尚可□待改進　　編輯：□滿意□尚可□待改進 封面：□滿意□尚可□待改進　　定價：□滿意□尚可□待改進			
其他建議：			

總經銷：永續圖書有限公司

永續圖書線上購物網
www.foreverbooks.com.tw

您可以使用以下方式將回函寄回。

您的回覆，是我們進步的最大動力，謝謝。

① 使用本公司準備的免郵回函寄回。

② 傳真電話： （02）8647-3660

③ 掃描圖檔寄到電子信箱：

　　yungjiuh@ms45.hinet.net

沿此線對折後寄回，謝謝。

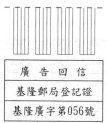

| 廣　告　回　信 |
| 基隆郵局登記證 |
| 基隆廣字第056號 |

2 2 1 0 3

 雅典文化事業有限公司　收

新北市汐止區大同路三段194號9樓之1

雅致風靡　典藏文化